T0178992

Sé lo que quieres

Sé lo que quieres

Samantha M. Bailey

Traducción de Ana Momplet Chico

Rocaeditorial

Título original: *Woman on the Edge*

© 2019, Samantha Stroh

Publicado en acuerdo con Lennart Sane Agency AB.

Primera edición: septiembre de 2020

© de la traducción: 2020, Ana Momplet Chico
© de esta edición: 2020, Roca Editorial de Libros, S. L.
Av. Marquès de l'Argentera 17, pral.
08003 Barcelona
actualidad@rocaeditorial.com
www.rocalibros.com

Impreso por LIBERDÚPLEX, S.L.U.

ISBN: 978-84-17805-85-2
Depósito legal: B. 12420-2020
Código IBIC: FF

RE05852

No hay idioma capaz de expresar el poder, la belleza, el heroísmo y la majestuosidad del amor de una madre. No se encoge allí donde se acobarda el hombre, se hace más fuerte allí donde el hombre desfallece y, como una estrella, irradia el fulgor de su inapelable fidelidad sobre los despojos de las fortunas terrenales.

EDWIN HUBBELL CHAPIN

1

Morgan

Lunes, 7 de agosto

—Coge a mi hija.

Su voz quebradiza y rasgada me estremece. Estoy de pie en el andén, como cada día después del trabajo, esperando a que llegue el metro. Antes, trataba de sonreír a la gente, pero ahora soy más recelosa. Desde que murió Ryan, mi marido, nadie sabe cómo comportarse conmigo, y tampoco yo sé cómo hacerlo con ellos. Normalmente, me mantengo retraída, con la cabeza baja: por eso mismo me sorprende la voz.

Alzo la vista. Creía que la mujer hablaba con una amiga, pero no. Tiene aspecto desaliñado, con unos pantalones de yoga negros descoloridos y una camiseta blanca manchada. Está sola y se dirige a mí.

Lleva un bebé dormido apretado contra el pecho con un brazo. Sabe que ha conseguido captar mi atención. Se acerca a mí, haciendo que mi bolso me golpee contra el costado. Y entonces clava sus uñas afiladas sobre mi muñeca desnuda.

—Por favor, llévate a mi niña.

A pesar del calor que hace en la estación Grand/State, unos dedos gélidos de terror recorren mi espalda. Esta mujer está al límite, y yo con ella, al menos en sentido literal. Casi siempre espero en el borde del andén, para ser la primera en subirme al vagón. Bastaría un empujón para hacerme caer a las vías. Sin embargo, por muy miserables que hayan sido los últimos dieciocho meses, por muy aislada que me haya quedado desde la muerte de Ryan, me he construido una nueva vida. No quiero que acabe aquí.

Con suavidad, quito mi brazo de su mano.

—Perdona, ¿te importa...?

Ella se acerca aún más, tanto que me quedo sobre la línea azul del andén. Tiene la mirada desquiciada, y los labios ensangrentados y en carne viva, como si se los hubiera mordido. Es evidente que necesita ayuda. Me aparto la melena negra de la cara y, con la mirada en las baldosas de color gris moteado del andén, le digo:

—Deberíamos echarnos un poco hacia atrás. Aquí. —Le tiendo la mano para que se aparte del borde, pero ella no se mueve.

Me está poniendo muy nerviosa. Como asistente social, puedo reconocer los signos de alarma en la gente. Son señales que debería haber visto en Ryan. Si no me hubiera convertido en la esposa fiel, obtusa y conscientemente ciega que nunca pensé que sería, es posible que mi marido se hubiese entregado y hubiera pedido ayuda antes de que fuese demasiado tarde. Podría haber visto que, aunque le declarasen culpable de desfalco, había cosas peores. Como la muerte. Si yo hubiera notado algo antes, ahora tal vez no estaría pagando los crímenes que no supe que Ryan había cometido hasta después de morir.

Tal vez ya sería madre, como la mujer que tengo delante.

La verdad es que tiene muy mal aspecto. De su cabeza salen anárquicas matas de rizos negros, como si le hubieran cortado el pelo con una sierra mecánica. Aparto la mirada rápidamente.

—He estado observándote —me dice con voz estrangulada.

Tiene al bebé agarrado con mucha fuerza, tanta que temo por su seguridad. Sus ojos, envueltos en unas sombras tan oscuras que parece que la hubieran golpeado, se mueven de un lado a otro sin parar.

—¿Buscas a alguien? ¿Has quedado con alguien aquí?

Y entonces me arrepiento de interesarme, cuando lo que debería hacer es darle directamente el teléfono de Kate, mi jefa en Haven House, el refugio para mujeres donde trabajo. Ya no soy la jefa de asistentes y asesora principal allí. Me han relegado a encargada de oficina. Ojalá nunca hubiera conocido a Ryan. Ojalá nunca me hubiera enamorado de su sonrisa sucia y su humor autocrítico. Y ya no hay remedio. Aún tengo trabajo. No he hecho nada malo, pero he perdido mucho, incluida la fe de la gente en mí. La fe en mí misma.

Esta mujer no es una cliente a la que asesorar. ¿Quién soy yo para dar consejo a nadie?

Su mirada turbada vuelve a posarse sobre mí, y en su rostro demacrado veo una expresión de puro terror.

—Mantenla a salvo.

La niña está profundamente dormida, con su naricita y su boca diminuta demasiado apretadas contra el pecho de la madre. No es consciente de su sufrimiento. Noto que estoy absorbiendo sin querer el dolor de esta mujer, a pesar de que ya tengo el mío con el que lidiar. Cuando estoy a punto de darle el número de teléfono del refugio, vuelve a hablar.

—Llevo mucho tiempo observándote. Pareces una mujer amable. Buena. Lista. Por favor, Morgan.

Echo la cabeza hacia atrás, sorprendida. ¿Ha dicho mi nombre? Es imposible. Es la primera vez que la veo.

11

Besa los mechones de pelo de su bebé y vuelve a clavarme sus penetrantes ojos azules.

—Sé lo que quieres. No dejes que nadie le haga daño. Quiérela por mí, Morgan.

«¿Sé lo que quieres?»

—Pero ¿cómo vas a saber nada de mí? —empiezo a decir.

Sin embargo, mi voz se pierde con el aviso por megafonía que advierte a los pasajeros que deben apartarse del borde del andén. Sus labios agrietados vuelven a moverse, pero no la oigo por el rugido del viento a través del túnel.

Siento auténtico pánico. Algo malo está pasando. Lo intuyo. Tengo que alejarme de esta mujer.

La gente empieza a rodearnos, pero nadie parece darse cuenta de que algo raro está sucediendo. Son personas que vuelven del trabajo, inmersas en su propio mundo, igual que yo hace apenas unos minutos.

La mujer vuelve a recorrer el andén con la mirada. Extiende los brazos, lanzando a su bebé hacia mí, y mis manos la cogen por instinto. La miro en mis brazos y los ojos se me llenan de lágrimas. Está envuelta en una manta amarilla muy suave, y su rostro parece sereno y feliz.

Cuando vuelvo a levantar la vista hacia su madre un segundo después, el tren entra en la estación, chirriando.

Y entonces salta.

2

Nicole

Ocho semanas antes

Nicole daba golpecitos sobre la última página del brillante catálogo de invierno de Breathe. Lo hacía con el bolígrafo Montblanc Bohème Papill que le regaló su marido, Greg. Algo no encajaba. La modelo aparecía en la posición del guerrero, mostrando la nueva línea de pantalones rectos de vestir. Estudió la fotografía entornando los ojos. Sí, tenía una arruga en la rodilla. No servía. Esta campaña de publicidad era el proyecto más importante que había hecho recientemente antes de tomarse la baja por maternidad, que empezaría al concluir esa misma jornada laboral. Como fundadora y directora ejecutiva de una de las marcas más importantes de *athleisure* y *wellness* (la tendencia de moda que combinaba la ropa deportiva con el estilo informal), tenía que dar su aprobación a todo lo que produjera Breathe. No saldría del trabajo hasta que el catálogo estuviera perfecto.

Suspiró. ¿Cómo iba a poder alejarse de la oficina? Nunca se había ido de vacaciones sin el móvil o el portátil. De hecho, si se paraba a pensarlo, en realidad tampoco se había tomado vacaciones. Solo serían seis semanas, se dijo.

El mes y medio que había negociado con el consejo de administración y su némesis, Lucinda Nestles, presidenta ejecutiva de Breathe. Quería empezar bien la vida de madre, pero no era capaz de verse sin trabajar. En muchos sentidos, Breathe había sido su primer hijo. Ahora llevaba en su vientre al segundo. Pero todo iría bien. Tessa, su mejor amiga y directora de producto de Breathe, la mantendría al corriente de todo mientras estuviese de baja.

Apretó el botón del interfono para llamar a la encargada de la oficina.

—Holly, ¿puedes decirle a Tessa que venga a verme en cuanto llegue?

—Sí, claro —contestó Holly.

Nicole apartó sus gruesos rizos castaños de la cara y puso una mano sobre su tripa. Notaba un pie, o quizá fuera un codo saliendo. Su inminente maternidad la entusiasmaba y la aterraba al mismo tiempo. No había sido algo planeado. Un día fue a ver a su médico para que le diera algo que le aliviara lo que creía que era un brote agudo de gripe estomacal, y descubrió que estaba embarazada de trece semanas. Siempre estaba tan hasta arriba de trabajo que se le había olvidado controlar su regla, que se había irregularizado por el estrés laboral. La noticia la condujo al pánico. Pero en cuanto el ecógrafo pasó el transductor por encima de su estómago, inundando la habitación con un sonido que le recordó a una manada de caballos al galope, lo que sintió fue esperanza y expectación. Una oportunidad de redimirse, una absolución del pasado. Una oportunidad de crear una nueva vida, para su bebé y para sí misma.

Sonreía al recordar la noche en la que le enseñó la ecografía a Greg. Esperó hasta volver de la fiesta por el lanzamiento de la aplicación de *wellness*-en-diez-minutos de Breathe. En cuanto se sentaron a charlar en el sofá, como hacían después de cada evento de la compañía, puso la fotografía en blanco y negro sobre su mano.

—¿Qué es esto? —dijo él, frunciendo el ceño.

Nicole no estaba segura de cómo reaccionaría, pero sí de que no sería un problema.

—Nuestro bebé.

—¿Cómo? —susurró él, como si decirlo más alto pudiera hacerlo más real.

Sus ojos se abrieron de par en par y se quedó tan pálido que Nicole pensó que se iba a desmayar.

—Sé que nunca lo hemos planeado, pero ha pasado.

Buscó su mano y entrelazó sus dedos con los de él. A Greg le encantaba que le tocara. La adoraba. Ponía las necesidades de Nicole por encima de las suyas propias.

Aún parecía consternado, pero su mirada se suavizó.

—Solo te lo voy a preguntar una vez, y a partir de ese momento estaré a tu lado, digas lo que digas. ¿Quieres tenerlo?

Nicole le miró fijamente.

—Sí, quiero tenerlo. Se lo podemos dar todo, Greg. Seremos unos padres fantásticos. Nos las arreglaremos. Siempre lo hacemos.

Greg sonrió y volvió a mirar el papel.

—No lo veo.

Ella soltó una carcajada y señaló la pequeña forma de judía en la imagen.

Greg ladeó la cabeza mirándola.

—Pero siempre has dicho que no querías tener hijos.

Tenía razón. Pero él no sabía por qué Nicole se obcecaba en que nunca sería madre.

—Hasta que ha ocurrido, no sabía lo mucho que lo deseaba.

—Supongo que buscaremos una niñera. Porque está claro que tú no te vas a quedar en casa.

Nicole hizo una mueca. Ella nunca contrataría una niñera. Y tampoco le contaría a Greg por qué. Así que lo único que contestó fue:

—Bueno, ya veré cuánto tiempo me puedo coger, y Breathe tiene guardería en la oficina.

Él asintió, pero todavía estaba aturdido ante el inmenso cambio vital que se les venía encima de una manera imprevista.

En la ecografía de la semana diecisiete, con las manos pegajosas de él envolviendo la de Nicole, también sudorosa, el técnico les anunció:

—¡Es una niña!

Greg besó su mejilla y susurró:

—Sabes que nunca voy a dejar que salga con chicos, ¿verdad?

Y Nicole cerró los ojos, dejando que la noticia calara en ella. Su vida había cerrado un ciclo. Una niña perdida, otra ganada.

16

Ahora, ya de treinta y nueve semanas, la diminuta judía se había convertido en un bebé que le clavaba a diario sus pequeñas y afiladas extremidades, haciéndole saber que estaba ahí. Que estaba viva.

Nicole se sentía inmensamente agradecida por tener a Greg. Por el tipo de hombre y de marido que era. Volvió a mirar la foto que había hecho esa misma mañana. Era de la preciosa cuna de color blanco crema que había elegido del catálogo de Petit Trésor. Greg la había montado por sorpresa la última noche, en el cuarto de la niña, mientras ella dormía. Debió de llevarle horas.

Por la mañana, cuando llevó a Nicole hasta la habitación, parecía estar a punto de desmayarse:

—¡Sorpresa! —dijo.

—Oh, Greg, me encanta… ¡Gracias!

Le abrazó con fuerza, esperando que fuera capaz de

mantenerse despierto en el trabajo. Sí, Breathe les había hecho ricos, pero a Greg también le iba muy bien como corredor de bolsa; en absoluto era un mantenido.

Su ensoñación se vio interrumpida por Holly, la encargada de la oficina, que entró en su despacho. Dejó el correo de Nicole en un montoncito ordenado junto a su ordenador morado.

—Tessa está de camino.

Nicole apartó de su mente la vida personal y todos los cambios que se avecinaban.

—Genial. Ya he revisado la web actualizada; va a haber que hacer algunos cambios. El programa de «Del caos a la calma» parece demasiado activo. —Se quedó pensando un instante—. ¿Podemos pedir al equipo informático que lo reduzca de siete posturas de yoga a cinco? Y comprueba con Ventas cómo van los últimos pedidos de la línea de chaquetas de chándal de otoño. Si están donde deberían estar, Tessa puede sacar la aplicación con Marketing para que coincida con el lanzamiento del folleto.

Holly asintió y le entregó un sobre blanco.

—He abierto todo tu correo de negocios, pero esto no. Parece personal, y no quería ser fisgona. Puede que sea una carta de algún fan después del artículo en el *Tribune*...

El pulso de Nicole se aceleró al instante. Notaba el corazón latiéndole a golpes. Vio el garabato familiar en la parte delantera. Llevaba su nombre de soltera: Nicole Layton. Y el matasellos era de Kenosha, Wisconsin. El lugar donde su vida se había derrumbado diecinueve años antes. No era una carta de un fan. Ni muchísimo menos.

Había pedido al *Chicago Tribune* que no mencionaran su embarazo en el artículo precisamente por esto. No quería que nadie de su pasado supiera que iba a tener una niña. Lucinda insistió en que el artículo sería genial publicitariamente: Nicole, una directora ejecutiva embarazada y poderosa que pregonaba el equilibrio, demostraría que las mujeres realmente podían tenerlo todo. El texto hablaba de los logros visionarios de la compañía: sus talleres de empoderamiento y de concienciación curativa, la singular línea de productos corporales creada «por mujeres para mujeres» y la ética de la compañía en pos de que las mujeres llevaran una vida equilibrada. Parte de las ganancias de todos los productos de Breathe iban destinados a una fundación que ofrecía apoyo y asesoramiento a adolescentes huérfanas, chicas como la propia Nicole. Sus padres se mataron en un accidente de coche durante su último año en el instituto, así que sabía perfectamente lo que era sentirse sola, no tener nada ni a nadie. Lo que no sabía era que el periódico no respetaría sus deseos, que mencionaría su embarazo y que esperaba una niña.

La historia llevaba una semana publicada. Desde entonces, cada día se había preguntado si llegaría otra carta. Y ahí estaba.

Estiró el brazo y cogió el sobre.

—Gracias, Holly —dijo, consiguiendo mantener la voz serena. No quería que notase el repentino sudor sobre su piel—. ¿Puedes conseguirme las cifras de San Francisco para la colección Stream? Los *tankinis* no se están vendiendo todo lo bien que esperábamos. Necesito las cifras antes de la reunión con el consejo. Es la última antes de la baja.

—No puedo imaginar una reunión del consejo sin ti. ¿Cómo lo vamos a hacer?

—Estaréis perfectamente. Tenéis a Tessa y a Lucinda, y a todo el equipo de la oficina. No me vais a echar nada de menos.

—Al menos, prométeme que no nos llamarás por Skype luciendo el sujetador de lactancia de Breathe.

Nicole soltó una carcajada.

SÉ LO QUE QUIERES

—No lo veo probable —contestó.

Holly salió del despacho, cerrando la puerta tras de sí.

La sonrisa falsa se desvaneció al instante. Pensó en romper el sobre en pedazos. Si no leía lo que había dentro, tampoco sabría a qué amenazas se enfrentaba. Pero algo en su interior le pedía saberlo. Se le hizo un nudo en la garganta.

La primera vez que recibió una carta como aquella vivía en la residencia de Columbia, durante el semestre de otoño de su primer año de universidad. Contenía dos frases escritas a máquina:

SÉ LO QUE HICISTE. TÚ DEBÍAS CUIDARLA.

ALGÚN DÍA, LO PAGARÁS.

Un miedo cortante le atravesó el pecho en ese momento; los dedos se le quedaron dormidos. Desde entonces le estuvo llegando un sobre blanco cada año, hasta hace cinco, cuando de repente, pararon. Nicole pensó esperanzada que Donna tal vez había superado lo ocurrido aquel terrible verano, igual que ella misma lo había intentado. Pensó que nunca más volvería a acosarla. Pero, al parecer, no era así. Su mano temblaba al sostener el sobre. Donna se volcaba sobre su bebé como si fuera una capa de protección. Se preocupaba con cada estornudo de su niña. Se quedaba en la habitación de la pequeña Amanda mientras dormía, poniendo una y otra vez la nana que sonaba en el móvil de mariposas sobre la cuna. Era una madre que quería a su hija tanto como Nicole quería ya a su bebé aún por nacer. Sin embargo, Donna había perdido a la suya para siempre. ¿Podía una madre superar eso alguna vez?

Y ahora tenía un nuevo sobre delante. Sin dejar de apretarlo, se levantó de la silla. Con el paso de las semanas de embarazo, se movía con más torpeza, pero, más allá

19

de su enorme tripa, seguía estando en forma y tonificada gracias al yoga que hacía a diario en su despacho. De hecho, animaba a todos los empleados a tomarse tiempo para sí durante la jornada laboral.

Dejó el sobre a un lado y bajó lentamente sobre la colchoneta de yoga junto al ventanal, pasando de la postura prenatal de loto a la del gato. Centrándose en la respiración, susurró:

—Mi corazón está centrado y abierto. Me quiero y dejo que mi corazón conecte con el de los otros. Me perdono y quiero vivir con gratitud y gracia.

El bebé se estiró dentro de su vientre, y Nicole agradeció el vínculo que ya sentía con su hija.

Estaba preparada. Se incorporó sobre la colchoneta, cogió el sobre y lo abrió. Sacó el papel de color blanco:

No te mereces una hija. Eres una asesina. No eres capaz de mantenerla a salvo.

La tinta de aquellas palabras escritas a máquina se emborronó con sus lágrimas. Donna había leído el artículo en el *Tribune* y sabía que estaba esperando una niña.

Volvió a meter la carta en el sobre, se levantó agarrándose al borde del alféizar. Con el sobre en la mano, apretó la mejilla encendida contra el frío cristal de la ventana que daba sobre West Armitage Avenue. Observó a las mujeres entrando y saliendo de la primera tienda de Breathe, junto a las oficinas de la compañía que ocupaban las cuatro plantas del edificio gris pizarra de North Halsted, en Lincoln Park.

Su hija no paraba de moverse en su interior.

Sentía el pecho comprimido y su respiración salía superficial y entrecortada. Empezó a ver puntitos negros. Estiró la palma de la mano para apoyarse contra la ventana, mientras el tráfico de la calle solo acentuaba la sensación de vértigo. No podía desmayarse en el trabajo.

—¿Nic?

Hizo rápidamente una bola con el papel y, al mirar por encima del hombro, vio el menudo cuerpo de Tessa en el umbral de su despacho. En pocos instantes estaba a su lado, poniéndole una mano suavemente sobre la espalda.

—Estás bien. Coge aire. Bien. Ahora espira. Otra vez. —Tessa respiraba con ella—. Una vez más. Bien.

Tessa sabía cómo calmarla. Nicole confiaba en ella todo lo relativo a su trabajo, sus secretos, su salud.

—Gracias, Tessa —dijo.

—Solo tenemos que respirar. Me lo enseñaste tú, Nicole.

Nicole se sonrió a sí misma.

—Supongo que para eso estamos las amigas, para ayudarnos a respirar.

—Exacto —dijo Tessa, mientras una sonrisa ancha y bondadosa inundaba su cara—. No recuerdo la última vez que tuviste un ataque de pánico.

Nicole lo recordaba perfectamente. Hacía cuatro años, cuando Tessa y ella estaban revisando el catálogo de la primera línea de productos para el cuidado de la piel de recién nacidos. Al ver la foto de aquella madre beatífica sentada en una mecedora, acunando a su bebé envuelto en una tela, de repente se quedó sin aire y se llevó la mano al pecho con un dolor espantoso. La madre de la imagen le recordó a Donna. El recuerdo de aquel verano traumático volvió a la superficie sin poder evitarlo. Le dio mucha vergüenza. Tessa era una empleada, por entonces diseñadora de producto, y Nicole no quería que se desdibujaran los límites.

Sin embargo, Tessa fue tremendamente comprensiva. Era profesora de yoga y graduada en *wellness* holístico,

21

y enseñó a Nicole a manejar sus ataques de pánico. Su voz serena y reconfortante y su suave tacto funcionaron. Con el tiempo, Nicole logró dejar la medicación para la ansiedad. Empezó a crearse un vínculo entre ellas. Tessa ascendió en la compañía hasta convertirse en directora de producto, y mano derecha de Nicole. Se sentía lo suficientemente cercana a ella como para contarle todo lo ocurrido aquel verano en Kenosha, hacía diecinueve años. Y contar el secreto le quitó un inmenso peso de encima, un peso que la estaba lastrando de formas cada vez más preocupantes. En cierto modo, su amiga Tessa, porque ya era mucho más que una simple empleada, le había salvado la vida.

Aparte de su hermano mayor, Ben, a quien apenas veía, Tessa era la única persona que sabía algo de lo ocurrido hacía tantos años. Nicole no quería que Greg se enterase de nada, tampoco de su trastorno de ansiedad. Para él, ella era fuerte, capaz, una líder. Esa era la mujer a la que amaba, y no estaba dispuesta a mostrarle a una Nicole distinta.

Su respiración se fue ralentizando y notó que el nudo de su pecho se deshacía.

—¿Quieres contarme qué te ha provocado esto? —preguntó Tessa.

Se volvió para apoyar la espalda contra la ventana y se quedó mirando el rostro joven y hermoso de Tessa. Su cabello largo y rubio platino recogido en su eterna trenza, y su figura menuda. Apenas tenía veintinueve años, frente a los treinta y seis de ella, pero a veces era muy sabia para su edad. Eran dos tipos de persona distintas. Tessa no tenía pareja formal ni hijos. Su vida era tal y como quería: libre y sin responsabilidades. A veces, la envidiaba. No parecía necesitar a otras personas, no como Nicole. Y, desde luego, nunca parecía sentirse sola.

Nicole se apartó de la ventana de un empujón. Debería ser el momento más feliz de su vida. Volver a empezar, otra vez. No estaba dispuesta a permitir que Donna lo estropeara todo… de nuevo.

Por eso mintió al contestar a la pregunta de Tessa.

—Supongo que simplemente estoy nerviosa por el parto. Y creo que me inquieta un poco dejar Breathe en manos de Lucinda. Es mi empresa y lo ha sido todo para mí. Cuesta imaginar que no voy a estar aquí durante las próximas seis semanas.

—Pero yo sí estaré. Y Lucinda cree en Breathe. Está entusiasmada con la idea de ejercer como directora ejecutiva durante tu ausencia.

Su respuesta le arrancó una sonrisa. Cuando sacó la empresa a bolsa, negoció un cargo permanente como directora general, curándose en salud ante circunstancias impredecibles. Lucinda votó en contra, y perdió. Ahora, al menos durante unas semanas, Lucinda tendría lo que quería. En cuanto Nicole volviera de su baja de maternidad, debería recompensar a Tessa por su lealtad, tal vez ascenderla a vicepresidenta.

—Si la vieras en las reuniones del consejo de administración… —dijo Nicole—. En fin, tienes razón. Todo irá bien.

Tessa se rio.

—Pero ¿estás bien como para ir a la reunión? —preguntó.

—Claro.

Nicole se enderezó. A ver, era directora ejecutiva. Había sacado su empresa a bolsa con solo veintiocho años. ¿Cómo iba a derrumbarse tan fácilmente? El pasado pasado estaba. Solo era una carta. Las palabras ya no podían hacerle daño.

—Estoy bien, Tessa. Puedo ir a la reunión perfectamente.

—Vale. Pásate por mi despacho cuando termines, y nos vamos a cenar algo para celebrar tu último día.

—Me encantaría, pero Greg y yo tenemos una cita. Puedo ponerme de parto en cualquier momento, así que queremos aprovechar al máximo estos últimos días juntos.

Tessa sonrió y salió de su despacho. Nicole se acercó al escritorio y arrojó la carta dentro del cajón. Sin embargo, mientras se recomponía y se preparaba para salir hacia su última reunión con el consejo de administración antes de convertirse en madre, el mensaje de Donna volvió a resonar en su cabeza: «No eres capaz de mantenerla a salvo».

De repente, le vino una pregunta terrible: «¿Y si tiene razón?».

3

Morgan

*L*os frenos chirrían sobre las vías metálicas produciendo un ruido espantoso. Grito y grito, y vuelvo a gritar. Cuando abro los ojos, veo que el tren ha entrado a toda velocidad en la estación. Ya es demasiado tarde.

—¡Ayuda! ¡Esa mujer se ha tirado! ¡Ay, Dios…! ¡Tengo a su bebé! —exclamo.

Mis brazos y mis piernas tiemblan con tal violencia que temo que se me caiga la niña. Apenas miro hacia la vía, pero, cuando lo hago, veo sus extremidades dobladas en ángulos extraños, y sé que está muerta. Aparto la mirada, temiendo ver más. Me ciegan las luces rojas del tren centelleando contra la pared. Oigo ruido de alarmas, pero todo suena muy lejano, como si estuviera sumergida bajo el agua.

Una muchedumbre de gente grita, se amontona, empuja. Las puertas del vagón se abren y empiezan a salir viajeros hasta que no queda espacio para moverse en el andén. Empieza a cundir el pánico, la gente chilla, señalando a la mujer en las vías. ¿Dónde está la policía? ¿Dónde están las ambulancias? Sé que ya no hay esperanza, pero al menos tienen que intentarlo.

Conteniendo las ganas de vomitar, envuelvo a la niña

con ambos brazos y me doy la vuelta para que no podamos ver a su madre.

Cada vez me rodean más personas y tengo tanto calor que apenas puedo respirar. Veo que sus labios se mueven, pero no soy capaz de entender lo que dicen. Todo es demasiado rápido, demasiado intenso.

—¿Quién era?

—¿Por qué se ha tirado?

—¿Era amiga tuya?

—¿Está bien el bebé?

No paran de lanzar preguntas que no puedo contestar. Me caen gotas de sudor por la cara, y necesito aire, pero la multitud me devora, ansiosa por moverse.

Siento un golpe en la espalda y tropiezo.

—¡Llamen al 911! ¡Ayuda! —grito otra vez, mientras caigo hacia delante.

Una mano me agarra del brazo y me aparta del borde del andén.

—¡Por favor, ayúdeme, por favor!… —exclamo mirando al hombre vestido con el uniforme del Departamento de Tráfico de Chicago que encuentro a mi lado.

Siento que me voy a desmayar y que esta preciosa niña se me va a caer. El hombre me sostiene poniendo una mano en la espalda de la bebé y la otra alrededor de mi hombro.

No me llega suficiente aire a los pulmones. Me apoyo contra él.

—Yo…, ella…

Con una nauseabunda oleada de angustia, se me ocurre que la niña tal vez esté herida. Le quito frenéticamente la mantita amarilla que llevaba, pensando que voy a ver sangre y moratones, pero solo encuentro la suave piel de sus piernas y sus rollizos brazos de bebé. Una niña perfecta con un peto de color marfil pegando su boquita rosa contra el hombro de mi vestido fino y blanco.

Me fallan las rodillas. Alguien coge a la niña de mis brazos y un repentino escalofrío atraviesa mi cuerpo.

—¡Esta es la mujer, agente!

—Señora, ¿se encuentra bien? ¿Ha visto el accidente? —pregunta un policía mientras me cubre los hombros con una manta.

—Estaba hablando con esa señora antes de que saltara.

—¡Le cogió el bebé!

Una cacofonía de voces resuena en mis oídos. Veo que un agente entrega la niña a otra compañera, luego los dos se pierden entre la muchedumbre. El bebé que tenía en mis brazos hace unos instantes desaparece.

El agente que está a mi lado me conduce por el andén, apartándome de las vías. En un momento, se detiene para dejar que me apoye contra el azulejo frío de la pared.

Me castañean los dientes. No sé qué hacer. Ni tampoco lo que acaba de pasar. ¿Adónde se llevan a esa pobre niña? ¿Por qué ha hecho eso su madre?

«Coge a mi hija.»

«Morgan.»

¿Dijo mi nombre de verdad o solo han sido imaginaciones mías? Me agarro la cabeza, que está empapada de un sudor frío, y veo al resto de los testigos tratando de consolarse entre ellos mientras el personal de emergencias baja a las vías. Siento como si no estuviera aquí. No tengo ni idea de quién era esa mujer. Y no puedo parar de llorar.

El policía a mi lado me observa con interés.

—¿Por qué no vamos a comisaría? Allí está todo más tranquilo y podremos hablar… —dice amablemente.

¿A comisaría? No. No quiero volver allí nunca más.

Me llevaron allí después de encontrar a Ryan tirado

27

en el suelo de su despacho, con una pistola colgando de las yemas de sus dedos y un agujero sangrante en el abdomen. Mi marido se había quitado la vida. Yo no sabía nada entonces. Ahora tampoco.

¿Por qué está pasando todo esto?

No me queda otra opción que seguir al policía mientras se abre paso entre la multitud. Tampoco puedo evitar mirar cuando pasamos junto al foso húmedo y oscuro de las vías, donde están colocando el cuerpo destrozado de la madre sobre una camilla. Tiene los brazos torcidos, las piernas aplastadas y la cara cubierta de sangre, tanta que ni siquiera se distinguen sus rasgos. La bilis me sube por la garganta y tengo una arcada. Mis piernas están tan débiles que apenas soy capaz de caminar.

«Quiérela por mí, Morgan.»

—Es imposible —digo en voz alta.

El agente no me oye entre todo el caos, los gritos y las instrucciones que le gritan a la multitud.

Noto el sabor del miedo, metálico y frío, arremolinándose en mi boca. Los pies me pesan al seguir al policía a través de la estación Grand/State ante los ojos de mirones traumatizados; llevo la cabeza agachada porque tengo la impresión de que todo el mundo me observa. Sin embargo, es una sensación a la que ya me he acostumbrado desde que Ryan me dejó de aquella manera. Soy la viuda de Ryan Galloway. La esposa de un ladrón y un suicida cobarde. Y ahora soy la última mujer con la que habló otra víctima de suicidio. La persona a la que suplicó su ayuda.

Me acerco el bolso negro y maltrecho contra el pecho. Y entonces noto que tiene algo morado pegado en un lateral.

Es un pósit. Yo no lo he puesto ahí. Paso la mano por encima y lo enrollo en la palma. El agente me conduce por un tramo de escaleras. Me detengo y espero mientras aparta a la multitud para que pueda seguirle. Mientras está distraído, doy la vuelta al papel que llevo en la mano. En él veo una palabra escrita con letra grande y redonda que no reconozco. Es un nombre: «Amanda».

4

Nicole

Siete semanas antes

*U*na contracción feroz atravesó la zona lumbar de Nicole. Colocada a cuatro patas sobre la mullida cama de hospital, rechazó otra vez la epidural que la enfermera y Greg insistían en ponerle. Llevaba cuatro años superando sus ataques de pánico, incluso los más recientes, sin medicación. Gracias a Tessa. Estaba resuelta a traer a su hija a este mundo sin drogas.

—No quiere medicación. Podemos ayudarla a hacerlo, te lo prometo. Pon tu mano ahí, en la caída de su espalda.

Tessa se arrodilló junto a Nicole al lado izquierdo de la cama. Greg estaba en el derecho.

Nicole notó la base de la palma de la mano de Greg clavándose en el punto exacto donde más le dolía. Espiró soltando un gemido.

—Tú puedes.

Tessa le limpió el sudor de la frente.

La mano de Greg se quedó inmóvil.

—Te duele mucho, Nic. ¿Estás segura de que puedes hacerlo? No hay por qué avergonzarse si cambias de opinión y quieres la epidural.

Nicole se volvió hacia él e hizo una mueca.

—Se supone que debe doler.

Ella quería que doliese. Quería sentir hasta el último instante del parto.

Esta era su familia. Greg y Tessa estaban ahí con ella, apoyándola. Podía hacerlo.

Al golpearle otro espasmo, aspiró y espiró cinco veces, como siempre le decía Tessa, concentrándose en la agónica oleada de dolor hasta que desapareció.

—Gracias. No sé qué haría sin vosotros —dijo en cuanto la tortura remitió un poco.

Tessa cogió su mano y se la apretó.

—¡No me rompas los huesos! —bromeó.

—Aquí tienes. —Greg metió sus dedos entre los de Nicole—. Aprieta todo lo que quieras.

El momento de calma se vio interrumpido por un pitido alto y frenético. Un equipo de enfermeras entró a toda prisa, empezaron a tocar el monitor fetal que había encima de la cama y apartaron a Greg y a Tessa.

—¿Qué pasa? ¿Qué le pasa a mi hija? —Nicole tragó aire angustiada. Tenía los pulmones comprimidos.

—Está cayendo el ritmo cardiaco del bebé. Todo irá bien, pero vas a necesitar una cesárea urgente.

No lograba comprender.

—¿Qué está pasando? ¿Va a estar bien mi mujer? —Greg sonaba acongojado, no era su tono afable de costumbre.

Eso asustó aún más a Nicole. Ella era quien se angustiaba, no su marido. Greg era el tranquilo. Era su roca.

—Estará bien, pero tenemos que llevarla a quirófano. Por favor, hay que hacerlo ahora mismo.

Tessa volvió con paso resuelto al lado de Nicole.

—Ella no quiere una cesárea. ¡No es el plan!

—Tessa, por favor, escúchalos —dijo Greg. —No pasa nada.

Nicole miró a su marido y lo que vio le robó el poco oxígeno que le quedaba en los pulmones. Estaba... esperanzado. Como si tal vez prefiriera no convertirse en padre hoy. Ni hoy ni nunca. No, era imposible. Absurdo. Le dolía mucho, tanto que estaba viendo cosas que no eran. Tenía que ser cosa de su imaginación, porque, un instante después, notó a Greg a su vera, besándole la frente con dulzura.

—Te quiero, Nic. Todo va a ir bien. No me voy a apartar de tu lado.

Era incapaz de hacer ni decir nada porque tenía una mascarilla en la cara. Quedó inconsciente antes de poder preguntar si su hija sobreviviría.

33

Un punzante olor a antiséptico le inundó las fosas nasales. Trató de incorporarse. No sentía nada del pecho para abajo, y tampoco podía moverse, así que empezó a palpar la cama buscando algo para usar de palanca. Le pusieron algo duro y frío bajo la barbilla, y vomitó.

—Son náuseas por la anestesia. Se te pasará. Voy a ponerte antiemético en el goteo, para que no vuelvas a vomitar —dijo una voz suave.

Giró la cabeza a un lado y vio a una mujer de uniforme rosa sonriéndole amablemente. Y entonces lo recordó todo: dónde estaba y qué estaba pasando.

—Mi niña. ¿Cómo está mi niña? ¿Está...?

La enfermera sonrió.

—Bien. Está perfectamente.

Acercó una cuna transparente con ruedecillas hacia la cama. Una recién nacida diminuta con mechones de pelo oscuro dormía boca arriba. Sus párpados, finos como el papel, se movían trémulamente. No podía creer que aquella niña delicada y perfecta fuera suya.

—Enhorabuena, mami. ¿Te gustaría conocer a tu hija?

La enfermera cogió a la bebé y la puso sobre el pecho de Nicole, sosteniéndola allí con una mano pequeña y firme.

De repente, Nicole empezó a sollozar, asustando a la enfermera.

—Esto abruma, cielo, ya lo sé. Está completamente sana. Dos kilos novecientos y cincuenta y seis centímetros de largo. Y preciosa de la cabeza a los pies. Estarás entumecida y un poco grogui un rato. Me la voy a llevar por ahora, pero en breve te la traeré para que le des el pecho y tome el calostro.

La enfermera le cogió a la niña antes de que estuviera preparada. Estaba procesándolo muy lentamente; todo estaba ocurriendo muy rápido y no conseguía ralentizarlo.

—¿Dónde están mi marido y mi amiga?

Miró a la niña en brazos de la enfermera. Su nariz era diminuta, y su boquita, perfecta, un milagro. Intentó controlar las lágrimas, pero no podía. Era madre. Una oleada de amor, abrumadora y absoluta, se extendió por todo su cuerpo hasta que su ferocidad casi dolía. Entonces la inundó una marea de dolor al recordar a Amanda en sus brazos, muchos años antes.

—Están esperando fuera. Tienes que recuperarte un poco más para que puedan entrar visitas.

Su hija parecía muy quieta en los brazos de la enfermera. El miedo le subió por la garganta.

—Respira, ¿verdad? ¿Está respirando?

La enfermera la miró con una expresión tranquilizadora.

—Respira perfectamente.

Nicole notó cómo la tensión abandonaba su cuerpo. Se estaba quedando dormida, por mucho que intentara evitarlo. Cuando volvió a abrir los ojos, Greg estaba sentado al borde de la cama, con los brazos vacíos.

Nicole se incorporó bruscamente. Su vientre reaccionó con una sensación de quemazón y tirantez.

—¿Dónde está la niña? —exclamó.

—Cuidado, Nic. Tienes que ir con calma. —Señaló la cuna que estaba junto a la ventana—. Está ahí, y es guapísima.

Al ver aquella diminuta figura envuelta en rosa, su pulso empezó a ralentizarse. Había dado a luz una niña sana y, a pesar de la aterradora cirugía, era madre. Buscó la mano de su marido.

—¿De verdad tenemos una hija?

Su corazón se derritió al ver el asombro en los ojos de Greg.

—Es igual que tú. Es preciosa —le dijo.

Nicole sabía que, en cuanto su marido viera a su hija, se enamoraría de ella.

Greg soltó su mano y fue hacia la cuna, cogió a la niña y se la acercó a la cama. En sus grandes brazos parecía aún más pequeña. Nicole soltó una carcajada viendo la delicadeza con la que la sostenía, casi como si temiera romperla.

—No sé cuándo fue la última vez que tuve un bebé en brazos. Es tan pequeña…

—Los bebés son resistentes —dijo ella, y entonces deseó no haberlo dicho. Sabía mejor que nadie lo frágiles que eran los recién nacidos.

Greg besó a su bebé en la frente, desatando en ella una nueva ola de amor por su marido, que con sumo cuidado le entregó a la niña.

35

Nicole acunó a su recién nacida, mientras acariciaba su cabecita suave y redonda, y sus graciosos mechones de pelo negro.

—Es nuestra, Greg. —Luego susurró a la niña—: Vamos a cuidarte mucho. —Volvió a alzar la mirada—. ¿Dónde está Tessa?

Tenía ganas de que su mejor amiga conociera a la niña. Que la cogiera en brazos. Nunca había visto a Tessa con un bebé. Seguro que la tía Tessa la mimaría muchísimo.

—Ha salido a buscarte algo de comida de ese sitio vegano que os gusta tanto. Dice que no vas a querer comida de hospital ni de broma.

Nicole se rio.

—Y tiene razón.

Greg miró a la niña.

—¿Crees que tiene cara de Quinn?

Antes del parto, habían decidido llamarla Quinn, el apellido de soltera de la madre de Nicole. Oírlo en voz alta le producía alegría y pena a la vez, y notó que los ojos se le llenaban de lágrimas. Deseaba profundamente que su madre hubiera estado a su lado en este momento, diciéndole lo orgullosa que estaba de ella.

Greg parecía perplejo.

—¿Por qué pone Amanda en la etiqueta de la cuna?

Nicole se quedó mirándole, segura de no haberle entendido bien.

—¿Qué quieres decir?

—Hay una etiqueta en un lateral de la cuna. Amanda también me gusta. A mí me parecerá bien el nombre que quieras ponerle.

Miró la cuna y vio la etiqueta, entornando los ojos para leer las letras pequeñas.

Amanda Markham.

No, no, no. Pero ¿cómo? Aquel nombre. ¿Por qué estaba ese nombre en la cuna de su hija?

Notó que le estaba sobreviniendo un ataque de pánico. Tenía que detenerlo antes de que Greg se diera cuenta. No era el momento. Este era el instante más bonito de su matrimonio. Empezó a repetirse en silencio «gratitud, fe y confianza», aspirando aire y espirando, para limpiar su chacra de la corona.

—¿Estás bien, cariño?

Le estaba costando mantener la calma.

—Cógela, por favor. Creo que tengo la tensión baja. Me noto un poco débil.

Greg dejó a la niña en la cuna y volvió rápidamente a su lado.

—¿Nic? ¿Qué pasa? ¿Por qué te has puesto así?

Tenía que ser un error burocrático, simplemente una coincidencia estúpida, terrible y cruel. Tras cinco respiraciones profundas, volvió a ver la cara de Greg enfocada.

Quería coger a la niña. Tocarla. Sentir su respiración. Destapó la sábana e intentó bajarse de la cama, haciendo que el dolor se irradiara por su esternón. Algo la mantenía agarrada por el brazo. Era la vía.

—La niña. Por favor. ¡Necesito a mi hija!

—Cariño, está bien. Yo te la doy. El parto ha sido intenso. Y sigues muy… sensible.

Greg volvió a poner a la niña en sus brazos y luego fue a la cuna para coger la tarjeta.

—Suena bonito, ¿no crees? —dijo él, que le acercó la tarjeta para que la viera: «Amanda Markham».

Luchando contra el insoportable peso que le oprimía el pecho, Nicole apartó la mirada de él y se reclinó sobre las almohadas. Colocó los dedos sobre el cuello de su bebé. *Pam, pam, pam.* Cada latido le aseguraba que su hija respiraba, que estaba viva, que era suya. Su respiración volvió lentamente a la normalidad, y besó la mejilla aterciopelada de la niña. Le fascinaba lo suave y nueva que era.

—Te voy a cuidar. Te voy a querer siempre. Nunca te pasará nada malo —le prometió. Entonces miró otra vez a Greg—. Lo siento. La cirugía me ha dejado muy alterada. Se llama Quinn. Es mi decisión. Mi madre habría sido la mejor abuela del mundo. Significa mucho para mí que lleve su nombre.

Greg se acercó a la cama y se sentó con suavidad junto a su mujer y su hija.

—Te mereces el nombre que quieras. Así que se llama Quinn.

Antes de poder pensar otra vez en la tarjeta de la cuna, oyó el sonido de tacones cerca de la habitación. Miró hacia la puerta esperando ver a Tessa, pero vio a otra mujer fuera. Al principio, le confundió aquella melena de color rojo vivo, igual que la de Donna hacía casi veinte años.

Greg le acarició la sien.

—¿Qué? Parece como si hubieras visto un fantasma.

—¿Quién era esa? —susurró ella.

—¿Quién?

—La mujer que estaba en la puerta.

Greg se quedó mirándola, vio que se estaba poniendo nerviosa otra vez.

—Tessa no era. No creo que esté de vuelta tan pronto. —Miró hacia la puerta—. Ahí no hay nadie, cariño. Te estás recuperando de la cirugía, no pasa nada. Los medicamentos te están afectando. ¿Puedo traerte alguna cosa?

—Estoy bien. —Mentira. Mentira cochina—. Solo estoy ansiosa de que Quinn conozca a su tía.

Tenía muchas más razones para estar nerviosa.

«No te mereces una hija. Eres una asesina. No eres capaz de mantenerla a salvo.»

Nicole volvió a mirar hacia la puerta, pero la mujer pelirroja ya no estaba.

39

5

Morgan

Meto el pósit morado en mi bolso y sigo al agente por las escaleras de hormigón de la estación Grand/State, agarrándome bien a la barandilla negra y pegajosa. Amanda. ¿Es ese el nombre de la niña o el de su madre? Una ráfaga de viento frío abofetea mis mejillas al salir a West Grand Avenue. Empieza a anochecer y el sol es una bola de fuego naranja detrás de la estación. Hay decenas de furgonetas de medios de comunicación y coches de policía aparcados descuidadamente en los carriles para bicicletas.

El agente se detiene ante un coche patrulla y por fin le veo bien. Es bajo y fibroso, y medimos más o menos lo mismo. Aun así, intimida bastante.

—Soy el agente Campbell. ¿Me puede decir su nombre, por favor?

—Morgan Kincaid. —Susurro, porque tengo la garganta en carne viva, como si me estuviera raspando con papel de lija.

Me indica que suba al asiento trasero del coche y al entrar pone su mano sobre mi cabeza. Quisiera decirle que no me toque, pero no lo hago. Me siento como una delincuente.

El sufrimiento empieza a engullirme durante el trayecto a comisaría. Miró por la ventanilla. Cuando el agente Campbell gira hacia North Larrabee, el sentimiento se convierte rápidamente en consternación. Los frondosos árboles de color esmeralda dan paso a tristes ramas dispersas y encorvadas. Es como si empatizaran conmigo. A ambos lados de la calle hay edificios industriales de ladrillo, con aparcamientos y tiendas destartaladas que llevan hacia la uniformidad gris y desaborida del Distrito Dieciocho.

Mi vestido se pega al asiento de cuero agrietado y prácticamente me tengo que despegar para sacar el teléfono del bolso. Escribo un breve mensaje a mi abogada, Jessica Clark. Ella me protegió cuando se derrumbó mi mundo, cuando Ryan ya no estaba y todos mis amigos y mi familia volcaron su rabia contra mí. Es posible que no la necesite esta vez. No he hecho nada malo. Pero no me fío de la policía.

Le escribo rápidamente.

Unos segundos después me contesta: «Voy para allá».

Me siento débil, temo desmayarme sobre el asiento trasero. Debería haberme abierto paso entre la multitud del metro y haber huido de esa mujer. Pero ¿qué habría sido de la niña? Me enrosco las puntas del pelo en el dedo hasta que empieza a cortarme la piel.

«Quiérela por mí, Morgan.»

No podía irme.

El agente Campbell entra en el garaje de la policía, me desabrocho el cinturón y le sigo con paso fatigado a través de la poterna hasta un intercomunicador que hay sobre una pared, donde dice mi nombre. Subimos a las salas de declaración. Al salir del ascensor evito mirar hacia los gruesos barrotes de metal a nuestra espalda que separan a los presos potencialmente peligrosos de la policía. No quiero estar aquí.

—Señora Kincaid, sígame, por favor.

Veo que el uniforme le aprieta el bíceps al coger un papel de manos de un sargento en el mostrador de recepción.

Siento una vergüenza espantosa por la capa de mugre que llevo sobre el vestido y la piel, pero, al pasarme la mano por la cara, de repente me viene un olor a la niña, un olor fresco y a polvos de talco. «Ojalá esté bien», pienso.

Sigo al agente por la comisaría, con la cabeza a punto de estallar por el zumbido repetitivo de las luces fluorescentes. La última vez que estuve aquí fue hace dieciocho meses. Iba como anestesiada de puro dolor, con la ropa y las manos empapadas de la sangre de Ryan.

«No dejes que nadie le haga daño.»

Pienso contarle todo al agente Campbell. Simplemente, le trasladaré cada palabra que me dijo la madre. También le contaré lo de la notita, en cuanto lleguemos a dondequiera que me esté llevando. Sí, le diré que ella me la pegó en el bolso antes de saltar, aunque no sé cómo.

Pasamos delante de varios despachos. En uno de ellos, veo a un agente que está contestando una llamada. Se levanta para cerrar la puerta a nuestro paso. ¿Estará llamando a la pareja o a la familia de esa mujer? Yo sé lo que siente la persona al otro lado del teléfono. Casi puedo sentir la caída al suelo, el hacerse bola con las rodillas contra el pecho, los temblores, la desesperación. Y conozco la voracidad del sentimiento de culpa, el vacío del remordimiento. Nadie olvida el momento en que tu vida se ve destrozada, aplastada por la escalofriante realidad. Siento una oleada de empatía por la familia que esa mujer deja tras de sí, especialmente por su precioso bebé. Y entonces se me ocurre: si tenía familia, ¿por qué me la dio a mí?

43

Si a mí me pasara algo, la policía no tendría familia a la que llamar. Mi madre vive en Florida y apenas hablamos. De hecho, no recuerdo la última vez que lo hicimos. Fue hace seis meses, en el funeral de mi padre. Estuvimos un rato sentadas en el salón de la casa donde crecí, incómodas con una taza de té tibio en la mano.

—Me voy a mudar a Miami, a vivir con la tía Irene. Ahora que tu padre ha muerto, tengo que vender la casa.

Entendí el mensaje subliminal. No podía permitirse la hipoteca porque mi marido les había robado todo su dinero, invirtiéndolo en su fondo de cobertura corrupto sin su conocimiento. Para mi madre, el ataque al corazón que sufrió mi padre fue culpa mía.

—Yo no sabía nada de lo que estaba haciendo —le dije cientos de veces.

A ella y a mucha gente. Lo repetía de memoria cada vez que la sospecha enturbiaba la mirada de mis amigos, compañeros y seres queridos, que habían confiado sus inversiones a Ryan. El único que creyó que no tuve nada que ver con ello era mi padre. Pero ahora ya no está. Se ha ido para siempre.

El agente Campbell me sigue conduciendo por la comisaría hasta que llegamos a una sala de declaraciones ordinaria, una que no conozco, afortunadamente. Antes de dejarme, dice:

—Un inspector estará con usted en breve para tomarle declaración. ¿Le apetece un café? ¿Agua?

Me siento en una silla giratoria dura y niego con la cabeza. Se va y, unos instantes después, oigo pasos y alzo la vista hacia la puerta. Reconozco a la mujer. Y, por su expresión, ella también a mí. Es la inspectora Karina Martínez, la misma que acudió a la escena del crimen en mi casa mientras yo esperaba temblando junto al cuerpo sin vida de Ryan. Ella fue quien me llevó a la comisaría y me interrogó acerca de los motivos que le habían llevado a suicidarse y sobre los millones de dólares que había robado.

Deja una copia del *Chicago Tribune* y una botella de agua abierta cerca de una caja de Kleenex sobre la mesa laminada rallada. Luego toma asiento en una silla enfrente de mí y se aparta el flequillo de la frente alta. Su piel es lisa, sin una sola arruga. Me pregunto si seguirá siendo la inspectora más joven del distrito. Noto la luz roja de la cámara parpadeando en la esquina superior, grabando cada uno de mis gestos. Cruzo las piernas y las descruzo. No sé cómo comportarme. Me siento culpable, aunque no haya hecho nada malo.

Aprieto los labios.

Martínez desliza la botella de agua hacia mí. Se inclina un poco para acercarse.

—Aquí estamos. Otra vez. —Clava la mirada en mí, como si estuviera cansada de verme.

Su actitud me preocupa. Empiezan a sudarme las palmas de las manos.

—¿Qué tal le va, Morgan?

No sé qué contestar. Jessica me aconsejaría no decir nada hasta que llegue ella, pero tengo que responder.

—Bien. Tirando.

Martínez asiente.

—¿Puede decir su nombre y dirección para que conste, por favor?

Me tiemblan las manos.

—Creo que debería esperar a mi abogada.

—¿Viene de camino su abogada? Interesante. Se da cuenta de que solo le estamos tomando declaración como testigo, ¿verdad?

Eso creía. Pero, entonces, ¿por qué actúa como si yo fuera culpable? Al final cedo ante la presión y digo mi nombre y dirección.

45

—¿Puede decirme qué pasó exactamente hoy en el andén de Grand/State? —prosigue.

Trago con fuerza para ganar algo de tiempo, con la esperanza de que Jessica aparezca por la puerta y me ayude. Martínez clava sus ojos marrones en mí y se ajusta un poco más la coleta.

Intento recordarme que la verdad está de mi lado. ¿De qué tengo que preocuparme? Martínez solo quiere saber qué pasó. Y había muchos testigos. Mucha gente tuvo que ver cómo esa mujer me daba a su hija y luego saltaba.

Respiro hondo, abro la boca y me sale todo a chorro.

—Yo estaba esperando el metro para volver a casa a la hora de siempre. No prestaba atención a lo que me rodeaba, así que me sorprendí cuando de repente una mujer me agarró del brazo y me dijo que cogiera a su bebé.

Martínez arquea sus cejas perfectamente depiladas.

—¿Sabe quién era?

Niego con la cabeza.

—No. No la había visto en mi vida. Parecía… no estar bien. Yo aparté el brazo, porque me estaba asustando. Estábamos muy cerca del borde y temía por ella y por el bebé, pero no sabía qué hacer.

—¿Se fue? ¿O pidió ayuda a alguien?

Tiemblo. Ojalá lo hubiera hecho.

—Todo pasó muy rápido. Ella estaba delante de mí y miraba a todas partes, como si estuviera buscando a alguien en el andén. Como si estuviera asustada. Entonces me dijo que no dejara que hicieran daño a su bebé.

Me acerco el bolso. No le voy a contar que esa mujer dijo mi nombre. Ni tampoco lo de la notita con el nombre de Amanda.

—¿Y cómo llegó el bebé a sus brazos antes de que la mujer cayera a las vías?

46

El corazón me late a golpes contra el pecho.

—Ella me la puso en los brazos. Me quedé aturdida y la cogí. De hecho, temía que se me cayera, así que la agarré con fuerza. Y mientras estaba mirando a esa preciosidad, su madre saltó. —Mi voz se traba y caen lágrimas de mis ojos—. Yo… ni siquiera pude pararla. Fue todo tan rápido…

Martínez me da un pañuelo de papel, pero no hay ninguna amabilidad en su forma de hacerlo.

—Creo que no me lo está contando todo —dice.

Me estremezco.

—Todo lo que le he dicho es verdad.

—No es que lo que me haya dicho no sea cierto. Es «lo que no» me está contando, Morgan. Los agentes que están sobre el terreno, en el andén, han tomado declaración a varios testigos. La gente vio cómo pasó todo. Y oyeron a la mujer que saltó. Morgan, oyeron cómo decía su nombre.

El vestido me oprime el pecho. Me rasco el esternón, preguntándome por qué no le habré contado ese detalle.

—Sí, pero es que ni siquiera estaba segura de haberla oído bien. Todo fue tan aterrador y repentino… Le estoy diciendo la verdad. Le cuento lo que sé. Nunca había visto a esa mujer. No la conocía ni había hablado con ella. No sé quién era ni cómo me conocía… ni por qué se puso a hablar conmigo.

Ya está. Se lo he contado todo. Salvo lo de la notita morada. ¿Y si lo sabe también? ¿Debería esperar a Jessica o sacar todo lo que llevo en el bolso y confesar?

Martínez respira hondo, se cruza de brazos.

—¿Llevaba puesta alguna etiqueta o placa con su nombre, para el trabajo, tal vez? ¿O alguna joya personalizada? ¿Algo que pudiera decirle cómo se llama?

Lo pienso un momento. No se me ocurre nada.

—No.

Martínez se queda mirándome, entonces coge el *Chicago Tribune* que había dejado al borde de la mesa. Lo abre bruscamente. Señala un artículo.

—Morgan, sí que conoce a la víctima. Es Nicole Markham, directora ejecutiva de la línea de ropa Breathe. ¿Qué relación tenía con ella?

No puedo evitar que me salga un grito ahogado. La foto es de una mujer muy guapa con rizos castaños, piernas largas y estilizadas, tacones plateados, una falda ajustada y elástica color coral y una camiseta entallada con cuello en V. La viva imagen de una directiva con empuje y totalmente equilibrada. ¿Cómo es posible que sea la misma mujer desaliñada y presa del pánico que me rogó que quisiera a su bebé antes de arrojarse a la muerte? Es ella, aunque la transformación es espantosa, como un cambio de *look* a la inversa.

Claro que conozco la compañía Breathe. ¿Quién no? Incluso tengo varios de sus clásicos *leggings* para hacer yoga. Pero ella no me suena. No la conozco personalmente. ¿Por qué iba a pedirme esta profesional poderosa y completamente desconocida, a mí, que mantuviera a salvo a su hija? ¿De qué me conocía? ¿Y mantenerla a salvo de qué?

Entonces me golpea una idea.

—Mi nombre salió en las noticias cuando murió Ryan. ¿Es posible que me conociera de eso?

No digo «ahora que relacionan mi nombre equivocadamente con desfalco», pero estoy segura de que Martínez sabe a qué me refiero.

—¿O puede que Breathe tenga alguna relación con Haven House, el sitio donde trabajo? Poca gente sabe de su existencia; se encuentra en un anodino edificio marrón de West Illinois Street, bien escondido para salvaguardar a las mujeres y niños que se refugian en él.

Martínez golpea el tacón de su zapato negro contra el suelo.

—Echaremos un ojo a los archivos de Haven House. —Intenta mirarme con empatía, pero el sentimiento no alcanza sus ojos—. Debe de ser difícil estar sola. Ahora que su marido no está.

Lo es. Ya no tengo amigos ni familia en Chicago. Después de la muerte de Ryan, comprendí que mis únicos amigos durante nuestro matrimonio eran los suyos. Y les había engañado a todos, haciéndome quedar como cómplice. Incluso los amigos que yo tenía de la universidad y del trabajo se fueron apartando después del suicidio de Ryan. Estaba sola, con el dolor y la pérdida como única compañía. Pero no le voy a decir nada de esto a Martínez, porque busca algo. Y no sé qué es.

Martínez frunce los labios hacia abajo en un gesto de desaprobación al ver que no contesto.

49

—Morgan, siempre me ha costado creer que no sabía que su marido estuviera robando a sus inversores y estafando al Fondo Light the Way, una organización benéfica que «usted misma» fundó. Vivía con él, día tras día. Parece una mujer avispada. Cierto, no pudimos demostrar que supiera exactamente lo que estaba haciendo, pero siempre ha habido algo en usted que me resulta muy... reservado. Y ahora lo vuelvo a ver. —Se reclina en la silla, observando de nuevo la foto de Nicole Markham—. La directora ejecutiva de Breathe está muerta, y usted tenía a su bebé en brazos en el borde de un andén de metro. Dijo su nombre. ¿Comprende por qué creo que se conocían?

De repente, el hecho de que Martínez saque a colación mi traumática experiencia para descolocarme me enfurece. Salto de la silla, tirando la botella de agua.

La señalo con el dedo.

—Todo el mundo creė saberlo todo de mí, y no tienen ni idea —digo, con la voz ahogada por lágrimas que no quiero derramar.

Martínez se queda mirando mi dedo levantado. El ruido de unos tacones en el pasillo desvía mi atención. Me siento otra vez, temblando, y mi cuerpo se encoge aliviado al ver a Jessica entrar en la sala.

Mi abogada es tan espigada que, aunque soy más alta que la media, siempre me siento bajita a su lado. Su piel morena tiene un aspecto suave y limpio, y ese vestido verde azulado con cinturón, como toda su ropa, le queda perfecto. Cuando nos conocimos, le pregunté si había sido modelo.

Martínez y ella se saludan educadamente. Jessica coge una silla a mi lado y se sienta, poniendo una mano sobre mi hombro.

La inspectora le pone al corriente del suicidio y dice que soy «testigo de interés». Jessica posa sus dedos suavemente sobre mi espalda.

—¿Estás bien, Morgan?

Su suave tacto desata las emociones que había logrado contener a duras penas desde que llegué a comisaría. Los labios descarnados de la mujer, sus ojos desorbitados y la desesperación pasan por mi mente como una escena de película. Empiezo a sollozar de pena, por ese bebé, por la madre que ni siquiera conocía, por mí misma.

Jessica me da una palmadita en el hombro hasta que el hipo se me va.

—Gracias.

Le dice a Martínez:

—Necesito un momento a solas con mi clienta. —Alza la mirada al techo—. Con la cámara apagada.

—De acuerdo. —Martínez se levanta, sale y cierra la puerta tras de sí.

De repente, la sala me parece más pequeña. Me siento tan mareada que tengo que apartarme de la mesa y meter la cabeza entre las rodillas.

Jessica espera a que vuelva a incorporarme.

—A ver, estoy atando cabos. —Mira el periódico sobre la mesa—. He oído en las noticias que la directora general de Breathe se ha suicidado en la estación de Grand/State después de entregar su bebé a una desconocida. ¿La desconocida eres tú?

—Sí y no.

Los ojos de Jessica se abren.

—Es el momento de que me lo cuentes todo.

—Estaba esperando el metro cuando esa mujer de repente me agarró del brazo, me dijo que cogiera a su hija y que la quisiera. Parecía muy asustada, como si hubiera alguien en el andén persiguiéndola. Y luego dijo mi nombre. Me dijo: «Quiérela por mí, Morgan». Le he contado todo menos eso a Martínez. Y ella dice que ya ha oído testimonios de otras personas. Es como si me la tuviera jurada, Jessica, y yo solamente estaba allí esperando el tren. —Hundo la cabeza entre las manos—. No sé por qué no se lo he contado desde el principio. —Levanto la mirada de nuevo—. Lo siento.

Gime.

—No pasa nada. Estás estresada. Seguro que presenciar todo eso habrá desatado recuerdos terribles.

Ryan, la herida supurando sangre, la pistola en mi mano. «No, no, no, no puede ser. Esto no puede estar pasando.»

—Sí que lo hizo —admito—. Y me eligió a mí para que protegiera a su bebé. Y yo…

—*Shhh*, lo entiendo. No pasa nada. Estabas en *shock*. No has hecho nada malo. Y sabes que mi trabajo consiste en defenderte. Ya has pasado por algo parecido, Morgan.

51

Así que, por ahora, digamos que ya has hablado bastante. Estás traumatizada. No eres tú misma. No puedes volver a hablar con Martínez, con los medios ni con nadie sin que yo esté presente.

Acerca su silla un poco más.

—A ver, ahora mismo no tenemos mucho tiempo. Si hay algún otro detalle importante, cualquier cosa que se te haya olvidado contarme, es el momento de hacerlo.

Me aparta el pelo de la cara, está mojado del sudor por el pánico. Entonces busco el pósit en mi bolso y se lo doy.

—Encontré esto pegado en mi bolso después. ¿Es posible que sea el nombre de la niña?

Jessica se queda mirando la notita con curiosidad, dándole la vuelta entre las manos.

—No. Las noticias han dicho que se llama Quinn.

No Amanda. Quinn. Qué nombre tan bonito para la diminuta niña que tuve en brazos.

—Entonces, ¿quién es Amanda? —pregunto—. ¿Y si Quinn está en peligro? Su madre me hizo pensar que lo estaba. Me suplicó que no dejara que nadie hiciese daño a su bebé. Estaba muy angustiada, como si la estuvieran siguiendo. Deberíamos enseñar esto a Martínez, ¿no crees?

Sacude la cabeza de manera brusca y rápida.

—Ni de broma. Guárdala ahora mismo. Pondré a mi detective, Barry, a hacer algunas averiguaciones. Pero, hasta que sepamos por qué esa mujer dijo tu nombre en el andén y por qué se dirigió a ti, contarle cualquier cosa a Martínez solo hará que parezca que guardas alguna relación con todo esto. Por lo que me has contado, Nicole Markham parecía y sonaba muy alterada.

Está demasiado cerca de mí. Me siento arrinconada, sin salida.

—¿Es posible que Nicole conociera a Ryan? ¿Pudo estar involucrada en el desfalco?

El estómago se me revuelve. A pesar de que no dejo de pensar en Ryan, odio hablar de él.

—Todavía no sé a cuántas personas estafó. Puede que también engañara a Nicole, o a algún conocido suyo. Es posible que ella pidiese dinero a la gente equivocada para intentar cubrir el dinero perdido. O puede que estuviera compinchada con él y que nunca la cogieran. No sé nada. —Mi voz se quiebra—. Ryan no me ha dejado más que preguntas, dolor y rabia. Nunca llegué a conocerle. —De repente, se me ocurre algo—. Jessica, ¿y si yo también estoy en peligro?

—Tranquilízate. Nada apunta a que sea así. La notita ni siquiera demuestra que nadie quisiera hacer daño a la niña, a ti o a Nicole. Tal vez la niña no estuviese a salvo con ella. —Jessica se pone en pie y empieza a caminar por la pequeña sala. Su expresión se suaviza—. Sé que esto es duro. Pero tienes que mantener la calma.

—Pero ¿cómo voy a mantenerla cuando Nicole dijo mi nombre, me pidió que quisiera a su bebé y luego se mató delante de mí?

Se da golpecitos sobre los labios con una de sus uñas pintadas de rosa.

—Vamos a averiguar por qué se dirigió a ti y si corres algún peligro, ¿de acuerdo? Y estoy segura de que el bebé estará en buenas manos.

Sabe que estoy preocupada por la niña sin tener que decírselo. Es como si Jessica se hubiera colado en mis pensamientos más profundos. Me conoce demasiado bien.

Suspira.

—Haré todo lo que pueda para averiguar algo más sobre Quinn. Pero, por ahora, mi objetivo es sacarte de aquí lo antes posible, ¿vale?

Me dejo caer sobre el respaldo de la silla.

53

—Sí. Lo que tú digas.

Va hacia la puerta y la abre. Veo que le hace un gesto a Martínez. La inspectora entra de nuevo en la diminuta sala. Jessica me mira fijamente y pongo una mano sobre mi rodilla. Me tiembla todo el cuerpo.

—¿Puedo irme a mi casa ya? —pregunto.

Solo quiero estar en mi casa.

—Todavía no. Tengo un par de preguntas más y va a tener que contestarlas antes de irse.

Una expresión de inquietud atraviesa el rostro de Jessica.

—¿Podemos hablar fuera un momento, por favor? Usted y yo.

Ambas salen al pasillo, cerrando la puerta tras de sí. Por un instante, me dejan sola; sin embargo, antes de que pueda acostumbrarme, vuelven a entrar.

54   Martínez se sienta al otro lado de la mesa. Jessica se apoya contra la pared. Me lanza una mirada que dice: «Habla lo menos posible».

La inspectora se acomoda lentamente, tomándose su tiempo.

—No tenemos todo el día, Martínez —dice Jessica.

Martínez clava sus ojos de color café en los míos.

—La víctima cayó de espaldas. La mayoría de los suicidas no saltan hacia atrás.

No comprendo. Aprieto los labios con fuerza y me agarro a los brazos de la silla para evitar que me tiemblen las manos. Vuelvo a revivir esos segundos finales en mi cabeza. ¿La vi saltar o no? Mi mente se queda en blanco.

De repente, me veo catapultada a otro momento, al instante en que entré en el despacho de Ryan en casa y le encontré en el suelo. Mi corazón y mi vida se hicieron añicos. La sensación húmeda y pegajosa de su sangre en mis pantalones de lana vuelve rápidamente a mí; también la de mis manos teñidas de rojo después de quitarle la pistola de los dedos. Me aterraba que volviera a dispararse. Intenté detener la hemorragia de la herida en su abdomen, suplicando que volviera a respirar, pero ya era demasiado tarde. Sí, mi matrimonio no era perfecto. Ryan y yo teníamos nuestras riñas. Yo quería tener un hijo, él no. Había tensiones. Pero jamás quise que muriera.

Y ahora esa pobre mujer también está muerta. ¿Por qué no he sido capaz de ver lo que pasaba delante de mis narices? ¿Por qué es todo tan opaco?

—Morgan, ¿le quitó usted a la niña antes de empujarla del andén?

La acusación me golpea como una bofetada en la cara. Alzo la vista hacia ella. Mi cuerpo se queda helado y tengo que contener las ganas de vomitar sobre el suelo. Está insinuando que yo maté a Nicole Markham.

—¿Qué? —digo mirando a Jessica, preguntándome cómo demonios me pueden hacer una pregunta así.

Jessica interviene.

—Nicole puso a su bebé en brazos de mi clienta, no al revés. Y si Morgan no hubiera estado ahí para coger a esa niña, habría caído al suelo, o peor, a las vías. También podría haberla golpeado el metro. ¿Qué clase de pregunta es esa? Morgan salvó a esa bebé. Muchos testigos lo vieron. Es una heroína.

Jessica levanta una ceja a Martínez.

La inspectora sonríe, haciendo que se le marque un hoyuelo en la mejilla izquierda. En cualquier otra persona quedaría bonito. En ella resulta amenazante.

—No creo que «heroína» sea la palabra que mejor la describa.

En eso tiene razón. Una heroína habría reconocido

55

el profundo dolor de Nicole y habría sabido qué hacer inmediatamente, evitando que esa madre desesperada acabase con su vida. Yo me quedé mirando, inútil, boquiabierta como un pez, mientras dejaba a su bebé en mis brazos. Una heroína habría intuido que su marido la estaba utilizando a ella y a muchas otras personas para hacerse rico, y lo habría evitado. Es posible que sea lo único en lo que estemos de acuerdo Martínez y yo: no soy ninguna heroína.

La inspectora se pone en pie apartando la silla hacia atrás. Sus siguientes palabras desatan un escalofrío en lo más profundo de mi ser:

—O sea, que insiste en que no conocía a Nicole Markham, y, sin embargo ella la llamó por su nombre. Solo tengo una pregunta más: ¿hasta qué punto desea tener un hijo?

—No contestes, Morgan —salta Jessica bruscamente mirando a Martínez—. Ya está bien. A no ser que se acuse de algo concreto a mi clienta, nos vamos.

Martínez hace una gesto hacia la puerta.

—Son libres de marcharse. Volveremos a hablar en breve, estoy segura de ello. Es increíble lo que te pueden pillar haciendo cuando crees que nadie te ve.

Jessica se vuelve hacia mí y me indica que la siga. Tiene los labios fruncidos en una fina línea.

«Mantenla a salvo.»

«Quiérela por mí, Morgan.»

Esa mujer, Nicole, sabía que yo estaría en Grand/State. Me eligió a mí. No sé por qué, pero lo voy a averiguar. No pienso cometer el mismo error dos veces. Ni me voy a quedar de brazos cruzados mientras el mundo entero decide que soy una mala persona.

Jessica me agarra del brazo.

—Vamos —dice.

Atravieso la puerta y salimos de la sala de declaraciones. Nunca más quiero entrar en ella. Estoy cansada de inspectores y de policía, y también de las historias que se cuentan cuando en realidad no saben nada de mí. Esta vez, no voy a aguantarlo. Voy a limpiar mi nombre de una vez por todas.

6

Nicole

Cinco semanas antes

*E*l sudor se acumulaba entre los pechos de Nicole y le goteaba por la nuca. El sol de la mañana atravesaba con fuerza las cortinas de seda color crema, punzando con sus brillantes rayos sus ojos secos y doloridos. Hasta ser madre, no había entendido lo que es el insomnio. Aparte de que Quinn parecía tener hambre cada hora, Nicole se quedaba despierta toda la noche observándola de manera obsesiva, cerciorándose de que seguía respirando. Cada vez que la niña cerraba sus preciosos ojitos del color del piélago, Nicole guardaba vigilia. A veces incluso la agitaba un poco para asegurarse de que seguía viva y respiraba.

Porque cosas horribles pasaban cuando nadie miraba.

De adolescente, nunca entendió por qué Donna estaba tan tensa y nerviosa siempre. Las estanterías de su salón estaban plagadas de libros de crianza desgastados. Guardaba tablas y apuntes sobre horarios de sueño y pañales. Nicole siempre lo vio como una exageración. Amanda era la niña más buena y alegre del mundo. Sin embargo, ahora que tenía a Quinn, de repente comprendía todas las preocupaciones de Donna. Solo podía pensar en escenarios catastróficos. ¿Qué pasaría si Quinn se atragantaba con la leche de fórmula? ¿Y si se le caía de los brazos? ¿O la apretaba con demasiada fuerza?

El cambio que había experimentado, de ser una directora ejecutiva supereficiente y confiada a una madre insegura y nerviosa, resultaba abrumador. Ya no sabía bien quién era.

Cerró los ojos con fuerza, apoyándose contra el cabecero de rejilla blanca, tratando de mantener el equilibrio a pesar de las oleadas de mareo. Quinn lloraba desde su cuna, pidiendo mimos. Nicole abrió los ojos para mirarla, pero lo único que veía era a Amanda.

De repente, volvía a ser la niñera de diecisiete años, avanzando por el estrecho pasillo hacia el cuarto de Amanda. Ella solo pretendía cerrar los ojos un momento en el sofá, pero, por alguna razón, se había quedado dormida. Ya había pasado la hora de la siesta, pero Amanda seguía durmiendo, lo cual era extraño. Nunca había dormido tanto tiempo, tres horas enteras. Nicole empujó la puerta de la habitación. Sobre la cuna giraba el móvil de mariposa que siempre ayudaba a dormir a la niña. Los tonos suaves y lentos de *Duérmete, niño* seguían sonando en un bucle continuo.

Se acercó a la cuna. Amanda parecía muy tranquila.

—Nunca despiertes a un bebé dormido —le insistía siempre Donna.

Y, a falta de experiencia, Nicole hacía lo que le decían. Ese era su trabajo.

Pero algo no iba nada bien. Al inclinarse a coger a Amanda, sus largos rizos oscuros rozaron las mejillas de la niña, pero no abrió los ojos ni se echó a reír como siempre hacía. Sus bracitos tampoco se alzaron buscándola. Amanda no se movía.

La sacó de la cuna y palpó su frente. Estaba fría. Con el corazón latiéndole a golpes, Nicole cayó de rodillas. Dejó suavemente el cuerpo diminuto e inmóvil en el suelo, poniendo su boca sobre la de la niña y apretando su pecho frágil y estrecho con las yemas de los dedos. «Por favor, por favor, por favor», repetía en voz alta.

Sentía tales pinchazos en el pecho que creyó que le estaba dando un infarto. Empezó a reptar por el suelo para llamar al 911, y lo siguiente que recordaba era una máscara de oxígeno sobre su nariz y su boca.

—¿Qué has hecho? —aullaba Donna. Su cabello largo y pelirrojo le tapaba la vista mientras intentaba adivinar por qué estaba en una camilla—. ¡Asesina!

Entonces comprendió que Amanda estaba muerta.

Y que era su culpa.

No podía contárselo a Greg. Sí, parte de la preocupación y de la angustia que había experimentado desde el nacimiento de Quinn era normal. Pero él nunca entendería lo profundo de su pavor, su verdadero origen. No podía olvidar ni un instante que algo terrible podía ocurrirle a Quinn. Y por eso no la perdía nunca de vista. Sería la madre perfecta. Ese era su objetivo. Sin embargo, cada vez que expresaba alguna preocupación, lo único que decía Greg era: «Sigue tu instinto maternal». Pero ¿cómo hacerlo, cuando ni siquiera era capaz de dar el pecho a su bebé? Por mucho que lo intentaba, nunca tenía suficiente leche. Estaba muy decepcionada consigo misma, mientras que Greg se mostraba distante, frustrado y malhumorado con ella. Y cuando le comentaba sus inquietudes, él les restaba importancia.

—No lo entiendes, Greg —le dijo con lágrimas cayendo por sus mejillas—. La leche materna contiene anticuerpos para combatir infecciones. Disminuye el riesgo de asma. La mantiene a salvo, ¡y no puedo dársela!

61

—A mí no me dieron el pecho, y salí bastante bien.
—La cogió entre sus brazos, pero ella no dejaba de llorar—. Nic, tienes que tranquilizarte. Eres una gran madre
y Quinn está sana. ¿Y si coge algún resfriado de más? No
pasará nada.

Pero sí pasaba. Amanda también estaba sana.

Oyó a Greg dando vueltas por el piso de abajo, prepa-
rándose para ir a trabajar. Pensó en pedirle que subiera a
coger a la niña mientras ella se duchaba y se vestía, pero
al final decidió hacerlo sola.

Puso una mano sobre su vientre, aún delicado, intentando aspirar hondo y espirar lentamente, pero el
corte todavía le dolía. Y la respiración profunda ya no
mitigaba sus incesantes ataques de pánico. No le daban
solamente por Quinn. No. Podía lidiar con los sollozos
de su hija, eran señal de que su bebé estaba sana y vigo-
rosa. Lo que la seguía inquietando era el nombre en la
etiqueta de la cuna: Amanda. No podía quitarse de encima la sensación de que la estaban observando. O de que
veía cosas que no eran. ¿Estuvo Donna realmente fuera
de su habitación en el hospital? ¿Estaría en Chicago en
ese momento? Si así era, ¿qué quería? ¿Desquitarse?
¿Vengarse? En tal caso, ¿hasta dónde estaba dispuesta
a llegar?

Durante dos semanas, Tessa había venido a visitar-
la casi a diario. Le trajo muestras de aceites esenciales
de Breathe e intentó todas las técnicas de *mindfulness*
que conocía para ayudar a Nicole, pero nada funcionaba.
Finalmente, hacía unos días, cuando Greg estaba en el
trabajo y ellas se encontraban en el sofá del salón, Tessa
tuvo que coger a Quinn porque Nicole de repente no
podía respirar. Le caían gotas de sudor por la cara y se
apretó una mano sobre el pecho para aliviar el espantoso dolor.

—Nic, puede que necesites ir al médico. Sé que no quieres que te mediquen, pero lo estás pasando muy mal.

—Odio los medicamentos, Tess. Necesito estar alerta —contestó a duras penas.

—Pero es que no lo estás. Y los tratamientos han cambiado mucho en los últimos años. Hazlo por Quinn. Solo ve a hablar con tu médico.

Desesperada, Nicole hizo caso a Tessa. Su médico le recetó Xanax de inmediato, asegurándole que esa era la opción más rápida. Apenas llevaba cuatro días tomándola, siguiendo sus indicaciones, y ya se sentía absolutamente incapaz de superar el día sin drogas. Examinó frenéticamente su mesilla, un magnífico mueble de caoba acabado a mano que su decorador encontró en una preciosa tienda de North Clyborne Avenue. Pero no encontró el omnipresente frasco naranja de pastillas blancas que siempre guardaba junto a la cama.

63

Se levantó, agarrándose al borde de la mesa para mantener el equilibrio. ¿Se había caído el frasco al suelo? No lo veía. Estaba tan cansada que no podía pensar. ¿Había cambiado el frasco de sitio y luego se había olvidado?

Abrió el cajón de la mesilla para ver si lo había guardado por equivocación. Las pastillas tampoco estaban allí. Sí encontró una bola de papel arrugado junto a un libro de tapa dura. La sacó. Era la carta de Donna. La misma que estaba segura de haber dejado en la mesa de su despacho en Breathe.

NO TE MERECES UNA HIJA. ERES UNA ASESINA.

NO ERES CAPAZ DE MANTENERLA A SALVO.

¿Cómo había llegado a su casa? ¿La trajo ella y luego lo olvidó? ¿O la había puesto alguien allí?

Quinn estaba llorando otra vez. Nicole volvió a meter el papel en el cajón y lo cerró de golpe.

—Mami está aquí. Estoy aquí —dijo, con la respiración entrecortada.

Se inclinó sobre la cuna para mecer a su bebé. Sintió un tirón en el estómago. No tenía ni idea de que la recuperación de una cesárea fuera tan dolorosa. Ni de que el amor que sentía por Quinn la abrumaría por completo.

Con la niña agarrada contra su cuerpo, Nicole logró llegar al baño. Abrió el armario de vidrio mientras la sostenía. Allí estaba el frasco de pastillas. La inundó una sensación de alivio. ¿Era la maternidad así para todo el mundo? ¿Un constante estado de miedo y angustia? ¿Pasar de ser una persona adulta plenamente segura a un desastre aterrado, ansioso y olvidadizo, de la noche a la mañana? No tenía amigas con hijos y, aunque algunas de sus empleadas eran madres, tampoco guardaba una relación cercana con ellas, de modo que no podía preguntarles. Y tampoco podía hablarlo con su madre. De solo pensarlo sintió una punzada de pena en el corazón.

Quinn seguía llorando. La llevó a la cuna del dormitorio y tragó varias pastillas sin agua, sabiendo que no tardarían en despejar su mente. De repente, sonó el móvil de Greg en el piso de abajo. Antes, el tono de *Misión imposible* solía hacerla reír; ponía los ojos en blanco, exasperada. Ahora casi nada la hacía reír.

Oyó que contestaba y soltaba una risita: era evidente que hablaba con una mujer. Ahora ya nunca se reía así con ella. No desde que nació la niña. Simplemente, había dejado de ser divertida desde que era madre.

Cogió a la niña y cubrió su cabecita con una mano. Entonces fue hacia lo alto de la escalera y empezó a bajar al piso de abajo sentándose en cada escalón con mucho cuidado. Era humillante tener que hacerlo así, y cada movimiento suponía un pinchazo de dolor en el estómago. Pero eso era preferible a caer de bruces sobre el suelo de madera y que Quinn se partiera el cráneo.

—Calma —dijo en voz alta para que no la invadiera esa idea.

Entonces pensó en las pastillas. Cuando se le cayó la bolsa de la farmacia con el frasco sobre la encimera de la cocina, después de ir al médico, Greg le dijo:

—¿No dejas que te pongan epidural y ahora vas a tomar Xanax?

—Siempre he tenido un problema de ansiedad y durante mucho tiempo lo he podido sobrellevar —contestó ella. Eso era lo máximo que le había llegado a admitir—. Empecé a tenerla después del accidente de mis padres. Luego, en la universidad, estuve tomando Zoloft, pero lo dejé hace años. Me daba sueño y no podía concentrarme. Mi médico ha dicho que el Xanax es mejor y completamente seguro para cuidar de Quinn.

—No me habías dicho que tomabas ansiolíticos. —Greg se frotó la frente y luego acarició suavemente la nuca de Nicole—. Nic, sé que eres adicta al trabajo, pero nunca te había visto tan al límite. Me preocupas.

—No te preocupes, estoy bien —contestó ella mientras abría el frasco y cogía dos pastillas.

Al llegar al escalón inferior, acomodó a Quinn en el hueco del codo para usar el otro brazo para levantarse. Bajar al piso de abajo era agotador, pero moverse le sentaba de maravilla. Le encantaba aquella casa. Era una *graystone* de tres plantas en East Bellevue Place, una auténtica obra maestra en pleno Gold Coast. La pagaron en efectivo, nada que ver con la casa de ladrillo de dos plantas en Winnetka que tanto les costó mantener a su hermano Ben y a ella tras la muerte de sus padres. Al final, comprendieron que la herencia no bastaba para cubrir las humedades del techo, la caldera reventada y el sótano inundado, y tuvieron que vender la casa familiar después de que Nicole volviera de Kenosha. Ella se fue a una residencia en Columbia College, y Ben encontró un pequeño apartamento cerca de la Facultad de Medicina.

Nicole pasó por el salón blanco, decorado con cromo y vidrio (todo líneas limpias y nada de desorden), y vio que los tulipanes morados que siempre tenía frescos en un jarrón de Lalique estaban muertos, con los pétalos amontonados tristemente en el suelo. Había ido posponiendo la visita del equipo de limpieza que solía mantener la casa impoluta. Ahora mismo no se sentía cómoda teniendo desconocidos en casa.

Greg estaba en la cocina tomando un café, todavía al teléfono. Al verla observándole, se sonrojó y puso fin a la llamada. ¿Por qué, últimamente, colgaba a toda prisa cada vez que ella entraba en la habitación?

—¿Quién era? —le preguntó.

—Mi ayudante. Era sobre la cartera de un cliente.

Greg se frotó las manos sobre los muslos del pantalón de su traje, una costumbre cada vez más arraigada en él. Era una pequeña grieta en su fachada de seguridad, y a Nicole eso le hacía sentir que no era la única con defectos.

—Le queda mucho por aprender y necesita ayuda.

Ella era nueva en lo de la maternidad y también necesitaba ayuda, pensó Nicole. Pero no lo dijo. Greg la examinó de arriba abajo con la mirada. Podía imaginar perfectamente lo que veía: las manchas de un tono rojo azulado bajo los ojos, el pelo lacio y sin fuerza, los mismos pantalones negros de yoga de Breathe y la misma camiseta que había llevado durante días. ¿Cómo era posible que hubiese creado un imperio multimillonario y ahora ni siquiera tuviese energías para darse una ducha y cambiarse de ropa?

—¿Va a venir Tessa en algún momento hoy?

Nicole se encogió de hombros.

—No estoy segura. ¿Por qué?

—Te vendría bien un poco de compañía femenina. De hecho, he pensado que deberíamos buscar ayuda de verdad, ayuda pagada, para que tengas más tiempo para ti. Incluso un día de *spa*. Podríamos ir juntos, como antes.

Sintió un pinchazo en el pecho. Simplemente, Greg no lo entendía. Ella no quería separarse de su hija ni un segundo. En los ojos de su marido había una tristeza que jamás había visto, como si la chispa se hubiera apagado. Recordaba cómo se le iluminó el rostro cuando le regaló unos billetes a París en primera clase por su primer aniversario. Lo mucho que les costó esperar hasta llegar a la habitación del hotel sin arrancarse la ropa, y cómo la llevaba cogida de la mano por cada calle adoquinada que atravesaron.

Greg le pidió matrimonio cuando apenas llevaban seis meses saliendo. Hincó una rodilla en el vestíbulo de Breathe, delante de todos sus empleados, y dijo:

—Nunca he conocido a nadie que abrace la vida con tanta confianza y pasión como tú. Quiero compartir la mía contigo.

¿Dónde estaba esa confianza ahora? Cuando Breathe abrió su cuarta tienda internacional en Singapur, Greg hizo una reserva a nombre de Nicole en el Everest, el restaurante preferido de ella, en el piso cuarenta del edificio de la Bolsa Mercantil de Chicago. Estuvo solo esperándola durante una hora porque ella tenía una videoconferencia. Y no le importó. En aquella época, la habría esperado para siempre. Ahora se sentía desconectada de él. Pero no sabía si la sensación era cosa suya solamente.

—Estás muy cansada, Nic. De veras, creo que deberíamos contratar a una niñera.

67

—Nada de niñeras —dijo rápidamente, y se presionó con la base de la mano la sien donde notaba crecer el dolor—. ¿Sabes qué ha pasado con mis pastillas? No estaban en mi mesilla.

Greg frunció el ceño.

—Te las dejaste aquí, en la despensa, al lado de la leche de fórmula, y las puse en el cajón de las medicinas, en el baño.

Nicole rastreó su memoria. ¿En serio se las había dejado allí? Últimamente, apenas recordaba haberse cepillado los dientes.

Greg le acercó un biberón que acababa de calentar, y de repente se le llenaron los ojos de lágrimas. Aquel pequeño gesto le daba ganas de derrumbarse en sus brazos. Pero no quería parecer frágil: tenía que mantener la compostura.

Quinn estaba llorando con fuerza. Nicole metió la tetina entre sus labios rosados y el silencio que inundó la cocina casi la hizo llorar de alivio. Cada vez que oía los lloros descorazonadores de su hija, sentía que eran culpa suya.

De repente, sonó el móvil que llevaba en el bolsillo de los pantalones de yoga. La brillante idea de añadirles bolsillos en la línea de primavera del año pasado había sido de Tessa.

Greg le cogió a Quinn y sonrió a su hija. Por ese breve instante, Nicole se sintió dichosa viendo a su pequeña familia. Todo iba a ir bien. Simplemente, había sido un cambio enorme. Pero lo superarían. Su marido siempre daría prioridad a la carrera de Nicole, porque sabía lo mucho que Breathe significaba para ella, para ambos y para sus sueños de éxito. Juntos eran capaces de cualquier cosa.

Sacó el teléfono del bolsillo. Era un mensaje de Tessa, la única persona con la que podía hablar últimamente: «¿Puedo pasarme más tarde? Podíamos dar un paseo. Le he comprado un vestido a Quinn».

Nicole contestó: «No sé si estoy preparada para paseos todavía. Pero pásate después del trabajo, porfa».

Cuando alzó la vista, Greg y Quinn ya no estaban en la cocina.

De pronto, un sonido agudo y metálico rompió el silencio. Era *Duérmete, niño*, una nana que nunca le cantaba a su hija porque le recodaba a Amanda y a aquel horroroso día de verano. Nicole se quedó helada.

¿De dónde venía? Greg y ella no habían abierto todavía ninguno de los juguetes musicales que les habían regalado.

La inquietante melodía paró.

—¿Cariño? —dijo—. ¿Has oído eso?

—¿Qué? —contestó Greg desde el salón.

¿Lo había imaginado?

Sus manos temblaban violentamente. Sonaba como si viniera de arriba.

No quería que Greg volviese a mirarla como si estuviera loca, así que decidió averiguarlo por sí misma. La pelvis le dolía y palpitaba, pero fue hacia la escalera y empezó a subir. Cada escalón era como una montaña para ella. Al final, llegó a la cima, triunfante.

La planta de arriba estaba completamente en silencio. Cuando se disponía a bajar de nuevo, el soniquete lento y siniestro de la nana volvió a comenzar. Venía del cuarto de Quinn. Nicole empujó la puerta.

Las paredes estaban decoradas con vinilos en forma de ramas de cerezo que trepaban flanqueando una estantería blanca repleta de animales de peluche. Era una habitación de ensueño, perfecta para su hija. Sin embargo, al mirar hacia la cuna, vio que sobre ella giraba un móvil de mari-

69

posas de color pastel, una imagen que veía desde hacía casi veinte años. Era el mismo juguete que colgaba encima de la cuna de Amanda, el móvil que Donna dejaba encendido toda la noche en cuanto Amanda abría un ojo.

«Cuando se rompa la rama, la cuna caerá…»

La nana paró. Nicole examinó todos los rincones de la habitación. ¿Quién lo había hecho? ¿Había alguien en el cuarto de la niña? Estaba vacío y el móvil dejó de sonar.

Tras varios intentos, le volvió la voz:

—¡Greg! ¡Ven!

Oyó sus pasos pesados corriendo por la escalera. Apareció resollando en la puerta, con Quinn en sus brazos.

—¿Qué?

—Esto. —Con la mano temblorosa, señaló el móvil.

—¿Qué pasa, Nic? —preguntó él—. Solo es el móvil.

—¿Nos lo ha regalado alguien? —preguntó.

Quinn empezó a llorar de nuevo y Nicole sintió la necesidad de cogerla, pero estaba temblando tanto que le daba miedo.

—¿Por qué está aquí? ¿De dónde ha salido?

Greg la miraba asombrado.

—¿Estás de coña?

Se llevó la mano al vientre al notar un calambre.

—¿Qué quieres decir?

Él se acercó a la cuna y dejó a Quinn. Nicole se apoyó de espaldas contra una pared y se deslizó hasta el suelo para descansar.

—Oye… —dijo Greg al ver el terror en su rostro. Se agachó y se sentó a su lado—. No pasa nada. —Le puso una mano suavemente sobre la rodilla. Estaba siendo especialmente amable, como si viera a Nicole al borde de un ataque de nervios—. Nic, ese móvil lo compraste tú.

Ella se apartó de un empujón.

—¡No!

—Sí, cariño. Dejaste la factura de eBay sobre la mesa del salón hace unos días. Lo encargaste tú. Y lo colgué para que tuvieras una cosa menos que hacer. ¿Qué he hecho mal?

Sus hombros se encorvaron.

Nicole sintió un cosquilleo, como un millar de insectos bajándole por los brazos. En la vida había comprado nada por eBay. Y, aunque lo hubiera hecho, jamás habría comprado aquel móvil. Jamás.

Tenía la garganta como si hubiera tragado cristales. La etiqueta de la cuna, la pelirroja a la puerta de su habitación en el hospital, las pastillas cambiadas de sitio y ahora el móvil. ¿Estaba perdiendo la cabeza?

Podía ver que Greg intentaba mantener la calma, pero en su rostro había impaciencia.

—Nicole, no le des tanta importancia. A mí también se me olvidan cosas. —Se levantó con cuidado, fue hacia la cuna y olió a Quinn—. Necesita cambio de pañales. Lo siento mucho, pero es que me tengo que ir a trabajar. —Se volvió hacia ella y rodeó su cuerpo helado con ambos brazos—. Necesitas dormir más, nena. ¿Qué te parece si vuelvo un poco antes y me llevo a Quinn a dar un paseo para que te eches una siesta? Hoy entro más tarde porque quería ayudar, pero no paras de decirme que no hace falta.

—No te preocupes, va a venir Tessa. —Entonces le miró entornando los ojos—. Sé que estás aquí, pero ¿por qué me da la sensación de que no lo estás? Es como si no estuvieras verdaderamente presente.

Greg se clavó la base de la mano sobre la frente.

—Nic, me he ofrecido a darle un baño. A cambiarle los pañales. A dejar que te eches una siesta los fines de semana. Y siempre dices que no, o directamente me ignoras.

¿De qué estaba hablando? No recordaba una sola ocasión en la que se hubiera ofrecido a hacer nada de eso.

71

Greg la miró con tristeza y se levantó del suelo.

—Tessa dice que no has llamado ni una vez a la oficina, y te pasas el día deambulando como un zombi. Por favor, mira a ver si puede venir un poco antes, y así no estás sola. Solo estoy preocupado por ti. Quiero que te sientas feliz y segura con Quinn.

«No eres capaz de mantenerla a salvo.»

—¡Conmigo está mejor que con nadie! —dijo.

Pero ya no estaba segura de que fuera cierto.

7

Morgan

*J*essica y yo vamos en su Mercedes blanco. Me está llevando a casa, después de sacarme a toda prisa entre la muchedumbre de periodistas que había a las puertas de la comisaría, a la caza de información sobre el suicidio de la conocida directora ejecutiva. Podía oír sus gritos a través de la ventanilla: «¿Estaba usted en el andén?», «¿La empujaron?», «¿Dónde está la bebé?».

Ante los *flashes* furiosos de sus cámaras, me preguntaba si mi foto saldría publicada. ¿Verían mis compañeros y antiguos amigos mi rostro en la prensa? ¿Y mi madre? Yo ya era una paria, ¿y ahora esto? Lo último que necesito es volver a ser el centro de atención.

Salimos del aparcamiento y aprovechamos un semáforo en verde para girar a West Division Street. Jessica va concentrada en dejarme a salvo en el edificio marrón de ladrillo en North Sheridan Avenue donde está mi apartamento.

—¿Cómo ha podido ocurrir una cosa así? —pregunto—. Yo simplemente volvía a casa. ¿En serio cree Martínez que pude coger a la niña y tirar a Nicole Markham a las vías? ¿Por qué iba a hacerlo?

—Por ahora, solo eres una persona de interés. Martínez intentará encontrar alguna conexión entre Nicole y tú. Y yo voy a hacer lo mismo, en cuanto vuelva a mi oficina. Si los medios intentan ponerse en contacto contigo, no hagas ningún comentario.

—Es que no tengo nada que decirles. No sé nada.

Me hago una bola en el asiento, deseando desaparecer.

Cuando se detiene delante de mi edificio, señalo el aparcamiento de atrás:

—Ve por ahí. Entraré por la puerta trasera.

Jessica atraviesa el oscuro y estrecho camino de entrada. Su teléfono suena en el hueco que hay entre nosotras. Me llevo un buen susto. Suelta una mano del volante para cogerlo:

—Hola, Barry.

Es el detective de Jessica. Su expresión cambia según le escucha. En cierto momento, me lanza una mirada, pero no sé si es de confianza o inquietud.

Cuelga y aparca el coche.

—Has salido en YouTube. Un padre que llevaba a su hijo a su primer partido de béisbol estaba grabando al niño en el andén de Grand/State. Tiene un vídeo de lo que pasó entre Nicole y tú. La policía ya lo ha quitado de la Red, pero Barry ha conseguido copiarlo antes de que lo hicieran. Ahora me lo manda.

Me enderezo en el asiento.

—Buenas noticias, ¿no? Es una prueba de que me entregó a su hija tal y como he dicho.

No contesta. El miedo me atenaza las costillas. Jessica enciende la luz del interior del coche mientras deja que se cargue el vídeo y gira el teléfono para que ambas veamos la pantalla. Me hago a la idea de que voy a ver cómo Nicole se tira a las vías, pero lo que veo me coge absolutamente descolocada.

La imagen tiene mucho grano, pero reconozco el andén

de la estación. Un chaval rubio de unos siete años sonríe a la cámara, levantando la mano con un guante de béisbol. En la esquina superior derecha, estamos Nicole y yo. Ella viene directa hacia mí, con el bolso azul al hombro y la niña pegada al pecho. Yo soy un figura blanca, helada por el desconcierto, con el bolso colgando del hombro.

Nicole se aprieta contra mí, muy cerca del borde del andén. Estamos codo con codo. Su mano izquierda se mueve hacia mi cadera. ¿Fue entonces cuando me pegó la notita al bolso?

«Es increíble lo que te pueden pillar haciendo cuando crees que nadie te ve.»

¿Se refería a eso Martínez? ¿Había visto ya el vídeo cuando me interrogó en la comisaría?

Entonces Nicole se pone delante de mí, con la espalda hacia las vías. Hay un momento en que mi cuerpo queda parcialmente tapado por el suyo, luego da un pasito hacia atrás y vuelvo a aparecer en la imagen, con la niña ya en brazos. Yo sé que no le cogí a la niña, pero nuestros brazos se mueven prácticamente al mismo tiempo y resulta difícil ver qué ocurrió exactamente. Cualquiera podría pensar que parece como si se la quitara. Entonces se ve que miro a la bebé en mis brazos y, en ese preciso instante, Nicole da otro paso hacia atrás, quedando justo al borde del andén. Varios viajeros pasan por delante de la cámara y nos tapan por un momento, luego volvemos a aparecer. Nicole parece sobresaltada y entonces empieza a sacudir los brazos en el aire, pero yo desaparezco entre la gente. Cae del andén de espaldas y desaparece de la imagen. El metro entra en la estación a toda velocidad.

Verla caer es como un puñetazo en el estómago. El vídeo termina ahí y Jessica respira hondo. Empiezo a sacudir la cabeza tan rápido y con tanta fuerza que la sangre se precipita dolorosamente por mi cráneo.

75

—No, no, no. ¡Este vídeo no muestra lo que pasó en realidad! Ella me dio a la niña, pero esa parte no se ve. Y yo no la empujé. ¡Te juro que no la empujé!… Había mucha gente. Tiene que haber algún testigo que viera lo que pasó.

Agarro la manilla de la puerta, ansiosa por salir de este espacio cerrado. Huir del horror en el que me ha metido Nicole Markham.

Jessica deja el teléfono sobre su regazo.

—¿Entiendes ahora por qué te ha interrogado Martínez? No está claro cómo cayó Nicole. Se aparta de ti. No lo suficiente como para que no pudieras cogerla, pero probablemente sí lo bastante para que yo lo utilice como una prueba exculpatoria de que se tiró. Eso sí, nada de esto explica por qué sabía tu nombre, Morgan, y eso no es bueno.

No puedo respirar. El vídeo me ha dejado aterrorizada. Si mi propia madre cree que ayudé a Ryan a robar sus ahorros a personas inocentes, ¿por qué no iba a pensar un desconocido que arrojé a una mujer a su muerte?

Jessica me mira fijamente.

—¿Hay algo que no me estés contando? Para poder ayudarte, tengo que saberlo todo.

—Nada. No la conocía de nada.

Me cubro los ojos con una mano, deseando que todo esto sea solamente una pesadilla. Pero no lo es, y tengo que afrontarlo. Me viene la imagen de la niña. Y no puedo olvidar los ojos de Nicole, clavándose en los míos. Era una madre desesperada por proteger a su hija. ¿De qué? ¿Y si la persona que tiene a su hija ahora es la misma a quien temía Nicole?

—Tengo que averiguar dónde está Quinn.

Jessica se rasca el puente de la nariz.

—No, Morgan. Si insistes en que no conoces a Nicole, entonces su hija tampoco debería importarte tanto, ¿no crees? —Pone su mano sobre mi brazo—. Lo único que tienes que hacer es ayudarme a construir una defensa, porque me da la impresión de que la vas a necesitar. No tenías ningún motivo para desear que muriera la directora ejecutiva de Breathe. Pero piénsalo: ¿estás segura de que no conocías de nada a Nicole? Tiene que haber una razón para que se dirigiese a ti directamente.

Ojalá fuera fácil contestar. Ojalá supiera la respuesta.

El corazón golpea con fuerza contra mi pecho.

—Jessica, si de verdad estoy involucrada en todo esto, o si lo estaba Ryan, ¿es posible que corra peligro?

La parte trasera del edificio está completamente a oscuras. Jessica ha apagado el motor y las luces del coche. Apenas veo la puerta desde aquí. Cualquiera podría estar escondido detrás del contenedor y no le vería. Tal vez estén al acecho para asaltarnos en cuanto salgamos del coche.

Jessica frunce los labios.

—Digamos que deberías estar especialmente alerta hasta que aclaremos las cosas. Mientras tanto, voy a investigar el pasado de Nicole, a ver si encuentro alguna conexión contigo.

De repente, se me ocurre algo.

—Jessica…

—Dime.

—¿Crees que esa Nicole sabía de algún modo lo mucho que quiero tener un hijo?

Jessica me mira como si estuviera loca o fuera peligrosa, o ambas cosas.

—No sé —responde con voz apagada y fría.

El caso es que Nicole sí sabía lo mucho que deseo tener un hijo. Lo vi en sus ojos.

«Sé lo que quieres. No dejes que nadie le haga daño.»

Y, por mucho que me mienta ahora, diciéndome que

nunca tendré un hijo después de todo lo que pasó con Ryan, la verdad es que lo pienso cada vez que veo a una madre con un bebé. Siento una puñalada de envidia en el alma. Lo pienso cada vez que escucho las risas de los niños jugando en el agua en Forter Beach, cerca de casa. Lo pienso cada vez que me voy a la cama y despierto sola.

«Quiérela por mí, Morgan.»

¿Por qué yo?

Jessica enciende las luces largas. Debe de estar preguntándose por qué sigo aquí sentada, mirando a la nada por la ventanilla. Estira la barbilla señalando la puerta trasera del edificio.

—¿Quieres que suba contigo?

Niego con la cabeza. Confío en Jessica, aunque ella no confíe del todo en mí. He salido dos veces de la comisaría en libertad gracias a ella. Pero, en realidad, no era libre. Y ahora, ¿qué va a pasar? ¿Qué pensará la gente? Ojalá no me importase. Pero claro que me importa. Me siento muy sola.

Nos despedimos y voy hacia casa. Al llegar a mi piso, se abren las puertas del ascensor con un tintineo, y salgo: notó cómo las sandalias resbalan ligeramente sobre la moqueta barata de color avena del pasillo. Cuando abro mi puerta, me invade tal sensación de alivio que prácticamente me derrumbo sobre el suelo de madera. Por fin estoy en casa, abrazada por la familiaridad de mis paredes de color verde grisáceo y el silencio.

Gano poco más que el salario mínimo en Haven House, y las pólizas de seguros que Ryan y yo tuvimos durante nuestros seis años de matrimonio quedaron anuladas por una cláusula en caso de suicidio. Nuestras cuentas conjuntas se vaciaron para indemnizar a la gente que estafó. Yo vendí toda mi ropa de diseño y todas mis joyas, salvo algunas piezas de mi abuela, pero nunca será suficiente para reparar lo que Ryan le hizo a esa pobre gente. Mi madre se negó a aceptar ningún dinero.

—El daño ya está hecho, Morgan —me dijo.

Mi padre me aconsejó hace tiempo mantener una cuenta propia, y había ido guardando la mitad de mis nóminas durante años. Ofrecí todo lo que pude de esos ahorros a las víctimas del desfalco de Ryan, quedándome solo con lo necesario para pagar las costas legales de Jessica, el alquiler y mis necesidades básicas. Con eso tengo suficiente. Nunca quise ser rica, solo deseaba tener una familia.

Miro mi pequeño apartamento: dos habitaciones estrechas, una diminuta cocina y un baño con ducha y bañera. Tengo un sofá fucsia de segunda mano. Los colores vivos me ayudan a animar la oscura tristeza que me pesa por dentro. Me dejo caer en el sofá y descanso unos instantes. Entonces tengo una idea. Vacío el bolso. Es posible que Nicole dejara otras pruebas en él, algo que me ayude de algún modo a entender qué ocurrió exactamente en Grand/State y por qué.

Sin embargo, una vez sacados el móvil, la cartera, las llaves del coche, el pintalabios, los chicles, el espray pimienta, la notita de color morado y las pelusas, el bolso está vacío. Es decir, ese pósit es lo único que tengo. El nombre Amanda, que no significa nada para mí. ¿Será la hermana de Nicole? ¿Una amiga? Si no es su hija, entonces, ¿quién?

Vuelvo a meter las cosas en el bolso. La piel me huele a sudor, a tristeza y a miedo. El olor de un animal atrapado.

Necesito sentirme limpia. Voy a mi básico cuarto de baño y pongo el agua lo más caliente que puedo aguantar. Me desnudo y me meto bajo la ducha. Froto hasta que me duele. No puedo dejar de raspar la piel seca y áspera de mi cuello. Noto los huesos de mi clavícula y mis caderas. Hasta que murió Ryan, nunca había estado flaca. Echo de menos mis redondeces, incluso la tripilla que tanto me molestaba en cierto momento, y que ahora veo cóncava y cubierta de estrías por la repentina pérdida de peso.

Echo de menos a mi padre. Echo de menos sus carcajadas con bromas estúpidas y sus abrazos fuertes. Siempre me hacía sentir la mujer más guapa e interesante de la habitación. No soporto la idea de que nunca volveré a sentir su consuelo.

Las lágrimas acuden rápidas, furiosas. Me agacho bajo el chorro de la ducha y siento la punzada de las gotas ardiendo sobre la espalda. Lloro como no lo había hecho desde que metieron el féretro de mi padre bajo tierra. Sucumbo ante todas mis pérdidas y remordimientos. Lo acepto todo. Ahora bien, hay dos cosas que no puedo aceptar: yo no cogí a esa niña y tampoco empujé a su madre del andén.

Finalmente, temblando, empapada y emocionalmente agotada, cierro el agua y dejo de llorar. Me seco y salgo de la ducha envuelta en una toalla áspera. Una vez en mi dormitorio, abro el cajón de la cómoda y saco unos *leggings* y una camiseta para dormir. Me los pongo rápidamente y, cuando voy a cerrar el cajón, veo un par de pantalones de color rosa de Breathe. Me dan ganas de llorar otra vez, pero las reprimo. «Basta —me digo—. Tienes que recomponerte.»

Cojo mi teléfono del bolso y el portátil de la mesa baja del salón. Desde que las redes sociales y los blogs destrozaron mi reputación tras descubrirse lo de Ryan, suelo evitar conectarme, pero Internet parece el mejor lugar para encontrar el motivo por el cual Nicole me buscó.

Entro en mi dormitorio y me tumbo sobre la cama, en el centro, aunque sé que cuando llegue la mañana estaré en el lado izquierdo, como siempre, como si Ryan siguiera durmiendo a mi lado.

Respiro hondo y enciendo el ordenador. El teletipo en la parte superior de mi buscador dice: «Directora ejecuti-

SÉ LO QUE QUIERES

va de la marca Breathe muere a los treinta y seis años en sospechosas circunstancias».

Es real y está ahí fuera. Leo las primeras cinco publicaciones. Se hace mención del vídeo, pero ya lo han quitado, así que el enlace no funciona. Apenas ofrecen detalles, pero me inquieta que no se haya confirmado el suicidio: es como si dudaran de que se tirase. Una frase dice que la policía está interrogando a una persona de interés que habló con la víctima antes de morir y que tenía a su bebé en brazos cuando la mujer cayó a la vía. No mencionan mi nombre. Todavía. ¿Cuánto tiempo tengo hasta que aparezca rodeado de un espeluznante titular?

La idea de que se esté hablando de mí me resulta extenuante. Cierro la pantalla del ordenador. No voy a descubrir nada más, porque se me caen los ojos. No estoy en condiciones de pensar. Voy a echar una cabezadita restauradora y luego seguiré buscando.

Cuando suena mi teléfono, me sorprende la sensación de las mejillas mojadas y los ojos doloridos e hinchados. Oigo el canturreo de los pájaros y el sol entra a través de la ventana donde acabo de colgar unas finas cortinas de color melocotón. Por primera vez en mucho tiempo, he dormido de un tirón; por un instante, me da la sensación de que todo va bien. Pero entonces me acuerdo. Grand/State. Nicole. Amanda. Quinn. El vídeo.

Busco a tientas mi móvil y me lo acerco a la oreja.

—¿Diga? —contesto con voz ronca, sin abrir los ojos.

—Señora Kincaid, soy Rick Looms.

Me paso una mano por el pelo enmarañado, apenas despierta, cuando dice:

—Soy el abogado de Nicole Markham.

La expectación y el recelo se entrelazan formando un nudo en mi garganta, que me impide responder. ¿Por qué me llama el abogado de Nicole?

No debería haber contestado.

—He sido el abogado de la señora Markham durante muchos años. Lamento informarle de que anoche falleció inesperadamente.

El nudo se expande en mi garganta, no digo nada.

—Estoy seguro de que será un mazazo para usted. Pero dado que hay una niña involucrada, tenía que ponerme en contacto de inmediato para ver si quiere poner en marcha los trámites.

¿Qué trámites? ¿De qué me habla? Lo único que oigo es la sangre rugiendo en mis oídos.

—¿Señora Kincaid?

Toso sobre el teléfono. Tengo la garganta completamente seca.

—Perdone —digo—. Estoy tratando de entender lo que acaba de decir. No sé muy bien por qué me ha llamado.

—La señora Markham dejó instrucciones muy claras para usted en su testamento.

Me incorporo bruscamente.

—¿Su testamento? —pregunto, incrédula.

El señor Looms se aclara la garganta.

—Señora Kincaid, Nicole le otorgó la custodia de su hija.

8

Nicole

Cuatro semanas antes

$\mathcal{N}$icole estaba estirándose para alcanzar un biberón del armario de la cocina cuando, de pronto, oyó el ruido penetrante de un cristal al romperse. Del susto, se golpeó la cabeza contra la esquina del armario. Luego se quedó helada. ¿Había alguien en su casa? Greg estaba trabajando. Tenía a Quinn en brazos. La cabeza le daba vueltas. Estaba tan mareada que dejó a la niña en el suelo y se hizo un ovillo a su lado.

Entonces oyó cómo la puerta de entrada se abría y luego se cerraba sigilosamente, y el eco de unos pasos sobre el suelo de mármol de la casa. Gimiendo, avanzó a gatas hacia la despensa, que tenía una puerta para encerrarse.

Pero los pasos sonaban cada vez más cerca. No le daría tiempo a llegar.

—¡Nic! ¿Qué estás haciendo?

Los pies de Tess, elegantemente ataviados con sandalias, aparecieron delante de ella. Nicole se palpó la frente donde tenía un corte que estaba sangrando. Temblorosa, se explicó.

—He oído un ruido. Algo que se rompía, y me he dado un golpe con el armario. ¿Estaba roto el cristal de la puerta de entrada? ¿Cómo has entrado?

Tessa miró hacia el recibidor.

—No, la puerta está bien. —Frunció el ceño—. He llamado y, como no contestabas, he probado y estaba abierto. —Examinó el corte, con la mirada nublada de preocupación—. Menudo golpe. ¿Te encuentras bien?

—¿Cómo que la puerta estaba abierta? ¡Eso es imposible! —Su voz salió con un fuerte chillido que hizo llorar a Quinn—. ¡*Shhhhh*, cariño! Mami está aquí. Estoy aquí —dijo, tratando de calmarla.

La puerta estaba cerrada con llave. Nicole lo sabía. Lo había comprobado cinco veces esa misma mañana después de que Greg se marchara, como hacía cada día desde hacía una semana, cuando el móvil de mariposas apareció de repente en el cuarto de Quinn, y ella lo arrancó de la cuna y lo tiró a la basura. No quería volver a verlo jamás.

Tess levantó a Quinn suavemente del suelo, acallándola y acunándola como si fuera suya.

—Me parece que nota tu estrés. Tómate un respiro. Estoy aquí.

Nicole soltó aire. Se tocó la frente. Ya no sangraba. Era tan agradable el silencio… Pero, al ver lo serena y eficiente que parecía su mejor amiga, se sentía incompetente, inútil. Estaba tan obsesionada con vigilar a Quinn a cada momento que las labores diarias se habían vuelto imposibles para ella. ¿En qué se había convertido? No se reconocía.

Todavía no había llevado a su hija a Breathe para alardear de ella, como hacían todos los empleados con sus recién nacidos. Hacía décadas que no se sentía tan descontrolada, tan inútil. Tenía cientos de correos sin contestar y llamadas por devolver. Sí, estaba de baja por maternidad, pero en un principio su intención era trabajar desde casa e ir a Breathe cada pocos días, al menos. Y ya llevaba tres semanas sin pasar por la oficina. Al menor ruido que oía en casa, creía que alguien venía a por su hija y a por ella.

Tampoco le había contado a Tessa los extraños sucesos que se habían producido desde el nacimiento de Quinn. Sabía que sonaría desquiciada. No podía contarle su obsesión con que Donna las estaba vigilando ni decirle que temía que quisiera hacerles daño. No sabía de qué era capaz aquella mujer. Ni tampoco lo que podía estar planeando.

Con la niña aún en brazos, Tessa le pasó un trapo para limpiarse la cara.

—Gracias, Tessa —dijo Nicole, quitándose la sangre pegajosa de la frente—. Te juro que he oído algo. Tenía mucho miedo de que alguien hubiera entrado en casa. —Tessa era la persona con la que se desahogaba siempre. Necesitaba explicar lo que sentía, pero sin mencionar a Donna. Intentó encontrar las palabras adecuadas—. Estoy fuera de mí ahora mismo, Tess, constantemente angustiada. No sé qué me pasa ni cómo arreglarlo.

Después de encontrar el móvil de mariposas en el cuarto de Quinn, también se había vuelto más olvidadiza. Más ansiosa. Apoyó la cabeza contra las rodillas.

—Tess, creo que me pasa algo.

Al volver a levantar la cabeza, vio a su amiga dejando a Quinn en el balancín: tenía uno prácticamente en cada habitación, y eso a pesar de que casi nunca soltaba a la niña de sus brazos. Tessa estaba a su lado. La ayudó a levantarse. Estaba muy mareada. Logró llegar hasta una silla y el aturdimiento empezó a remitir.

Tessa se sentó enfrente de ella.

—Creo que tienes las hormonas desatadas y que estás exhausta. Legalmente, estás de baja de maternidad. Ni Lucinda ni el resto del consejo de administración pueden hacer nada al respecto. Cuando vuelvas, dentro de tres se-

85

manas, será como si nunca te hubieras ido. He tomado las riendas de todos los proyectos que puedo, incluido el lanzamiento del folleto. Ahora mismo, lo único que tienes que hacer es ser madre.

—Ser madre es más complicado que directora ejecutiva.

Tessa soltó una carcajada.

—Y esa es precisamente una de las razones por las que no quiero tener hijos. Creo que estás siendo demasiado dura contigo misma.

Hablar con Tessa sobre lo que sentía estaba aliviando el cinturón que le oprimía el pecho.

—Lucinda estuvo un poco fría cuando la llamé para decirle que tampoco puedo trabajar desde casa por ahora.

Tessa soltó una risa por la nariz.

—Seguro. Es un poco cabrona —dijo, y luego observó los platos apilados con restos de comida seca junto al fregadero, las encimeras manchadas de café, los biberones vacíos por todas partes—. Estoy aquí para lo que sea, Nicki. Para lo que sea, ¿vale? Solo es una mala racha. Las cosas van a mejorar.

Tessa era la única persona a la que permitía que la llamara «Nicki», un apelativo que su madre usaba antes de morir.

Nicole asintió.

—Gracias. Sé que estás haciendo horas extra. Y siempre vienes a verme. Seguro que tendrás cosas mejores que hacer.

Tessa hizo un gesto despectivo con la mano.

—Nic, te quiero. Y me encanta poder ayudar como sea. Tú harías lo mismo por mí.

Daba gracias por tener a Tessa. Y por haber contratado a aquella chavala de veintidós años recién salida de la universidad. Nunca pensó que acabaría intimando tanto con una mujer tan joven, aunque Tessa era un alma vieja.

Quinn les recordó que estaba allí.

—Tiene pulmones la niña, ¿eh? Feroz como la madre. —Tessa meció el balancín con el pie hasta que Quinn se calmó. Luego humedeció varios trozos de papel de cocina, le apartó el pelo de la frente a su amiga y los apretó sobre su sien—. Sigue llorando mucho. ¿Le has preguntado a la médica al respecto?

—Dice que probablemente sea un cólico y que los primeros tres meses a veces son un infierno.

Tessa soltó una risilla.

—Otra razón por la cual estoy encantada de no tener hijos. —Entonces se puso seria—. Mira, es muy duro pasar de tu vida en el trabajo a estar todo el día en casa con un bebé. Podrías contratar a una niñera de vez en cuando. No una interna ni nada por el estilo: solo durante el día.

Nicole la miró fijamente.

—Sabes que no puedo.

Tessa asintió con un gesto de comprensión y evitó mencionar a Donna o a Amanda. Era evidente que entendía que el nacimiento de Quinn había devuelto el recuerdo de aquel terrible verano al centro de los pensamientos de Nicole.

Sin embargo, aún había muchas cosas que no le estaba contando. Sus ataques de pánico eran cada vez peores, a pesar de la medicación. Tenía miedo de dormir. Miedo de separarse un solo minuto de su hija. Y tampoco era capaz de quitarse la apatía por todo lo que no era Quinn: Greg, el yoga, incluso Breathe, la empresa que solía serlo todo en su vida.

Tessa seguía dando suaves golpecitos con el papel sobre el corte de su frente, y cada uno de ellos le hacía sentir cuidada.

—Venga, vamos a ver qué era ese ruido. Paso a paso.

Nicole asintió y esperó a que Tessa cogiera a la niña. Luego la siguió desde la cocina para revisar la planta baja.

Al pasar por delante de la puerta de entrada, Nicole se detuvo.

—¿Has dicho que no estaba cerrada con llave cuando llegaste?

Cinco días antes, Greg había hecho instalar una nueva cerradura de seguridad. Le hacía sentir más segura. ¿Era posible que ella misma se la hubiera dejado abierta? Se había tomado el Xanax hacía un par de horas, pero eso no le haría olvidarse de cerrar la puerta con llave.

—Puede que Greg olvidase cerrarla al salir. Él también debe de estar agotado.

Nicole cogió a Quinn de brazos de Tessa para sentir el calor de su bebé sobre su cuerpo.

—No… Ha estado trabajando hasta tarde y duerme en el cuarto de invitados. No consigue dormir lo suficiente con la niña en el mismo cuarto.

Los ojos de Tessa expresaban empatía.

—¿Por qué no pones a Quinn en la cuna de su cuarto? Así tendríais un poco de paz vosotros…

Nicole tuvo que contener el arranque de rabia. Greg le había sugerido lo mismo. Ni Tessa ni él entendían lo que era ser madre. Se sintió terriblemente incomprendida.

—A lo mejor, pronto —dijo, mientras seguían inspeccionando la planta baja, sin encontrar nada roto.

Pero mientras subían la escalera de caracol, empezó a notar un hormigueo de miedo en la piel.

Al llegar al último escalón, lanzó un grito ahogado.

—Pero ¿qué…?

La puerta del cuarto de la niña, que había dejado bien cerrada, ahora estaba abierta. Sobre las sábanas de puntos rosas de la cuna, brillaban trocitos de vidrio de la lámpara de araña rota. Y en la moldura del techo sobre la cuna, de donde colgaba el precioso aplique de luz de cuentas rosas de Petit Trésor, había una enorme grieta.

Los ojos de Nicole barrieron los destrozos. Las lámparas no se caían así, sin más.

—Ves lo que yo veo, ¿verdad?

—Sí. —Tessa hizo una pausa, como si midiera sus palabras—. ¿Temías que no lo viera?

—Dios mío —dijo Nicole. Besó la sedosa cabellera de su hija una y otra vez—. Podía haberla matado.

«No eres capaz de mantenerla a salvo.»

—¿Nicki?

Empezó a nublársele la vista. Aquello era demasiado.

—Las pastillas. Por favor, necesito mis pastillas. Están en el armario del baño.

No oyó los pasos de Tessa por la cara moqueta de color crema, pero sí el repicar de las pastillas en el tarro y el agua del grifo corriendo en el cuarto de baño de su cuarto.

—¿Cuántas? —preguntó Tessa desde allí.

—Dos. ¡Rápido, por favor! —Notaba una presión palpitando en su garganta. Estaba a punto de hiperventilar. Entonces apareció Tessa y le dio las pastillas y el vaso de agua a cambio de Quinn—. Gracias —dijo Nicole con un graznido.

Lo único que oía era la suave respiración de Tessa, aspirando y espirando tranquilamente a su lado, con Quinn cómodamente estirada sobre su regazo.

—Nicki, habrá sido un accidente. Nada más. Sé que te está costando. Mira, la depresión posparto puede generar este tipo de sensaciones. Paranoia. Miedo. Angustia. Pero todo va a ir bien.

Los hombros de Nicole empezaron a temblar, y rompió a llorar.

—Es que no va bien, Tess. Creo que Greg está quedándose hasta tarde para evitarme. Y no le culpo. Estoy hecha un desastre. —Se limpió la nariz con la camiseta y notó el desagradable olor de su propio sudor—. Nunca hemos estado tan mal. Me mira como…, como si fuera un cristal que pudiera romperse en cualquier momento. No…, no puedo contarle lo de aquel verano, y me da la sensación de que él también me oculta cosas.

Tessa acunó a Quinn y se levantó.

—Greg no esperaba ser padre. A él también le cuesta, ¿sabes? —Sonrió—. Ten paciencia con él. Ya volverá en sí. Y si no lo hace, tendrá que rendirme cuentas a mí.

Nicole tuvo que sonreír. Tessa apenas medía uno cincuenta y ocho, pero irradiaba una enorme fuerza interior.

—Me guardarás el secreto, ¿verdad? —le dijo, suplicando a Tessa con la mirada.

Tessa la miró fijamente y dijo:

—Siempre. No estás sola, Nic. Siempre voy a estar aquí. Ya verás, el futuro va a ser tan luminoso que todo esto se esfumará, ni siquiera será un recuerdo.

«No tienes ni idea. Y nunca podré contarte toda la verdad», pensó Nicole.

9

Morgan

¿*Q*ue Nicole Markham me dejó la custodia de su hija? El teléfono se me cae al suelo. Mi cuerpo se estremece como si me hubieran echado un jarro de agua helada por la espalda. Esto es una locura.

Sigo medio dormida. De pronto, pienso que puede que no sea real. Recojo el teléfono y pregunto:

—¿Es una broma de mal gusto? ¿Quién es usted?

—Señora Kincaid, como le he dicho, soy el abogado de Nicole, y comprendo que esto será un *shock* para usted, pero no es ninguna broma. Puede buscarme fácilmente. La estoy llamando desde el teléfono de mi oficina.

Hay una pausa.

—No, no es eso.

¿Hasta qué punto puedo hablar con este hombre? Tengo que andarme con cuidado. ¿Sabe que soy la mujer del andén, la última persona que habló con Nicole antes de saltar?

—Tiene que haber un error —digo.

Mi voz suena estrangulada.

Looms tose.

—No hay ningún error, señora Kincaid. Daba por hecho que usted conocería los planes de Nicole. Cuando la vi el jueves pasado, insistió en que preparara una petición legal para otorgarle la custodia de su hija. En breve, presentaré el testamento en el Registro Civil, pero tenía que avisarla de inmediato, porque ahora esto atañe a la seguridad física y financiera de una menor. Debe usted firmar y presentar el formulario de tutela en un plazo de treinta días.

Estoy apretando el teléfono con tanta fuerza sobre mi oreja que de repente oigo un chasquido.

—Espere un momento, ¿Nicole cambió su testamento el jueves?

El jueves me pasé todo el día en Haven House. ¿Cómo iba a imaginar que en ese mismo momento una completa desconocida estaría escribiendo mi nombre en una petición para otorgarme la tutela de su bebé?

—Señora Kincaid, estoy algo confundido. ¿Me está diciendo que no era consciente de que la hubiera nombrado tutora?

—No, no lo sabía.

Estoy tan confundida como él, pero hay otra sensación en mí: una chispa de esperanza, tan ridícula y absurda que no debería prestarle atención. Es ese mismo brote de esperanza que dejé florecer cuando, un año después de la muerte de Ryan, imprimí un formulario de solicitud para una agencia de adopción. Empecé a rellenarlo, pero me atasqué al llegar al apartado que pedía referencias personales. Había perdido toda mi red de contactos. Ninguno de mis amigos mantuvo la relación conmigo, así que, ¿quién me iba a respaldar? Además, si la agencia investigaba en la Red, no tardarían en averiguar lo de Ryan y todo lo ocurrido. ¿Me ha buscado el abogado de Nicole? No lo parece.

Sé lo peligrosa que puede ser la esperanza. Quinn Markham no me pertenece. Es absurdo.

Me ciño más el edredón.

—¿Dónde está el padre de Quinn?

—El señor Markham abandonó la residencia familiar hace un tiempo y no parece estar dispuesto ni capacitado para el cuidado diario de Quinn. Por eso Nicole la nombró tutora alternativa a usted.

—Señor Looms, ¿sabe por qué me eligió a mí?

El abogado espera unos segundos antes de contestar.

—Nicole me dio a entender que eran íntimas amigas y que usted es la mejor persona para criar a su hija. Eran buenas amigas, ¿verdad?

Pestañeo. ¿Cómo puede ser? Pienso en lo asustada y desesperada que debía de estar esa mujer para confiar en una desconocida más que en ninguno de sus seres queridos. Me devano los sesos tratando de buscar qué estoy pasando por alto, alguna pista de qué debería decir. Tengo que contarle la verdad a su abogado. El futuro de la niña está en juego.

—No éramos amigas. De hecho, no la conocía de nada.

Hay un silencio al otro lado de la línea. ¿Ha colgado?

—¿Señor Looms?

—Estoy un poco confundido, señora Kincaid. Nicole me dijo que usted estaría dispuesta a quedarse con la custodia de su hija en caso necesario. Y…

—¿Y qué? Por favor, señor Looms. No entiendo lo que está pasando.

—Señora Kincaid, si no era amiga de Nicole, ¿qué relación tiene con ella?

—No lo sé —susurro—. No la había visto nunca, hasta que anoche se acercó a hablarme en el andén de Grand/State.

Otra pausa larga.

—Entonces, ¿usted estaba allí cuando ocurrió? ¿Cuando... se tiró? —Le oigo remover papeles—. Mire, tengo que aclarar esto, señora Kincaid. Supongo que tampoco sabrá que Nicole también la nombró ejecutora del patrimonio de su hija Quinn... Es mi deber informarle lo antes posible, porque Nicole posee un porcentaje considerable de las acciones de Breathe, y tendrán que ser gestionadas inmediatamente.

—Pero... ¿qué pasa con su marido?

—El señor Markham controla actualmente las partes y dividendos de las acciones de Quinn que Nicole poseía en fideicomiso. Pero, si él pierde o rompe sus derechos parentales, y usted se queda con la custodia, también serán responsabilidad suya. Se trata de mucho dinero, además de una niña. Mucha responsabilidad para alguien que no conocía de nada a Nicole.

Suena a acusación, como si esto formara parte de un perverso plan que yo misma hubiera ideado. La vista se me empieza a nublar y me froto los ojos. Si Quinn tiene un padre, ¿por qué me otorgó Nicole la custodia a mí? ¿Y por qué iba a dejarme a cargo del dinero de Quinn, que probablemente sea una auténtica fortuna? ¿Y quién es el padre de Quinn, el tal señor Markham? ¿Era él de quien huía Nicole?

Entonces se me ocurre otra cosa. Si alguien descubre que Nicole me dejó a cargo del dinero de Quinn, ¿hasta qué punto corro peligro? De repente, me siento muy vulnerable y sola en el apartamento.

—¿Quién más sabe lo de su testamento? —pregunto, arrimándome más al cabecero de la cama—. ¿Hay algún familiar con quien pueda hablar de esto? —El corazón se me encoge cuando recuerdo el suave calor de la niña—. ¿Está bien Quinn?

Sé que estoy divagando, pero no puedo evitar plantearle todas las preguntas que se arremolinan en mi mente.

El abogado se aclara la garganta.

—Quinn está bien. No puedo darle datos de contacto de la familia de Nicole. —Hay otra pausa, le oigo respirar hondo—. Mire, no estoy muy seguro de qué está pasando. No me gusta lo que oigo, pero tengo la obligación de enviarle el formulario de custodia de reserva. —Su voz suena entrecortada—. ¿Me podría dar una dirección de correo electrónico, por favor?

El dinero me importa un bledo. Lo que me importa es que se me exonere y que esa niña que pusieron en mis brazos esté a salvo.

«No dejes que le hagan daño.»

—¿Está Quinn con su padre ahora?

—No puedo contestarle a eso.

Intento otra vía.

—¿Conoce usted a Amanda?

—¿A quién?

—Olvídelo… Me gustaría ver el testamento.

—No puedo enviarle el testamento en su totalidad, pero le mandaré la solicitud de custodia.

—Gracias —digo.

Le digo mi dirección de *e-mail* y él cuelga abruptamente.

Aunque parte de mí quisiera hacerse un ovillo bajo el cálido edredón y huir de todo esto, pongo el ordenador sobre mi regazo. Mi bandeja de entrada se enciende con un nuevo mensaje. El asunto dice «SOLICITUD DE CUSTODIA». Abro el documento. Todo esto es real.

La solicitante, Nicole Markham, bajo pena de perjurio, declara que Quinn Markham, nacida el 27 de junio de 2017, y con domicilio en el número 27 de East Bellevue Place, Chicago, Illinois, es menor de edad.

Y solicita que, en interés de la menor, se designe un guardián del patrimonio y la persona de la menor por los siguientes motivos:

Morgan Kincaid es una persona cariñosa, compasiva y dedicada que atenderá adecuadamente las necesidades físicas y afectivas de Quinn Markham.

La tutora de la menor será Morgan Kincaid, amiga de Nicole Markham, con domicilio en el número 5450 de North Sheridan Road, Apto. 802, Chicago, Illinois.

Tengo la piel de gallina. Nicole sabía mi dirección. East Bellevue Place. Ella vivía en Gold Coast. Mi antiguo barrio. Después de encontrar a Ryan muerto, no quise volver a nuestra casa, nuestra preciosa y espectacular casa. De todos modos, nunca pertenecí a aquel lugar. ¿Es posible que me esté volviendo loca y que por eso no consiga recordar a Nicole?

Me acerco un poco más el portátil. Escribo el nombre de la compañía de Nicole, Breathe. Se me hace un nudo en la garganta: un enlace tras otro me dirigen a artículos sobre su trabajo por el bienestar y la sanación de mujeres y niñas víctimas de traumas. ¿Es posible que estemos conectadas a través de Haven House?

Me quedo mirando una foto de Nicole Markham, radiante sobre un podio sosteniendo un galardón de cristal. Parece sana, feliz y exitosa. Como si lo tuviera todo.

Repaso sus vivos ojos azules y sus labios carnosos con la yema de los dedos.

—¿Qué te pasó? ¿Y quién es Amanda? —susurro.

Un artículo en *Página Seis* me llama la atención:

Una fuente anónima confirma que Markham se encuentra recluida en su casa y está muy desmejorada, con dificultades para cuidar de su recién nacida. No se la ha visto en público desde que cogió las seis semanas de baja maternal no remunerada, negociadas con el consejo de administración. De no regresar a Breathe como directora ejecutiva el 31 de julio, Markham corre el riesgo de ser expulsada de la compañía que ella misma fundó.

Intento atar cabos. Es evidente que Nicole sufrió tras dar a luz a su hija. Cuando llevaba casos en Haven House, tuve muchas clientes con depresión posparto. Puede que estuviera desequilibrada y que en realidad nadie la persiguiera en el andén. Es posible que viera mi foto o mi nombre en cualquier sitio y se convenciera de que éramos amigas. En el andén, tenía la mirada desorbitada y las mejillas hundidas. Estaba desaliñada, trastornada. Puede que sufriera un ataque psicótico. Si no, alguien la llevó al borde de tenerlo. ¿Tal vez fuera esta fuente anónima?

Ahora bien, nada de eso explica qué la condujo hasta mí. No paro de buscar, tratando de dar con el eslabón que falta, pero no hay nada. Frustrada, escribo: «Marido de Nicole Markham» y entro en un enlace que lleva a una llamativa foto en el *Chicago Tribune* de una gala benéfica celebrada el año pasado. El pie de foto dice: «Nicole Markham, directora ejecutiva de Breathe, con su marido, el corredor de bolsa Greg Markham».

El padre de Quinn es apuesto, tendrá treinta y tantos años, pelo castaño y ondulado y un hoyuelo en la barbilla. Corredor de bolsa. Entro en otro enlace para ver la página web de su compañía de correduría, Blythe & Brown. No me suena, pero ¿cabe la posibilidad de que tuviera algo que ver con Ryan? ¿Conocía Nicole a mi marido?

Greg dejó a Nicole y a su recién nacida. ¿Por qué? ¿Cómo puede un padre hacer algo así? Aunque no debería sacar conclusiones precipitadas. ¿Debería intentar encontrarle? ¿Hablar con él?

Encuentro un breve artículo en el *Chicago Reader* con la noticia de la muerte de Nicole. Menciona a Greg.

Dice que se encontraba en Nueva York cuando su esposa murió. ¿Habrá vuelto a Chicago?

Escribo: «Familia de Nicole Markham». Paso por encima de los primeros diez enlaces. Finalmente, cuando encuentro una entrevista en la que cuenta que perdió a sus padres en un accidente de coche siendo adolescente, se me cae el alma a los pies. También menciona a un hermano mayor, Ben Layton, médico de urgencias en el hospital Mount Zion:

> Financiación del Mount Zion se queda sin constantes vitales. Hospital para población de escasos recursos abocado a cerrar.

Voy abriendo imágenes hasta que llego a una reciente tomada durante un congreso médico. Muestra a un hombre alto y delgado subido a un escenario, con pelo largo y moreno que le cae sobre los ojos.

En Rate MD encuentro un montón de comentarios con cinco estrellas: «Comprensivo y amable», «salvó la vida a mi hijo», «ayuda a la gente necesitada, aunque no se puedan permitir un seguro médico».

Parece un hombre decente y un auténtico profesional, aunque así es exactamente como solían describir a Ryan. La gente oculta su lado oscuro bajo una fachada deslumbrante y bondadosa. Si Nicole tampoco otorgó la custodia de Quinn a su hermano, tuvo que ser por algún motivo.

Escribo el nombre de Ben Layton, y por 14,95 dólares puedo acceder a todos sus documentos públicos. Bingo. Benjamin Layton, West Evergreen Avenue. Wicker Park.

Hace menos de veinticuatro horas que murió Nicole. Que se tiró. No tengo ninguna información sólida sobre ella. Pero sí su dirección y la de su hermano. Y también sé que su marido está aquí o en Nueva York. Primero iré a trabajar y luego a casa de su hermano. Le preguntaré si sabe por qué me pegó el pósit en el bolso, por qué me eligió a mí, dónde está su sobrina y si él la ha visto.

Cierro el ordenador. Me pica el cuello; creo que me he estado rascando sin darme cuenta. El estrés me está avivando el eccema. Busco el tubo de corticoides en la mesilla pintada de amarillo. Sobre el montón de libros de autoayuda veo la foto de mi boda.

Me llevo una mano a la boca para reprimir un grito. Desde el día en que me instalé, esa foto de Ryan y mía (riéndonos abrazados en las escaleras de Keith House, donde nos casamos) había estado boca abajo en el cajón superior de la mesilla. Era incapaz de mirarla, no soportaba ver al hombre que tanto me traicionó. Pero tampoco podía deshacerme de la foto. ¿Por qué está ahora aquí fuera, delante de mí? Alguien ha tenido que sacarla de mi mesilla.

Y puede que ese alguien siga dentro de mi casa.

10

Nicole

Cuatro semanas antes

Nicole abrió los ojos bruscamente al oír un portazo. ¿Dónde estaba? Tardó unos segundos en darse cuenta de que se había quedado dormida en el sofá, con Quinn en brazos. Después de marcharse Tessa, se había tumbado un momento para cerrar los ojos. ¿En qué estaría pensando? Sabía perfectamente que no debía dormir con la niña, ¿y si se hubiera caído del sofá mientras dormía? ¿Y si se hubiera asfixiado con los cojines?

Greg la llamó desde el recibidor.

—Nicole, ¿estás aquí?

Miró el reloj de plata que había sobre la pared del salón, encima de la televisión de pantalla plana. Era demasiado temprano para que Greg volviera a casa. Apareció en el umbral de la puerta.

—¿Qué haces aquí? —preguntó.

—Te he estado llamando sin parar. ¿Por qué no respondías?

Tenía la mandíbula tensa.

Nicole se incorporó con cuidado, tratando de no despertar a la niña.

—Estábamos durmiendo una siesta. Si estuvieras aquí de vez en cuando, sabrías que eso es lo que hacen los bebés y las madres.

Odiaba su propio tono de voz, pero le enfurecía que Greg estuviese cabreado por que no contestara al teléfono. Su trabajo consistía en cuidar de Quinn, aunque eso supusiera no estar disponible para él.

Greg exhaló. Era el suspiro de un hombre profundamente frustrado.

—Tenemos que hablar. —Se sentó a su lado. Tenía muy mal aspecto—. Esto no funciona, Nicole. Lo nuestro no funciona.

Antes de que pudiera contestar, Quinn despertó. Su preciosa carita se arrugó infeliz y empezó a llorar. Un olor fétido inundó la habitación.

—¡No, ahora no! —dijo Greg, como si la niña fuera capaz de controlar sus funciones corporales.

Se levantó del sofá, dejó a Quinn en el cambiador sobre el suelo y cogió un pañal orgánico de la mesita lateral.

Lo ondeó en la cara de Greg.

—¿Quieres encargarte de esto? ¿Te das cuenta de que cuidar a nuestra hija significa que no puedo estar siempre mirando el móvil?

Quinn se retorcía y pataleaba tanto que acabó golpeando a Nicole en la nariz.

—¡Para! —saltó ella, e inmediatamente sintió una profunda vergüenza por perder la paciencia. Acarició la diminuta cara de Quinn una y otra vez—. Perdóname. Mami está un poco nerviosa. No debería ser así.

Greg se agachó a su lado.

—Por favor, déjame cambiarla.

Olía a almizcle; su colonia Straight from Heaven le recordaba al hombre del que se enamoró hacía ya tanto tiempo. En aquella época, le gustaban sus bravatas insinuantes y su forma de mirarla. Qué impresionado se quedó al descubrir que era esa Nicole Layton, la directora ejecutiva de Breathe. Le observó intentando poner el pañal con muchas dificultades, hasta que no pudo aguantarlo más.

—Si no lo aprietas bien, gotea. —Nicole se acercó y le relevó, ajustando las bandas adhesivas—. Pero gracias por la ayuda.

Se volvió a sonreírle, esperando aliviar la tensión que se palpaba entre ellos. Pero cuando miró su traje, vio un largo pelo rojizo en la solapa.

Se apartó de él. Un cabello largo y rojizo. De mujer.

Lo quitó de su chaqueta y se lo puso delante.

—¿De quién es este pelo, Greg? —Lo dijo susurrando, casi siseando.

Le aterraba la respuesta.

Greg la miró con recelo.

—Mi nueva ayudante es pelirroja. Deja pelos por todas partes. —La miraba con tal dureza que podría haberla convertido en piedra—. No puedo vivir contigo en este estado. Lo estoy intentando todo lo que puedo, de verdad. Pero no puedo seguir así. Estás paranoica. Estás enferma, Nicole. Te has convertido en otra persona. Casi no te reconozco.

¿Enferma? ¿Paranoica? ¿Lo estaba? ¿O es que realmente la estaba acosando una persona de su pasado mientras su marido la engañaba delante de sus narices?

De repente, le vino una idea.

—¿Se pasó por el hospital tu ayudante nada más nacer Quinn?

«Di que sí, por favor», pensó. Sería más fácil soportar esa paranoia que la idea de que Donna hubiera vuelto para vengarse.

Greg frunció el ceño.

103

—No. ¿Por qué iba a venir al hospital?

Estaba a punto de tener un ataque de angustia, pero había otra pregunta reconcomiéndole.

—¿Cómo se llama tu ayudante?

Greg suspiró.

—Melissa.

—¿Te estás acostando con Melissa?

Tenía sentido. Todas esas noches que Greg se había quedado en el despacho después de nacer Quinn. Sí, había acudido a todas las ecografías y también había montado la cuna, pero, desde que nació la niña, había estado trabajando más. Luego estaban los repentinos recados que decía tener que hacer por las noches. Nicole daba por hecho que estaba intentando ayudarla porque el embarazo estaba muy avanzado. Pero ¿le estaba mintiendo? ¿Y acaso le importaría si Greg estuviese teniendo una aventura? No estaba segura.

Greg dejó los ojos en blanco.

—Estás haciendo preguntas ridículas.

«No eres capaz de mantenerla a salvo.»

—Solo quiero que seas un padre y un marido cariñoso. Te necesitamos.

No tenía fuerzas para decir nada más, la voz empezaba a fallarle.

Greg contestó con un tono grave, cargado de autocompasión.

—Es que es eso precisamente, Nic… Ya no quiero formar parte de esto. No quiero ser tu marido. Y tampoco quiero ser el padre de esta niña. Así no —dijo, mirando a Quinn, tumbada en el cambiador, mirándolos—. Esto no es normal. Nosotros no somos así. Soy muy infeliz.

Nicole absorbió la gravedad de lo que acababa de decir. No pudo contener las lágrimas que le quemaban los ojos.

—Pero es que eres mi marido. Y eres padre.

Miró a su inocente hija, deseando que no entendiera ninguna de aquellas palabras de rabia entre sus padres, que deberían estar transmitiéndole seguridad y no eso. Greg se levantó y se frotó los muslos, haciendo un ruido que daba ganas de romperle las manos.

—Quiero decir que ya no puedo más. Que tengo que irme. —Se reajustó la corbata de seda, una que Nicole había elegido para él—. Creo que necesitamos pasar un tiempo separados.

Nicole también se puso en pie. Antes de darse cuenta de lo que estaba haciendo, oyó el golpe de la palma de su mano sobre la cara de Greg. Él se quedó mirándola con los ojos abiertos de par en par y llenos de lágrimas. Le había dejado la palma marcada en una huella roja y furiosa. Cayó de rodillas junto a Quinn.

Greg se llevó la mano a la mejilla, sacudió la cabeza y se fue al piso de arriba.

105

Nicole se quedó en el suelo, incapaz de creer lo que estaba ocurriendo. Su marido las estaba abandonando. El mismo hombre que antes enmarcaba orgulloso cada artículo que la mencionaba. El mismo que no iba a las fiestas de Navidad de la correduría para acompañarla a las de Breathe. Cuando volvió a entrar en el salón, no sabía cuánto tiempo llevaba contemplando la pared crema. Greg llevaba consigo la maleta de ruedas de color carbón, la de Prada, que ella le había regalado por su quinto aniversario.

La dejó en el suelo junto a Quinn y a ella.

—Ayudaré con la manutención de la niña. Pero… —Se puso un dedo en el pequeño hoyuelo de la barbilla, el que tanto le gustaba besar a Nicole—. No puedo seguir viviendo así. Necesitas ayuda, Nic, y no lo quieres aceptar. ¿Qué más puedo hacer? —Se encogió de hombros—. Al menos, sé que cuidarás de ella. Estás obsesionada con eso.

Se inclinó y besó a su hija en la cabeza. Luego tiró de la maleta de ruedas hasta la entrada. Nicole le vio salir y cerrar la puerta tras de sí. Quinn se quedó dándose golpecitos en la boca con su diminuto pulgar, y eso la hizo llorar aún más.

Greg se había ido. Se hizo un ovillo en el suelo, junto a su hija. Cogió su teléfono de la mesa baja para llamar a Tessa.

La situación era terrible. Pero ¿hasta qué punto podía empeorar?

11

Morgan

Contemplo con el corazón acelerado el retrato de boda, que no recuerdo haber puesto sobre la mesilla. ¿Hay alguien dentro de mi apartamento? ¿Ha estado aquí escondido toda la noche, esperando? Salgo de la cama y examino minuciosamente mi dormitorio. Necesito algo para defenderme. Lo único que encuentro es un candelabro de peltre que hay sobre mi cómoda. Blandiéndolo sobre mi cabeza, preparada para golpear al intruso en la cara, me arrodillo para mirar debajo de la cama. No hay nada.

Me arrimo de espaldas a la pared y salgo de puntillas del dormitorio, esperando que alguien se abalance sobre mí. Las paredes que separan los apartamentos son gruesas: si yo no puedo oír a mis vecinos, ellos tampoco podrán oír mis gritos. Se me escapa un gemido e intento contener la respiración. Estoy absolutamente indefensa y desvalida. Además, si llamo al 911, sonaré como una loca: «Han puesto de pie un retrato en mi cuarto y eso significa que alguien ha entrado o está dentro de mi apartamento».

Con el corazón latiendo a golpes contra mi pecho, entro en el salón. Está vacío. No parece que se hayan llevado nada: mi televisión sigue montada en la pared y mi pequeño joyero de madera que está sobre la estantería sigue teniendo las mismas baratijas que me quedan. Todo lo demás lo vendí para pagar a las víctimas de la estafa de Ryan.

Abro bruscamente la puerta del armario. No hay nadie. Sin embargo, cuando entro en el baño y miro dentro de los cajones, noto que los han abierto y han revuelto mis cosméticos. Una sensación turbia y nauseabunda inunda mi estómago. ¿Ha entrado alguien en mi casa mientras estaba en la comisaría? ¿O mientras dormía? Sé que anoche la puerta estaba cerrada con llave, pero la verdad es que estaba tan cansada que apenas veía.

La pregunta más importante es por qué han entrado en mi casa. No tengo nada de valor. Solo hay una posible respuesta: ha sido por Nicole o Quinn.

Estoy temblando tanto que duele. Miro de un lado a otro sin parar. La puerta de vidrio que da a la escalera de incendios está ligeramente abierta. Y creo que la dejé cerrada al irme a trabajar ayer por la mañana. ¿De veras fue solo ayer cuando salí de Haven House, feliz de volver a casa al cabo de una productiva jornada, para meterme bajo la manta de color magenta del sofá y ver la tele?

Soy la única persona que ha entrado aquí desde que me mudé. Solamente abro la puerta de atrás cuando cocino y necesito que salga un poco el humo. Hay una escalera que lleva hasta piso de abajo, sin cámaras ni seguridad. Nunca había caído en lo desprotegida que estoy en este edificio.

Corro hacia la escalera de incendios, cierro la puerta, y luego compruebo la de entrada, que estaba cerrada con llave. Entonces voy al segundo dormitorio, que utilizo de despacho y almacén. Tampoco hay nadie. Mi casa suele oler a abrillantador de muebles esencia limón, pero ahora huele distinto, como a sudor.

Mis documentos siguen ordenados y apilados sobre la mesa junto a mi lámpara china azul y blanca. Al acercarme a la mesa, me doy un golpe en la espinilla con el cajón de abajo, que está abierto. Solo tenía un papel ahí dentro: el formulario sin terminar que iba a enviar al centro de adopción de Illinois. Y ya no está. ¿Qué importancia puede tener para nadie más?

—¿Por qué? —exclamo en medio de la habitación vacía, cuyas paredes verdes ya no me resultan tranquilizadoras, sino agobiantes. Pienso en las palabras de Nicole sobre el andén.

«Llevo mucho tiempo observándote.»

Tengo que salir de aquí. Ya. Corro a mi dormitorio, cojo el portátil y el móvil de la cama y voy hacia la puerta de casa. Me cuelgo el bolso al hombro, meto los pies en las sandalias y empiezo a bajar los ocho pisos de escaleras a toda velocidad. La idea de meterme en un ascensor ahora mismo me aterra. Estoy tan acelerada que tropiezo en un escalón y el corazón casi se me sale por la boca. Aminoro el paso.

Nunca cojo el coche para ir a trabajar, pero, después de lo ocurrido en Grand/State, no pienso coger la línea L. Al caminar por el aparcamiento subterráneo hacia la plaza donde está mi Honda plateado, noto que los pelos se me ponen de punta. Recuerdo el método de defensa personal que me enseñó mi padre y meto la parte afilada de la llave con el pulgar entre los dedos corazón e índice. Al llegar al coche, oigo un portazo, pero no veo a nadie en el garaje.

Me subo rápidamente a mi Civic de segunda mano. Después de tres intentos, porque no consigo parar de temblar, logro meter la llave en el contacto y salgo marcha atrás, pero lo hago tan rápido que casi le doy al Toyota que hay aparcado detrás de mí.

Mis manos resbalan sobre el volante al subir la rampa de salida del oscuro garaje. Finalmente, salgo a la calle y pongo rumbo a Haven House. Enciendo el botón de *bluetooth* para llamar a Jessica.

—Alguien ha entrado en mi casa.

Le cuento lo del retrato de boda y lo del formulario de adopción, con la voz llena de miedo.

—¿No se han llevado nada de valor?

—Creo que no —tartamudeo.

—Morgan, respira. Anoche sufriste un trauma. No piensas con claridad, eso es todo. —Entonces pregunta—: ¿Hiciste una solicitud a una agencia de adopción? ¿Cuándo?

—Hace tiempo. Y no llegué a rellenar el formulario. No fui capaz. No me queda nadie para poner de referencia. Así que lo metí en un cajón y me olvidé del tema.

Rompo a llorar.

—Vale, intenta tranquilizarte. Estás bien. ¿Tienes alguien que te vaya a limpiar la casa? Debe haber alguna explicación.

Quisiera que Jessica comprendiese la gravedad de la situación, pero está claro que no lo ve.

—¿Crees que puedo permitírmelo? Jessica, te digo que alguien ha entrado en mi casa. Y no lo ha hecho como un ladrón de poca monta. Alguien va a por mí.

Me meto en la US-41, que está a reventar de tráfico, y me da la sensación de que todos los conductores me observan.

—Primero, si de verdad han entrado a la fuerza en tu apartamento, podría estar relacionado con Ryan. Es posible que todo esto tenga que ver con él. Segundo, podría ser simplemente un robo aleatorio, que los ladrones hayan oído algún ruido y hayan huido antes de llevarse algo importante.

«Ya —me digo—. Solo que se han llevado el formulario.»

Al ver que no digo nada, Jessica cambia de tema.

—Escucha, he descubierto que Nicole estuvo hospita-

SÉ LO QUE QUIERES

lizada por un trastorno de ansiedad grave poco antes de su primer semestre en la universidad. Parece que tiene desequilibrios mentales en su historial.

¿Le cuento que su abogado me llamó y lo del testamento de Nicole? Sé lo que me va a decir, así que decido posponerlo un poco. Me prometo que se lo diré pronto. Su trabajo es ayudarme, lo sé, pero ¿cómo confiar en alguien que no te cree?

—¿Morgan?

—Ya casi estoy en el trabajo y llego tarde. Tengo que dejarte.

—Llámame si pasa cualquier cosa. En serio, creo que el agotamiento te está haciendo buscar conexiones donde no las hay.

—¿Conexiones como por qué Nicole me llamó por mi nombre? —digo, sarcástica.

—Mira, eso no lo puedo explicar. Seguiré indagando. Tiene que haber un porqué.

Y con eso, cuelga. Ojalá pudiera creer que el agotamiento está afectando mi capacidad de razonar. Pero eso no tiene sentido.

Al coger West Illinois suena mi teléfono. Es Kate, mi jefa. Acelero al pasar por delante del almacén de ladrillo a la izquierda y el edificio de vidrio reluciente a la derecha.

—Siento llegar tarde. Voy de camino. Me han entrado a robar... y anoche me pasó algo cuando volvía a casa.

Instintivamente, miro por el retrovisor. Veo un coche azul oscuro que recuerdo haber visto detrás de mí nada más salir de mi apartamento. Ni siquiera estoy escuchando a Kate. No he oído lo que acaba de decir.

—Perdona, ¿qué decías?

Suelta un profundo suspiro.

—He dicho que no vengas, Morgan. Lo siento. Has llegado tarde demasiadas veces. No has cumplido plazos importantes. Y yo he tragado porque estabas pasando un duelo. Pero esta mañana ha venido una policía preguntando por ti, por si sabía algo acerca de tu relación con Nicole Markham. Esto es demasiado. Tengo que prescindir de ti.

Las lágrimas caen por mis mejillas. Odio lo débil que estoy siendo, pero perder el sitio al que voy cada día, y a la única gente que me seguía hablando, me rompe. Kate se ha quedado callada.

Cambio de carril, me enjugo las lágrimas y enderezo los hombros. No quiero suplicar por mi trabajo, pero no sé qué voy a hacer sin él.

—He intentado pasar desapercibida. Por favor… No he hecho nada malo. Puede que Nicole Markham me conociera de Haven House. ¿No hablamos alguna vez con Breathe para que hiciesen una donación?

Kate responde con tono duro.

—¡Maldita sea, Morgan! Te acabo de decir que estás despedida. ¿Es que no me escuchas? Dependía de ti. Dejé que te quedaras por las ganas que tenías de ayudar, y yo también quería ayudarte a ti. Antes eras muy buena en tu trabajo. Pero ya no estás tan entregada, así de sencillo.

—¡No es verdad!

Golpeo la bocina sin querer y doy un leve volantazo. Tengo que tranquilizarme. Apenas estoy mirando la carretera.

Además, Kate tiene razón. Ya no soy la misma que antes de morir Ryan. Antes de que me abandonara y que empezara a pagar por sus errores. Ahora no me fío de nadie, siempre estoy nerviosa y no confío en mí misma. Temo acercarme a la gente y que los demás se acerquen a mí. No soy la mejor asesora para mujeres que quieren volver a empezar.

—No quería que nada de esto ocurriera, Kate. Agradezco todo lo que has hecho por mí.

Desconsolada, mi voz se quiebra. Nunca más podré ayudar, por poco que sea, a todas esas mujeres que vienen al centro sacando suficiente coraje como para huir de sus abusadores. Otra cosa más que pierdo.

Kate cuelga. Yo también.

Me detengo junto a la acera a la sombra de un olmo y aparco. Estoy sofocada y nerviosa. Ahora que me han despedido, puedo ir directamente a casa de Ben Layton. Al menos así podré aclarar esa otra parte desastrosa de mi vida. Saco la notita morada del bolso, buscando alguna pista en ella. Por supuesto, no encuentro nada.

Pienso en Ben Layton. Acaba de perder a su hermana. Puede que se haya enterado de que yo estaba en el andén con Nicole. Tal vez crea que estoy implicada y puede que no quiera hablar conmigo. Pero ¿y si él tiene todas las respuestas sobre mi conexión con Nicole? Podría preguntarle si me mencionó alguna vez, si sabe quién es Amanda o si hay alguien que quisiera ver a su hermana muerta. O si Nicole estaba desequilibrada, o si tenía tendencias suicidas. Ahora mismo, Ben Layton es mi única baza.

Meto su dirección en mi GPS y arranco. Cuando llego al final de la manzana, veo el mismo coche azul oscuro que había antes detrás de mí. Ahora ya estoy completamente segura.

En el retrovisor, veo los tres óvalos del símbolo de Toyota: es un Prius, pero el sol que se refleja sobre el parabrisas me impide ver al conductor. ¿Una inspectora de policía conduciría un Prius? Lo dudo. Pongo el intermitente para meterme en la US-41 Norte, y el Prius hace lo mismo. «Céntrate», me digo, apretando las manos sobre el volante. Estoy atrapada entre un Infinity que va delante y un Kia que circula a mi derecha. Encerrada. La indignación ha desaparecido. Ahora es el miedo lo que me impide respirar.

113

Avanzo unos centímetros. El Prius me sigue. Intento ver su matrícula, pero está cubierta de barro y me resulta ilegible.

Podría frenar en seco y provocar un accidente obligando al conductor a bajarse del coche. Pero estamos en una autopista con mucho tráfico. Es demasiado peligroso. Lo único que yo quería era una vida sencilla, con un marido fiel y un bebé. ¿Por qué se ha torcido todo?

Al ver que el coche se acerca cada vez más, siento que los tentáculos del miedo trepan por mi nuca. Prácticamente, está subido a mi maletero. Por fin consigo ver al conductor por el retrovisor: es una pelirroja con el pelo largo, pero lleva unas gafas negras enormes que le tapan bastante la cara. En ese momento, me golpea con tanta fuerza por detrás que me abalanzo sobre el volante y tengo que agarrarlo con ambas manos.

¿Quién coño es esa tía? ¿Y por qué está intentando sacarme de la carretera?

12

Nicole

Tres semanas antes

$\mathcal{H}$acía una semana de la marcha de Greg, y ni una llamada. Nada. Nicole no tenía ni idea de dónde estaba. Echaba en falta su presencia tranquilizadora en la casa, pero no estaba segura de si le echaba de menos a él. No había llegado a contestar si se estaba acostando con su ayudante. Probablemente, ahora sí que lo estuviera haciendo. Melissa. ¿Por qué había tardado tanto en darse cuenta? ¿Cómo había podido estar tan ciega? Ya no confiaba en sus instintos. Esas corazonadas que habían llevado a Breathe a lo más alto del competitivo mundo de la ropa deportiva *casual* habían desaparecido desde el parto. Nicole era una mera sombra de sí misma.

No había salido de casa en toda la semana. Solo se había aventurado al jardín trasero para que Quinn absorbiera un poco de vitamina D. Pero el zumbido incesante de las máquinas cortacésped, incluso el ruido del viento agitando las hojas, la ponían de los nervios. Estaba en un estado de alerta constante por si oía o veía a Donna de repente. ¿Cuándo acabaría todo aquello?

Nicole le contó a Tessa inmediatamente que Greg se

había ido. Y casi cada día desde entonces, Tessa se había pasado a verla después del trabajo, trayendo cosas para la nevera o directamente la cena. Ahora bien, su última conversación la había dejado preocupada. Varios días antes, estaban por la tarde en el salón. Nicole estaba doblando la colada mientras Tessa tenía a Quinn en brazos. Uno de los pijamas de la niña estaba del revés y no lograba sacar las perneras. Al final acabó arrojándolo al suelo, frustrada.

—He estado leyendo mucho sobre reacciones posparto —dijo Tessa—. Es completamente normal estar asustada y ansiosa. —Miró a Quinn y de nuevo a Nicole—. No es nada raro sentirte incapaz de cuidar de ti misma y de tu bebé.

Nicole se puso tensa.

—¿Qué quieres decir con eso?

—Ya no te arreglas. No sacas a Quinn de casa. Te frustran las tareas sencillas. ¿Por qué no me instalo con vosotras un tiempo? Solo para que duermas un poco más y salgas.

Nicole se quedó pensándolo. Le daba miedo estar sola en la casa, aunque la mera sugerencia de que no estaba cuidando de Quinn la cabreaba. Su hija estaba bien alimentada, bien descansada y limpia. Y le dolía la insinuación de que no era buena madre. Pero inmediatamente se sintió culpable: Tessa solo intentaba ayudar.

—Estaré bien —dijo.

Y Tessa se rindió.

Volviendo al presente, Nicole miró el reloj. Eran las once de la mañana. Tessa estaría en la oficina. Cogió el móvil.

Su amiga contestó al primer tono.

—Eh, ¿qué hay?

Se oía el trajín de la oficina de fondo. Nicole no se imaginaba allí. Le parecía increíble haber estado al mando de una compañía cuando ahora le costaba un mundo solamente salir de casa.

—Estoy… —Buscó las palabras adecuadas—. ¿Podrías pasarte a ayudarme a mover una mesa? Está en un sitio que no es seguro para Quinn.

—Claro. Tengo una reunión rápida con Lucinda. El lanzamiento de la línea de Aromaterapia para el Agotamiento es esta semana.

Ni siquiera sabía de qué lanzamiento hablaba.

—Parece que estás liada. No te preocupes.

—Qué va, no importa. Me paso más tarde. ¿Sabes algo de Greg?

—Nada.

—Espero que no se esté acostando con su ayudante. Sería un tópico andante.

—¡Ja! —dijo, aunque por dentro no se reía—. Pero no está teniendo ningún reparo en utilizar nuestra cuenta conjunta. Últimamente ha estado sacando mucho dinero. Intenté meterme a mirar la cartera que gestiona por los dos, pero solo está a su nombre.

Tessa se quedó en silencio un instante y luego preguntó:

—¿Sabes dónde está? ¿Quieres que hable con él? Es tan raro que no te haya contactado…

A Nicole no le importaba dónde estuviera ni con quién estaba. Aunque se le ocurría un lugar.

—Gracias, Tess, no creo que ayude que hables con él. Pero quizá podíamos quedarnos unos días en tu casa, Quinn y yo, ¿te parece?

Pasar unos días con ella podía ser la respuesta. Su colorido apartamento era cálido y acogedor. Y lo que era más importante: Donna no podría encontrarlas allí.

—Ay, cariño, no creo que sea buena idea. Lo siento. Sabes que haría cualquier cosa por ti, pero mi apartamento no es buen lugar para un bebé. De hecho, ni siquiera sé si la junta de la comunidad lo permitiría. —Se quedó callada un momento—. Pero me pasaré por tu casa más tarde. Y ya te dije que siempre puedo quedarme con vosotras.

Nicole notó que las mejillas se le encendían de vergüenza. Desearía no habérselo preguntado.

—Era una idea estúpida. Perdona. Vente a cenar. A lo mejor hasta preparo algo.

Sabía que no lo haría, ni tampoco quería, pero al menos podía fingir. Colgaron. Nicole sintió una repentina explosión de energía. Con Quinn abrazada a ella, se metió el móvil en el bolsillo y fue al recibidor a coger sus zapatillas de deporte. Podían ir a dar un paseo al parque y ver jugar a los niños. Se detuvo delante de la puerta, confundida. En el banco junto a la entrada había un álbum de fotos, el álbum de familia encuadernado con flores que hacía años que no miraba. Siempre lo había tenido en la estantería. Volvió a llamar a Tessa.

—¿Has cogido el álbum de fotos de la estantería por alguna razón?

—No. ¿Por qué iba a hacerlo?

—No lo sé. Perdona. Olvídalo.

—¿Estás segura de que no es momnesia?

Nicole se rio, pero era una risa falsa.

—Sí, debe de ser eso.

Colgó. Cogió el álbum y puso a Quinn boca arriba en la alfombra de juegos con motivos de animales, la del salón. Se sentó junto a su hija, riéndose al verla jugar con el león sobre su cabeza.

—Si mi madre estuviera aquí, se pasaría horas jugando contigo. Era tan paciente…

Abrió el álbum y vio una foto de su hermano y ella en Halloween. Ella tendría cinco años, y aparecía enfurruñada y con sus delgados brazos cruzados sobre el pecho, vestida de princesa; Ben tenía ocho años y era un sonriente vampiro larguirucho con los dientes separados. Pasó rápidamente a la siguiente foto.

—Aquí está tu abuela.

Señaló una foto de su madre agachada junto a Nicole, cuando ella tenía tres años. Iba dentro de un carrito. Estaba tan joven y guapa, con su larga melena castaña oscura, densa y rizada recogida en una coleta baja, y la mano sobre la pierna del mono de nieve rosa de Nicole.

Enjugándose las lágrimas, pasó la página, y casi se le para el corazón.

Había una polaroid suelta. La cogió por una esquina con las manos temblando descontroladas, como si fuera una serpiente a punto de atacar.

La foto era de la pequeña Amanda, sentada en una alfombra de pelo largo verde que Nicole recordaba a la perfección. Llevaba un vestido amarillo claro con un canesú con volantes y una falda de tul atada con un bonito lazo. Su rostro irradiaba felicidad mirando el Playskool Popper que tenía delante.

Se la veía tan viva y sana en la foto… Y, sin embargo, qué fría e inmóvil estaba la última vez que Nicole la cogió.

Nicole no recordaba tener una copia. De hecho, dudaba que hubiera querido guardarla. Tendría demasiado miedo a que Greg le preguntase quién era aquella niña.

Notándose algo mareada, sacó la foto del álbum y lo devolvió a la estantería, donde lo había puesto la última vez. Necesitaba más pastillas. Tampoco sabía cuántas se había tomado hoy, pero no estaban funcionando. Se metió la foto en la cintura de los pantalones de yoga, notando cómo los bordes se le clavaban en la piel. Luego cogió a Quinn de la alfombra de juegos y la puso en la mochila portabebés, apretándola contra sí para notar su respiración.

Entró en el baño con la niña y se tomó dos pastillas más. Quinn estaba mordisqueando su hombro. Tenía hambre y querría biberón en breve. Abrió el cajón del armario del baño para esconder la foto, que estaba segura de que Donna había metido en su casa. No sabía cómo ni cuando, pero esa era la única explicación.

Y la aterraba.

El peligro estaba cada vez más cerca.

13

Morgan

*E*l Prius sigue detrás de mí. Tengo que coger la siguiente salida, así que doy un volantazo hacia el arcén haciendo rechinar las ruedas; oigo cómo la gravilla sale disparada de debajo de las ruedas y rebota en mi ventanilla. Me meto en la rampa, agarrando el volante con tanta fuerza que tengo los nudillos blancos.

La mujer me sigue.

—¿Qué es lo que quieres? —grito, sintiendo una bola de miedo y fuego recorriendo mis venas—. ¡Vete, por favor!

Oigo el rugido de un motor acelerando, y el Prius me adelanta a toda velocidad.

Y entonces desaparece.

Busco una manzana tranquila y paro junto a la acera. El cinturón me aprieta mucho y me lo desabrocho con dificultad antes de cerrar los pestillos por si la pelirroja del Prius vuelve a encontrarme. Podría haberme matado.

Cojo mi bolso en busca del móvil y marco el teléfono de Jessica. Hay varias cosas que no le he contado, pero ha sido porque mi confianza está erosionada. Sin embargo, ahora veo que necesito contarle que alguien me persigue. Llamo, pero no contesta.

—¡Maldita sea! —exclamo, colgando y metiendo de golpe el móvil en el bolso.

La llamaré más tarde, cuando haya intentado obtener algunas respuestas por mi cuenta.

Me aparto el pelo de la cara, pongo el coche en marcha y conduzco hacia North Wicker Park Avenue, la calle de Ben Layton. Es una bonita e imponente casa victoriana de dos plantas. Aparco al otro lado de la calle. Me seco las palmas de las manos sobre los *leggings*. Siento mariposas en el estómago. Sé que estoy precipitándome, pero no puedo evitarlo. Mi instinto me dice que es lo correcto.

Las finas cortinas de color beis que visten los ventanales están cerradas, pero hay un coche en el camino de entrada a la casa, lo cual me lleva a pensar que puede que Ben siga allí. Me miro y siento vergüenza. Tengo un aspecto espantoso, y me siento aún peor. Ni siquiera me he cepillado los dientes esta mañana. Me meto en la boca un chicle que llevaba en el bolso. Estoy pálida, tengo unas marcas oscuras y moradas grabadas bajo mis ojos verdes y normalmente vivaces, y la piel del pecho tan inflamada que creo que está infectada.

Respiro hondo.

—Puedes hacerlo —me digo.

Cuando estoy a punto de bajarme del coche, un hombre muy alto y delgado con una camiseta blanca de cuello en pico y pantalones cortos grises sale por el portal del edificio. Tiene una belleza espontánea, como si no fuera consciente de lo guapo que es. Es Ben Layton. Le reconozco de la foto. Se aparta el flequillo ondulado de la frente mientras va hacia un Altima negro. Lleva un bebé en brazos. Quinn.

Se me escapa un grito ahogado de alivio. Lleva un *body* rosa claro y su lloro rompe el silencio de la calle. Pero parece estar a salvo en los brazos de su tío. Aunque apenas la sostuve unos instantes, siento una atracción física hacia la niña. Tengo que dejar de pensar en que me han confiado su tutela. No puede ser. Es demasiado pedir. Y no tiene ningún sentido.

Me quedo donde estoy, observándole. Está a cierta distancia, pero puedo ver que tiene la cara hinchada y enrojecida. Su hermana acaba de morir. ¿Qué derecho tengo de meterme en su vida?

Se sube al coche y sale por el camino de entrada a la casa. Decido seguirle instintivamente.

—Bueno, ¿adónde vamos, Ben? —pregunto en voz alta mientras arranco y me pongo a una distancia.

Estoy siguiendo al hermano de Nicole por Chicago, contraviniendo todos los consejos de Jessica. Es evidente que estoy mal de la cabeza.

Tras quince minutos siguiéndole, coge North State Street.

123

Freno al ver que el Altima se detiene delante de una hilera de preciosas casas de tres plantas en East Bellevue Place. Aparco varias casas más atrás. La dirección me suena. Entonces caigo en la cuenta de que la vi en la solicitud de custodia de Nicole. Es su calle.

Ben aparca en el camino de entrada de un impresionante edificio *graystone* y se baja del coche. Aunque me he quedado a cierta distancia y detrás de otro coche, le veo bastante bien. Le observo coger a la niña del asiento para bebés. Me pregunto si tenía uno a mano o si lo ha tenido que comprar. Quinn está calladita, imagino que duerme. Demasiada agitación para un bebé. Veo que no se dirige hacia la casa de Nicole, sino a la de al lado, y llama a la puerta. Una anciana abre lentamente. Hablan durante un minuto, y ella le pone algo en la mano. Luego se va, camina hacia la casa de Nicole, con su fachada de caliza y sus elegantes miradores curvos. Sube un tramo de escalones flanqueado por dos columnas bellamente talladas. Quinn parece muy cómoda en sus grandes brazos. Protegida.

No puedo esperar más. Me ajusto la coleta y bajo del coche. Voy hasta el comienzo del camino de entrada a la casa.

Ben debe de haber oído mis pasos, porque de repente se vuelve y me mira directamente, abriendo mucho sus ojos azules. Me transmiten agotamiento, un cansancio más liviano pero no menos intenso que el de su hermana.

Reculo unos pasos al ver que se acerca hacia mí. Pienso en que muy pocas personas me expresaron sus condolencias cuando Ryan se mató. Después de un suicidio, nadie sabe qué decir.

—¿Doctor Layton? —digo con voz suave.

—Sí. ¿Quién es usted? —pregunta con recelo, poniendo a Quinn en el hueco del codo mientras ajusta el asa de la mochila roja que lleva al hombro.

—Siento mucho lo de su hermana.

Tiene el dolor grabado en el rostro. Quinn abre los ojos y empieza a chillar en sus brazos, y me resulta prácticamente imposible no abalanzarme para cogerla y tratar de calmarla.

—¿Qué quiere? ¿Es que no me van a dejar en paz los medios?

Parece tan perdido y confuso, tan insoportablemente triste, que me siento mal por haber venido.

—No soy periodista —digo—. Se lo juro. No lo soy.

—Entonces, ¿quién es?

Trago saliva.

—Yo…, yo estaba allí. Con Nicole. Quiero decir, que estaba con ella justo antes de que… saltara.

—No pasa nada —dice—. ¿Cómo iba usted a saber… lo que iba a hacer? —Sus ojos azules se ensombrecen—. Espere un momento. ¿Usted es la mujer del andén? ¿La que cogió a Quinn? ¿Usted habló con Nicole?

Dudo por un instante. No quiero alterarle.

—Nicole me puso a la niña en los brazos. Yo no tenía ni idea de lo que estaba pasando, ni de lo que iba a hacer. De haberlo sabido, habría… —Mis ojos se llenan de lágrimas. No puedo evitarlo—. Su hermana me suplicó que mantuviera a salvo a Quinn. Que estuviera alerta, que la cuidara. Esas fueron las últimas palabras que dijo. Yo no sabía ni quién era ella. Y tenía que contárselo.

Se acerca hasta quedarse cara a cara conmigo en la entrada a la casa. Sus ojos me examinan, y reculo bajo su escrutinio. El dolor y la duda empiezan a nublar su expresión.

—Morgan Kincaid, ¿verdad?

Asiento.

—La inspectora Martínez me preguntó si conocía a una mujer llamada Morgan Kincaid. Le dije que no. Y aquí está. Se parece un poco a mi hermana, ¿sabe?

—Yo nunca había visto a su hermana hasta ayer. ¿Cree que me eligió porque nos parecíamos?

—¿Que la eligió? Esa inspectora me dijo que la informara si trataba de ponerse en contacto conmigo. Dijo que no consiguen averiguar de qué conocía a mi hermana. Que su marido también se suicidó y que estaba implicado en el robo de millones de dólares. Que era usted una persona de interés en el caso de mi hermana.

Los chillidos de Quinn le crispan, se aparta el pelo despeinado de la frente, y veo cómo palpita un músculo de su angulosa mandíbula.

Instintivamente, extiendo las manos para acallar a la niña. La aparta de mí.

—¡Eh! ¿Qué hace? ¿Qué quiere de mí? Voy a llamar a la inspectora Martínez.

Debe de medir más de uno noventa, porque me impone bastante, a pesar de mi uno setenta y cuatro. Pero

125

no me achanto. Tengo la corazonada de que, en realidad, quiere oír lo que he venido a decir. No se ha ido para dentro, ni tampoco ha llamado a Martínez, así que algo debe de querer de mí.

Y yo no tengo nada que perder.

—Amanda —digo.

Se queda pálido y mi corazón se acelera.

—¿Qué acaba de decir? —Sus ojos están abiertos de par en par y tiene una expresión de consternación e incredulidad.

Meto la mano en el bolso en busca del pósit. Lo desdoblo y se lo pongo delante de la cara.

En ese momento, se oye un chirrido estridente de neumáticos. Nos volvemos y vemos un coche avanzando a toda velocidad por la calle, acelerando.

Es un Prius azul oscuro. Y viene directo hacia nosotros.

14

Nicole

Dos semanas antes

*E*ntre bañar y dar de comer a Quinn, lo único que había hecho Nicole en días había sido mirar la polaroid de Amanda. Cada vez que lo hacía ahora, veía la cara de su niña superpuesta en la foto. Ni siquiera le hacía falta comprobar los armarios y los rincones de la casa para saber que Donna había estado dentro. Tenía una abrumadora sensación de fatalidad que lo llenaba todo. Al final, metió la foto en el cajón del cuarto de baño, jurándose no volver a mirarla.

Quinn estaba balbuceando en la cuna. Nicole sacó las pastillas del armario de medicinas. A partir de ahora, las dejaría en el piso de abajo, porque pasaba gran parte del tiempo allí. Fue a su dormitorio, cogió a la niña, la puso en el fular y hundió la nariz en el cuello de su hija para aspirar su dulce olor. Luego bajó a la cocina y apoyó la frente sobre el congelador de acero inoxidable, cuya puerta era un auténtico bálsamo para su cuerpo acalorado y débil.

Sus ojos vieron algo de color morado asomando por debajo de la nevera. Se agachó lo más despacio y cuidadosamente que pudo y encontró un pósit. Era una nota con la letra de Greg, que decía: «Trabajo hasta tarde en la oficina». No recordaba de cuándo era.

Algo de aquella notita le dio una idea. Fue al cajón de los trastos y sacó el paquete de pósits morados que había al fondo. Se sentó en el suelo, con Quinn acomodada en el fular envolvente, y fue pegando notas sobre las baldosas de piedra natural. Después, cogió un rotulador y escribió cada idea en un pósit distinto:

CARTA. ETIQUETA EN LA CUNA. PELIRROJA. PASTILLAS CAMBIADAS DE SITIO. MÓVIL. PUERTA. LÁMPARA ROTA. FOTO.

Las colocó en fila y luego en círculo, tratando de dar sentido a cada aterrador incidente. Las pistas estaban en las palabras que tenía delante y, si lograba colocarlas de manera adecuada, sabría exactamente cuál era el plan de Donna. Y también cómo detenerla.

Pero ¿y si no era solo Donna? Puede que Greg tuviera razón y estuviese volviéndose loca. Él insistía mucho en que necesitaba ayuda, pero Nicole le había ignorado. Aunque era extraño que no hubiese llamado en las dos semanas desde que se había marchado. ¿Cuánto tiempo llevaba siendo infeliz a su lado? ¿Era porque no quería ser padre? ¿O porque estaba más desequilibrada de lo que creía y quería alejarse lo más posible de ella? ¿Cabía la posibilidad, como decía Greg, de que ella hubiera comprado el móvil de mariposas? ¿Fue ella quien desenroscó la lámpara sobre la cuna y abrió la puerta? ¿Había guardado aquella foto de Amanda durante todos estos años y simplemente se le había olvidado? ¿O es que estaba viviendo una depresión posparto grave, tal y como le había sugerido Tessa?

Estúpidos pósits morados… Era una tontería.

Volvió a meterlos en el cajón. Miró a Quinn, que descansaba serenamente sobre su pecho. Ya le había dado de comer y la había cambiado. Su bebé estaba feliz, pero necesitaba aire fresco. Y a ella le hacía falta un poco de ejercicio. Tenía fuerzas suficientes para dar un paseo corto. No podían pasar ni un minuto más en casa.

Ni siquiera se molestó en cambiarse de ropa o darse una ducha. Puso a Quinn en su elegante cochecito Bugaboo rojo, con la preciosa bolsa de pañales de Tiffany azul que Tessa le había regalado.

—Vamos a dar un paseo, cariño.

Cerró la puerta tras de sí, activó la alarma y giró el pestillo. A pesar de que oyó cómo se cerraba, empujó la puerta cinco veces para cerciorarse de que no se podía abrir. Se hizo una foto con la niña y la envió a Tessa.

«¡Salgo!»

Tessa contestó: «¡Orgullosa de ti! Llámame cuando llegues a casa».

El ambiente estaba cargado con gruesas nubes de tormenta, pero un poco de lluvia no haría daño a nadie. Quinn estaba tranquila, completamente fascinada por las anillas de colores que colgaban de la sombrilla de su cochecito. Nicole se dijo para sí que solo era una madre como cualquier otra, saliendo a dar un paseo con su hija. Mientras bajaba el Bugaboo por los cuatro escalones anchos, Mary, su octogenaria vecina, salió rápidamente de su casa.

—Nicole, querida. ¿Tienes un momento?

No quería charlar con ella, porque la tendría una hora en la acera hablando de sus nietos y de sus problemas de cadera. Pero Mary tampoco le dejó elección.

—Quería decirte una cosa. Anoche vi a alguien asomándose a la ventana delantera de tu casa. Al principio, creí que era algún amigo tuyo, pero, fuera quien fuera, no se quedó mucho tiempo. Pensé que debía comentártelo. A veces te da como repelús, ¿sabes? ¿Cuando algo no es normal? No quise llamar al timbre por si tu angelito y tú ya estabais durmiendo.

A Nicole se le heló la sangre y se acercó un poco más a su vecina.

—¿Era un hombre o una mujer? ¿Qué aspecto tenía? ¿A qué hora fue? —Escupía saliva al soltar cada pregunta.

Mary se echó hacia atrás.

—Querida, yo ya no veo bien. No pude distinguir si era un hombre o una mujer, pero serían cerca de las diez. Estaba viendo las telenovelas que mi hijo me ha grabado en ese aparato. O sea, ¿que no era un amigo vuestro? ¿Deberías llamar a la policía? Si hay alguien merodeando por el barrio, tenemos que estar alerta.

—¡Nada de policía! —saltó Nicole, alzando demasiado la voz.

—¿Perdona?

—¡Nada de llamar a la policía! —dijo, apretando los dientes.

Si lo hacía, todo podía desmoronarse. No quería que nadie empezase a husmear en su vida. Quería que el pasado quedase en el pasado. Además, ¿qué pasaría si la policía descubría que no era apta para ser madre? ¿Le quitarían a Quinn? La mera idea la aterraba. Aspiró por la nariz y dejó salir el aire lentamente.

—Gracias por vigilar mi casa —dijo en un tono perfectamente mesurado—. Supongo que era mi amiga, Tessa. La llamaré.

Mary se quedó observándola.

—¿Seguro que estás bien, cielo? Te veo muy nerviosa.

Insistió a la anciana en que se encontraba bien, aunque no era así, y empujó el cochecito por North Rush Street hacia East Oak, contemplando a las ejecutivas con ajustadas faldas tubo y trajes finos que iban o volvían de reuniones y comidas. El cielo se había oscurecido y tenía un tono limoso, pero el aire olía al perfume de hierba recién cortada. Le daba ganas de quedarse un poco más en la calle, a pesar de la amenaza de lluvia.

Caminó y caminó hasta que de pronto vio a la última persona con la que quería encontrarse. Paró el carrito en seco, provocando un lloro de sorpresa en la niña. «Que no me vea, por favor, que se vaya.»

—Nicole, ¿eres tú? —preguntó una voz desconcertada.

Lucinda Nestles estaba delante de ella.

Nicole alzó la vista, con el rostro ardiendo de vergüenza.

—Hola, Lucinda. ¿Qué tal?

Se cubrió la boca con la mano. ¿Se había cepillado los dientes hoy?

—Estás… ¿Es tu hija?

Nicole asintió, pero era incapaz de contestar.

—Ay, es preciosa. ¡Enhorabuena! —Se inclinó a besar a Nicole en la mejilla, mientras examinaba su camiseta manchada y sus pantalones de Breathe—. De hecho, voy de camino a una reunión con el consejo. —Sonrió, pero la sonrisa era fría—. Me sorprendió que dijeras que no podías trabajar un poco desde casa. Tampoco espero que estés haciendo jornada completa en la oficina durante la baja de maternidad, claro que no, pero eres la directora ejecutiva. Preocupan las previsiones de beneficios por acción, y luego ese artículo en *Page Six*… Te he llamado varias veces esta semana. Vuelves al trabajo el 31, ¿verdad?

Antes de poder preguntarle de qué artículo de *Page Six* estaba hablando, notó otra mirada. Se volvió hacia el pequeño callejón entre las tiendas de Barneys y Hermès, y allí vio a una pelirroja con gafas de sol grandes, observándola.

131

Se le escapó un gemido y apretó con fuerza los mangos del carrito.

—Tengo que irme —dijo.

—¿Te encuentras bien? —preguntó Lucinda tocándole el brazo.

Nicole se encogió.

—¿La has visto? —dijo señalando a la pelirroja—. ¿Nos está vigilando?

Los ojos de Lucinda se abrieron de par en par.

—¿Quién?

Nicole ladeó la cabeza hacia el callejón, pero la mujer ya no estaba.

—Lo…, lo siento —balbuceó Lucinda—. No veo a nadie.

Estaba allí hacía un segundo, no le cabía duda. Pero ahora ya no estaba. Nicole fingió una sonrisa.

—Olvídalo. Me está costando dormir. Estoy… un poco cansada. Ya sabes cómo es con un recién nacido.

Notaba la sonrisa torcida. Lucinda la miró con recelo.

—¿Necesitas ayuda? ¿Seguro que estás bien?

No contestó.

—¡Hasta luego! —dijo, alzando demasiado la voz.

Dio la vuelta al carrito y echó a correr, a pesar de que notaba la cicatriz ardiendo y los músculos anquilosados tirando y contracturándose. Siguió corriendo por la acera, abriéndose paso entre peatones sobresaltados y bocinazos de los coches al verla precipitarse por los pasos de cebra.

Cuando llegó a East Bellevue Place, las manos le temblaban tanto que se le cayeron las llaves en el camino de gravilla que conducía a los escalones de entrada a la casa. El cielo retumbó en un estruendoso estallido y empezó a diluviar sobre ella, calándole el pelo y cegándola. De rodillas, empezó a rebuscar en la gravilla, hasta que por fin dio con las llaves. Subió las escaleras notando las piedrecitas clavadas en la piel y, al ir a abrir la puerta, topó con un objeto que no había visto.

Delante del peldaño de su puerta había una caja blanca con el nombre «Nicole» escrito con rotulador rosa.

15

Morgan

No hay tiempo para pensar.

—¡Quita! —grito, empujando a Ben y a Quinn hacia el camino de entrada a la casa.

Luego me aparto, zafándome por escasos centímetros del Prius que quería atropellarnos.

Su mochila sale por los aires y mi tobillo golpea contra el borde de la acera. Caigo al césped y veo que el coche da la vuelta y desaparece levantando una nube de polvo.

Noto un dolor abrasador que me hace gemir mientras el corazón me late a golpes contra el pecho. Miro angustiada hacia Ben y Quinn. ¿Se encuentran bien? Él está de pie, boquiabierto, con la niña llorando contra su pecho.

—¿Estáis bien? —exclamo desde el suelo.

Ben se acerca a toda prisa, con la niña sollozando. La pone sobre su hombro y se arrodilla junto a mí, con el rostro fruncido por el *shock* y la preocupación.

—Sí, estamos bien. ¿Y tú? ¿Puedes caminar?

En ese momento, siento un dolor que me baja por la pierna.

—Me he dado un golpe en el tobillo, pero estoy bien.

Empiezo a asimilar el miedo de ver a aquel coche viniendo directo hacia nosotros. Noto lágrimas calientes cayendo por mis mejillas. O sea, que es real. Mis temores eran reales. Alguien quiere hacer daño a esta niña en serio. O a mí. O a las dos.

Ben se pasa una mano por la barba de tres días mirando hacia el extremo de la calle por donde ha desaparecido el coche. Luego me mira.

—Nos has quitado de en medio —dice, asombrado—. Ni lo has dudado.

—Claro.

Su mirada es distinta. Ya no soy una amenaza para él, sino alguien que puede ayudarle. Trato de levantarme, pero una punzada de dolor me atraviesa el tobillo.

—¿Has visto quién conducía? ¿Era una pelirroja? Cuando venía hacia aquí, me ha venido siguiendo una pelirroja en un Prius, pero creía haberla perdido.

—La verdad, no lo he visto. Ha sido todo tan rápido… —Se pone de pie, mira hacia la calle y luego a mí, con un gesto inescrutable. Abrazando la nuca de Quinn con la palma de su mano, suspira—. Escucha, esta es la casa de Nicole, y tengo que coger algo de ropa y cosas para la niña. No sé cuánto tiempo va a estar conmigo. —Se mece de un pie a otro—. ¿Quieres pasar y llamamos a la policía? Así también me puedes explicar qué demonios haces aquí y por qué han intentado matarnos.

Barajo mis opciones, a sabiendas de que no las hay. Solo espero que Ben no sea otra amenaza. Que no sea el hombre del que huía Nicole.

Recoge la mochila con torpeza y se la echa al hombro. Me observa unos instantes y entonces extiende la mano. Dudo y la agarro. Ahora mismo, Ben es el menor de dos males. Me ayuda a levantar y deja que me apoye sobre él para ir hacia la casa y subir los escalones a la pata coja hasta llegar a la entrada. Me quedo mirando a Quinn, que vuelve a estar tranquila y me observa fijamente. Es tan perfecta. Tan inocente. ¿Cómo puede nadie querer hacerle daño?

Ben abre la puerta y entro al vestíbulo cojeando detrás de él, apoyándome en la pared de color marfil.

Inmediatamente, me golpea la magnitud y la blancura de la casa.

—Vaya —exclamo.

Él asiente.

—Ya… —Aspira por la nariz—. Algo huele a podrido.

Detecto un olor rancio y a comida podrida. Me da miedo estar en casa de Nicole. A la derecha del vestíbulo hay un magnífico salón, con sábanas de seda negras cubriendo todas las ventanas.

¿Por qué vivía a oscuras? ¿Cómo era su vida aquí dentro?

Ben cierra la puerta, suelta la mochila en el suelo y recoloca a Quinn para que descanse en la doblez de su brazo. Entonces saca el móvil.

No quiero que Martínez sepa que estoy aquí.

—Espera. Por favor. ¿Podemos hablar un minuto antes de que llames a la policía? Creo que los dos tenemos cosas que contarnos sobre Nicole, y una vez que venga la policía, no podremos hablar.

Me mira de arriba abajo y se apoya contra la pared junto a una mesa *art déco* plateada.

—¿Me puedes decir por qué crees que ese coche venía a por ti… o a por nosotros?

Suelto un largo hilo de aire.

—No lo sé. Y de veras que siento muchísimo lo de tu hermana. Soy asistente social. Cuando vi lo nerviosa que estaba en el andén, quise ayudarla, pero todo pasó muy rápido, igual que con ese coche en la calle ahora mismo. Lo siento mucho. Ojalá hubiera podido detenerla.

Me atraganto con un sollozo y paro para recomponerme.

Observa mientras me enjugo las lágrimas.

—¿Me lo puedes explicar? ¿Me puedes ayudar a entender lo que pasó?

Hay un profundo dolor en sus ojos que me cuesta ignorar.

Respiro hondo.

—A ver, ayer iba de camino a casa después de trabajar, a la misma hora de siempre. Tu hermana estaba a mi lado en el andén. De repente, me clavó las uñas en el brazo y me suplicó que cogiera a su bebé. Eso es lo primero que me dijo: «Coge a mi hija». Yo me asusté y me aparté de ella. Pero se puso delante de mí, muy cerca del borde. No dejaba de mirar a todas partes, como si tuviera miedo de alguien. Entonces me dijo que no dejara que nadie hiciese daño a Quinn y me la puso en los brazos. Yo miré a la niña y, cuando volví a levantar la vista, Nicole se había… El tren había entrado en la estación.

Hace una mueca de dolor y baja los ojos hacia la mesa que tiene al lado.

·—Vi a Nicole hace un par de semanas, pero la casa no estaba tan mal como ahora. Me preocupó su mal aspecto.

—O sea, ¿que estabas preocupado por ella?

Asiente, pero no dice nada más.

Se queda mirando mi pie, que tengo en alto sobre el marco de la puerta para no poner presión sobre él. Entonces se coloca a Quinn sobre el hombro y vuelve a meter el móvil en su bolsillo.

—Vamos a la cocina a que te sientes —dice.

No sé cuánto tiempo tenemos antes de que llame a Martínez. Necesito que confíe en mí lo suficiente como para contarme quién es Amanda, pero no sé qué más decir para ganarme su confianza.

Me conduce hacia la izquierda del vestíbulo a un espacio grande y diáfano, blanco como la nieve, salvo por los electrodomésticos Viking y una nevera Sub-Zero de acero inoxidable. Hasta la última superficie está cubierta de restos de productos para recién nacidos: biberón, toallitas, latas de leche de fórmula, incluso pañales enrollados que huelo desde la puerta.

De pronto, se me ocurre que no debería tocar nada. No quiero dejar ninguna señal de haber estado aquí.

Ben nota mi recelo.

—Le diré a Martínez que te dejé entrar, ¿de acuerdo? Y le contaré todo lo que acaba de pasar. Está claro que no quieres hacernos daño. Acabas de salvarnos la vida.

Bajo la mirada a los pies. Es un alivio saber que no piensa que haya hecho nada para hacer daño a su hermana. Saca un taburete alto de cuero blanco y me siento con cuidado, tratando de no golpear el tobillo dolorido contra la base cromada de la elegante mesa de mármol.

Ben deja a Quinn en un balancín delante de otra sábana de seda negra que cubre lo que asumo son las puertas al jardín trasero.

La casa de Nicole tiene una decoración preciosa, pero está tan desarreglada y mugrienta como la mujer turbada y desaliñada que vi en el andén del metro. Espero que haya alguna prueba en este sitio para demostrar que yo no tuve nada que ver con su caída.

Quinn agita las muñequitas en el aire. Duele oírla llorar. Quisiera llevármela y abrazarla.

—Ben, Nicole dijo mi nombre. En el andén. Dijo «Morgan», como si me conociera. Pero te juro que no la había visto en mi vida. No sabía que fuera la directora ejecutiva de Breathe. Y parecía temer por la vida de Quinn.

Se sienta a mi lado masajeándose la nuca.

139

—O sea, ¿que ella te conocía a ti, pero tú a ella no? ¿Cómo es posible?

—No lo sé, me estoy devanando los sesos tratando de pensar qué conexión había entre nosotras. ¿Hizo alguna donación al refugio donde trabajo…, donde trabajaba…, o guardaba alguna relación con mi marido? Martínez ya te ha hablado de él. Te pareceré una imbécil total, pero tampoco tenía ni idea de ese lado oscuro de mi marido. Quiero decir, lo de las estafas.

No paro de parlotear mientras muevo las manos con nerviosismo y observo el movimiento de la nuez en su cuello al tragar. Ben no dice nada.

—Espero que tú puedas contarme algo, o que podamos encontrar algo en la casa que me conecte con tu hermana, porque la cosa no pinta bien para mí. Martínez parece creer que tuve algo que ver en lo que le pasó a Nicole. Pero ya puedes ver que no. Y estoy preocupada por Quinn, y por mí. Y ahora también por ti. Alguien quiere hacernos daño.

Trago saliva, con la esperanza de no estar hablando demasiado.

—No… —Se estira del cuello de la camiseta—. No sé qué puede haber aquí para ayudarte. Para ayudarnos. Solo he estado aquí unas cuantas veces.

—¿Ha registrado la casa la policía? —pregunto.

—No. Mi abogado me dijo esta mañana que todavía no se ha concedido una orden de registro para el domicilio de Nicole. Su marido, Greg, se niega a dar su consentimiento. Aparentemente, su abogado ha intentado mantener alejada a la policía científica hasta que se haga público el testamento de Nicole, porque Greg tiene derecho legal sobre la casa. Se aplica la cuarta enmienda. Pero creo que el testamento de Nicole va a tardar en hacerse público.

Se me revuelve el estómago. No sabe que tengo parte del testamento de Nicole en mi bandeja de entrada. Que su hermana me ha concedido a mí, y no a él, la custodia de Quinn. Pero ¿cómo puedo decírselo, si ni siquiera sé qué clase de hombre es? Tampoco sabía qué clase de hombre era Ryan hasta que murió. ¿Por qué no tenían apenas contacto Ben y Nicole? Necesito más información antes de confiar en él. Tengo que echar un vistazo a este sitio y buscar pruebas que me conecten con Nicole, y hacerlo rápido, antes de que Martínez sepa que estoy aquí.

Ben mira a Quinn y luego me observa. Busca la verdad, está intentando encontrarla en mis ojos.

Yo le devuelvo la mirada y finjo que su silencio no me altera.

De repente, se levanta y empieza a caminar por el suelo de piedra color arena. Cada vez que viene hacia mí, veo el dolor crudo y la perplejidad en su mirada. Son las mismas emociones que me golpearon tras el suicidio de Ryan.

Parte del flequillo cae sobre su cara y suspira.

—Debería llamar a Martínez, y lo voy a hacer, pero eres la última persona que habló con mi hermana, y no tengo ni la menor idea de qué está pasando aquí. Hace solo un par de semanas, Nicole estaba bien. Sí, la vi estresada y agotada, pero no hubiera dicho que estaba desesperada o aterrada. Nicole era…, era una fuerza de la naturaleza. Jamás hubiera imaginado… Pero ayer… me llaman de repente y me dicen lo que ha hecho. Y luego me llama la ayudante de Greg para decirme que me lleve a Quinn. Ni siquiera me llamó él. Su ayudante dijo que estaba de camino a Nueva York y que Nicole y él ni siquiera vivían juntos ya. Me dejó flipando. No tenía ni idea de que tuvieran problemas. Casi no daba crédito a lo que estaba oyendo. Aún no me lo creo. Tampoco sé dónde está Greg, si está aquí o en Nueva York. No contesta a mis llamadas

141

ni a mis correos. ¿Qué clase de hombre abandona a su hija así? ¿Qué clase de hombre no vuelve corriendo cuando su mujer se… muere?

Tengo un nudo en el estómago.

—No lo sé.

Ben sacude la cabeza.

—En fin, fui corriendo a comisaría, y allí una inspectora me dijo que estaban investigando la muerte de Nicole. Martínez cree que la empujaste tú. Pero hay algo más, ¿verdad? —Me mira entornando los ojos—. ¿Quién demonios eres? Por favor, explícamelo. ¿Y cómo sabes lo de Amanda?

Parece tan aturdido que me pesa el corazón. Ben es su familia. La familia de Nicole. Yo no soy nadie para ellos.

Meto la mano en el bolso y le enseño la notita morada.

—Encontré esto pegado a mi bolso después de que Nicole saltara. Tuvo que dármelo por un motivo. No quiero causarte más sufrimiento, pero es evidente que estamos juntos en esto, queramos o no. Cuanto antes averigüemos de qué me conocía Nicole y por qué me dio a Quinn, antes sabremos qué coño está pasando. Y parte de la respuesta tiene que ser esto.

Los hombros de Ben empiezan a temblar. Está llorando.

—Amanda está muerta. Murió hace casi veinte años.

Espero. No quiero presionarle.

Se mete una mano en el bolsillo, y estoy segura de que va a llamar a Martínez, pero de pronto dice:

—Voy a enseñarte algo porque no sé qué otra cosa hacer. Nunca he hablado de esto con nadie.

Saca una cartera negra de los pantalones cortos. De su interior extrae un recorte de periódico amarillento y lo sostiene con fuerza entre los dedos.

—Antes de que te enseñe esto, tienes que entender que, cuando yo tenía veinte años y ella tenía diecisiete, me convertí en tutor legal de Nicole. No teníamos a nadie más. Nuestros padres murieron en un accidente. Y luego yo lo jodí todo. —Se queda mirando sus zapatillas—. Encontré esto en el suelo la última vez que estuve aquí. Me pidió que me lo llevara, y lo hice. Debería haberme quedado con ella, haberme dado cuenta de que era una llamada de socorro. Pero ella siempre fue muy orgullosa, siempre se me quitaba de encima.

Al pasarme el recorte de periódico, nuestros dedos se tocan. Desdoblo y aliso con cuidado el papel. Es una esquela del *Kenosha News* en recuerdo de Amanda Taylor, fallecida con solo seis meses de vida en 1998. De repente, el tiempo se detiene y levanto la vista hacia Ben.

—Es muy duro contarle esto a alguien. Nicole era la niñera de Amanda. Murió mientras la cuidaba.

—Lo siento mucho —digo.

El rostro de Ben ha envejecido en apenas unos segundos.

143

—Cuando me quedé a cargo de Nicole, intenté ser como mi padre, firme y duro, pero ella no respetaba mi autoridad. Se escapó de casa, se fue a Wisconsin, y allí se hizo niñera. Y entonces ocurrió esto. La verdad, creía que lo había superado. Nunca hablábamos de ello. Pero guardó el recorte de periódico. Y luego me lo dio ese día, la última vez que la vi.

Se sienta y se pellizca el puente de la nariz.

Me da mucha pena, porque este hombre no ha perdido solo a su hermana, sino a su familia entera.

—¿Cómo pasó, Ben? —Señalo el artículo que tengo en la mano. Espero que contenga respuestas que me conecten con Nicole.

—Nicole estaba sola cuidando de Amanda mientras los padres de la niña trabajaban. La puso en la cuna a echar la siesta y se quedó dormida en el sofá. Cuando despertó y fue a ver a la niña, estaba muerta. —Suspira con todo el cuerpo—. No fue culpa suya, pero la madre de Amanda le hizo sentir que lo era. Culpó a Nicole desde el principio. Incluso llegó a sugerir que había estrangulado a su hija. Cuando salió el informe forense diciendo que había sido muerte súbita, la madre de Amanda se negó a creerlo. Vino a nuestra casa e intentó agredir a Nicole. Decía que iba a asfixiarla, igual que ella había asfixiado a Amanda. Me impactó tanto que me quedé ahí, sin decir nada. Fue espantoso.

Pobre. Pobre Nicole. Vivir eso a los diecisiete años, no puedo ni imaginarlo.

Vuelvo a mirar la esquela. El pulso se me acelera.

—Ben, Nicole estaba muy nerviosa en el andén del metro, como si estuviera vigilante porque alguien la seguía. Y Martínez dijo que es extraño que alguien se suicide saltando hacia atrás.

Se inclina hacia delante, escuchando con atención.

—Donna… —dice.

—¿Donna?

—La madre de Amanda.

—¿Qué fue de esa tal Donna?

—Como decía, estuvo mucho tiempo acosando a Nicole. Le mandaba cartas amenazantes cada año. Aunque creo que ya no las recibía desde hacía mucho. Nunca hablaba de ello. Debería haber insistido más y asegurarme de que estaba bien. Pero no lo hice. Y supongo que ella fue enterrando todo ese dolor. Hasta que nació Quinn.

Me gustaría consolarle y decirle que no fue su culpa. Pero no lo sé con toda seguridad.

—Si Donna estaba en el andén, puede que esa fuera la razón de que Nicole estuviera tan asustada —digo.

Ben mira el recorte que tengo en la mano. Lo coge y lo estudia detenidamente. Entonces alza la vista, con los ojos muy abiertos.

—¡Joder! —dice—. No lo había relacionado.

—¿Qué? —digo.

—Amanda murió un 7 de agosto.

Y en ese momento comprendo lo que quiere decir. El 7 de agosto fue ayer: el día que Nicole cayó a las vías.

145

16

Nicole

Dos semanas antes

$\mathcal{N}$icole arrastró la caja al interior de su casa, luego dejó a Quinn dormida en el cochecito en el centro del salón y lo más alejado posible de ella. Levantó la tapa muy despacio. Encima de todo había un trozo de papel rosa con las palabras «Para Quinn» escritas en fuente *comic sans*. Debajo del papel, una manta blanca y suave que no había olvidado: la mantita de Amanda.

Sentía como si la estuvieran asfixiando.

«No mereces una hija. Eres una asesina. No eres capaz de mantenerla a salvo.»

Soltó la manta como si le quemara. Tras dejar a Quinn en el cochecito, fue lentamente hasta la cocina para coger sus pastillas y se tomó dos. El nudo de angustia en su pecho cedió y logró volver a respirar. El ataque de pánico era tan bestial como el que tuvo cuando Ben se la llevó a casa dos días después de morir Amanda, y Donna se presentó en su puerta. Al principio, Nicole se alegró de verla. Quería transmitirle sus condolencias y su dolor, decirle lo mucho que quería a Amanda. Pero antes de poder abrir la boca, Donna se abalanzó sobre ella y la agarró por la garganta, sollozando con la cruda agonía de un animal atrapado en un cepo.

—¡Tú debías cuidarla!

Nicole empezó a llorar y trató de zafarse de las fuertes manos de Donna, mientras Ben se quedó ahí, mirando. Algo dentro de ella se rompió en aquel momento. ¿Cómo iba a confiar en su hermano, la única familia que le quedaba, si no acudía en su ayuda cuando la necesitaba? Ben le dijo más tarde que se había quedado en *shock* y que se arrepentía de no haber intervenido, pero Nicole sintió que en realidad quería que Donna le hiciera daño.

La ingresaron en una residencia psiquiátrica, le diagnosticaron un trastorno de ansiedad grave y estuvo en observación varios días. Como aún era menor de edad, la única manera de que le dieran el alta era con una receta de Zoloft y quedando a cargo de Ben. Para entonces, poco importaba que ya no tuviera las manos de Donna alrededor de su cuello, porque aquella sensación de alguien sacándole la vida nunca la abandonaría.

Nicole se obligó a volver al presente. No ayudaba vivir en el pasado. Regresó al salón donde Quinn estaba despierta y alerta. No podía recuperar a Amanda, pero Quinn estaba viva. Tenía que mantenerla a salvo.

Metió la mantita de nuevo en la caja y cogió a su hija del cochecito, apretándola contra su corazón. Empezó a caminar por el salón con ella.

—Nunca dejaré que te pase nada, lo prometo.

¿Estaba Donna intentando jugar con su mente? ¿O planeaba algo tan espantoso que ni siquiera podía imaginarlo?

De pronto, sonó el timbre. Los peores miedos de Nicole se propagaron por todo su cuerpo. Estaba aturdida y le costaba caminar erguida. A patadas, metió la caja en el armario y se asomó por el cristal rectangular de la puerta.

La figura que había al otro lado era demasiado alta como para ser su mejor amiga. Al darse cuenta de quién era, se le revolvieron las entrañas.

Su hermano. Ben.

¿Por qué estaba aquí?

Golpeó el cristal.

—Nic, te estoy viendo. Abre.

Todo iba bien. Podía hacerlo. Se le daba bien fingir.

Abrió la puerta.

149

17

Morgan

Observo la esquela arrugada en mi mano. No puedo apartar los ojos de la fecha: 7 de agosto.

—No me había dado cuenta de que fue la misma fecha. —Ben se aprieta la base de la mano contra la frente—. ¿Es posible que Donna tenga algo que ver en todo esto? —Se vuelve a levantar y camina en círculos por la cocina, mesando su cabellera oscura y ondulada—. ¿O crees que Nicole decidió acabar con su vida precisamente el día 7?

Estoy empezando a marearme otra vez observándole.

—¿Qué sabes de Donna? —pregunto—. ¿Tuvo algún contacto con Nicole recientemente?

—Ni idea. Yo dejé todo eso atrás. Pero es evidente que Nicole me dio esta esquela por un motivo. No me había mencionado a Donna ni a Amanda en años.

—Es posible que Donna estuviera en el andén. Si pudiéramos encontrar alguna foto suya, tal vez recuerde si había alguien que se le pareciera en Grand/State. Aunque, si te soy sincera, tengo un recuerdo bastante borroso de todo lo que pasó.

Ben se queda quieto, retorciéndose los dedos.

—Merece la pena intentarlo.

Si soy capaz de encontrar la verdad, Martínez tendrá

que admitir que solo fui una espectadora inocente. Y, si llegamos al fondo de todo esto, Quinn estará a salvo y podré recuperar mi vida.

Saco mi teléfono del bolso, escribo: «Donna Taylor; Kenosha, Wisconsin», y se lo extiendo a Ben.

De pronto, Quinn estira los brazos y las piernas como una estrella de mar, pero no llega a despertar.

Ben coge mi móvil, da un toquecito sobre la pantalla y me lo devuelve.

—Esta es. Sigue viviendo en la misma dirección y trabaja desde allí. ¿La reconoces?

La imagen muestra a una pelirroja pálida y delgada, con una sonrisa incómoda que no alcanza a su mirada azul y vacía. Aparentemente, lleva una tienda *online* desde su casa en Kenosha.

Cierro los ojos con fuerza y trato de recordar todo lo que vi sobre el andén, pero mi atención estaba volcada en Nicole y en Quinn. Donna es pelirroja, como la mujer del Prius. Pero eso no basta para saber si era ella o no. Además, en esta foto, su pelo es más cobrizo. No es del mismo color.

—No creo que la viera en el andén. Y tampoco vi bien a la pelirroja del Prius.

Recupero el teléfono. De repente, me siento agotada. Ojalá pudiera echarme a dormir todo el día, o todo el año, hasta que todo esto haya pasado. Pero eso es lo que hice después de morir Ryan, y no me ayudó en absoluto.

De pronto, mi estómago ruge, y el corazón me da un vuelco.

Ben sonríe discretamente y, por un instante, parece más joven.

—Yo tampoco he comido nada. Es posible que tenga alguna barrita de granola en la mochila, si tienes hambre.

—Gracias —contesto con suavidad.

—Solo es una barrita de granola —dice, y sale de la cocina.

Su chascarrillo es casi infantil. Parece una persona muy auténtica, pero he aprendido por las malas que ya no puedo confiar en mi intuición. Tengo que ser precavida.

Un segundo después, oigo su voz susurrada en el recibidor. Dice algo de Donna Taylor, de una pelirroja y un Prius. Luego oigo mi nombre. Y sé que tiene que estar hablando con Martínez. Si pudiera huir, lo haría. ¿Por qué he creído por un momento que confiaba en mí? La piel empieza a picarme de rabia y me levanto apoyándome en la mesa, pero, en ese preciso instante, Ben vuelve a entrar en la cocina.

Nos quedamos mirando. Se ha ruborizado. Yo también noto las mejillas ardiendo.

—Crees que estoy mintiendo —digo con frialdad, aunque en realidad tengo ganas de llorar.

—No, no lo creo. Pero tenía que llamar a Martínez. Un coche ha estado a punto de atropellarnos, y Nicole murió el mismo día que Amanda. Tiene que saberlo.

No digo nada. El hecho de que Donna haya entrado en escena no significa que ya esté a salvo.

—Martínez ha tomado nota de todo y va a averiguar la marca del coche de Donna y su matrícula. No pasa nada, Morgan.

Ya. Él no tiene ni idea de lo que puede pasar, de todo lo que puede ir mal. Debería salir de aquí y llamar a Jessica. Pero entonces veo unas puertas dobles junto a la nevera. Una de ellas está medio abierta. Me gustaría registrar la casa en busca de pistas que demuestren mi inocencia, pero sé que tengo que ir con cuidado.

—¿Qué hay ahí dentro? —pregunto.

—La despensa, creo. ¿Por qué?

153

—¿Crees que deberíamos echar un vistazo antes de irnos?

Asiente.

—Ya voy yo. Tú apenas puedes caminar… y…

—Y era tu hermana.

Ben va hacia las puertas y desaparece en el interior. Entonces le oigo coger aire bruscamente.

—Morgan. —Su voz suena grave—. Ven aquí.

Cojeo hasta la despensa. Es un armario enorme con un montón de estanterías repletas de latas y cajas. Inmediatamente, comprendo lo que le ha consternado. La pared está cubierta de pósits morados, iguales que el que encontré en mi bolso.

ETIQUETA EN LA CUNA. PELIRROJA. PASTILLAS CAMBIADAS DE SITIO. CARTA. MÓVIL. PUERTA. LÁMPARA ROTA. FOTO. CAJA. MENSAJE. CANSANCIO. AYÚDAME. REFUGIO. VIUDA. MORGAN KINCAID. MADRE.

—¡Mi nombre! —susurro, incapaz de apartar los ojos de los papelitos.

Ver mi nombre ahí escrito me sienta como un puñetazo directo al plexo solar. Las palabras empiezan a flotar delante de mí y estiro el brazo para apoyarme contra la pared.

Ben me toca suavemente el hombro.

—¿Te encuentras bien?

Trato de recomponerme. Tengo que pensar rápido. Es evidente que algo terrible le pasó a Nicole, algo que le hizo escribir todas estas notas. Alguien o algo le hizo buscarme. Me quedo observando la pared.

Ben está pálido.

—¿Qué significa todo esto?

—No lo sé. Aún no sé de qué me conocía, pero lo vamos a averiguar, Ben. Y también tenemos que averiguar si Donna ha sido responsable…, de algún modo. Ella u otra persona. —Me clavo las uñas en el eccema del pecho—. Solo quiero que todo esto acabe.

Ben me mira y veo que intenta creerme.

Me ayuda a salir de la despensa. El tobillo me está matando y la cabeza me da vueltas. No le veo sentido a nada de todo esto.

Nos acercamos al balancín donde duerme Quinn.

—No sé qué pensar. Es todo muy confuso. Confuso y espantoso, desde luego. Estoy intentando creer todo lo que me has contado, pero ahora mismo me parece increíble que nada de esto haya pasado. Mi hermana se ha ido, de verdad. Nunca le dije lo fabuloso que me parece lo que hizo con Breathe, cómo rehízo su vida después de algo tan terrible. Nunca la ayudé.

Sus ojos se llenan de lágrimas, pero no llegan a caer. Aparta la mirada de mí, como si no quisiera que siga presenciando su dolor.

Siempre quise tener un hermano. Es una pena que Ben y Nicole nunca tuvieran la oportunidad de hacer las paces. Si Nicole hubiese llegado a conocer al Ben adulto, al médico, el hombre cariñoso que parece ser, tal vez le habría confiado a Quinn. Tal vez habría sentido más seguridad para contarle sus preocupaciones. O tal vez supiera algo sobre su hermano que yo aún desconozco.

Nos quedamos un instante envueltos en un incómodo silencio. Miro a Quinn, que duerme profundamente. Sus párpados se mueven. ¿Sueñan los bebés tan pequeños? Si lo hacen, espero que los sueños de Quinn sean dulces.

En ese momento oigo que se abre la puerta de entrada. Ben se aparta el pelo de la cara, un gesto que ya reconozco como su tic nervioso.

Unos tacones repican sobre el suelo de mármol y se detienen. Me vuelvo.

Es Martínez.

155

18

Nicole

Dos semanas antes

Ben estaba en la escalera de entrada a la casa de su hermana. Nicole notó como sus ojos se abrían al verla. Llevaba una bolsa de papel blanco en una mano y un pequeño oso de peluche marrón en la otra.

—¿Qué haces aquí?

Ben la miró extrañado.

—Me has pedido que viniera.

Ella le miró boquiabierta.

—No, no lo he hecho.

Le sorprendía ver las patas de gallo de su hermano y su angulosa mandíbula. Le recordaban tanto a su padre que era como volver atrás en el tiempo. Llevaba más de un año sin verle, desde que se compró su casa y la invitó a conocerla. Entonces aceptó, pero solía rehuir sus intentos de reconciliación. Ben siempre había sido un recordatorio del pasado.

—Anoche me escribiste un mensaje. —Sacó el teléfono del bolsillo del pantalón corto—. Mira…

Nicole miró la pantalla. Era cierto. Tenía un mensaje suyo: «¿Podrías recoger las medicinas de la farmacia y traérmelas mañana? Estoy en un apuro».

Nicole no tenía palabras. Ella jamás le habría pedido un favor a su hermano. Todavía le quedaban pastillas para un par de semanas y, desde luego, no le habría invitado a venir. Ben entró. Sus pantalones hicieron un ruido irritante al girarse para cerrar la puerta.

—No tienes muy buen aspecto.

Crispada por el comentario, le ignoró, y fue con Quinn hacia el salón. Dejó la bolsa de la farmacia y cogió su móvil para ver sus mensajes. Allí estaba: un mensaje enviado a Ben, a las once de la noche. Sin embargo, no recordaba haberlo escrito.

Metió el teléfono en su bolsillo y se volvió a mirar a su hermano. Solo tenía que mantener la compostura durante la visita y después le apartaría de su vida para siempre.

—¿Te apetece tomar algo? ¿Un café?

La cabeza le daba vueltas, pero se sentía capaz de preparar un expreso.

—Vale, gracias. ¿Puedo…? Me gustaría coger a Quinn.

Nicole no quería que se le acercara. Si no había sido capaz de protegerla a ella, ¿como iba a hacerlo con Quinn?

—No le gusta separarse de mí —contestó.

Dio media vuelta y fue hacia la cocina para preparar el café y coger otra pastilla.

Sin embargo, no quedaba café en grano, ni siquiera un tarro de café instantáneo. Tampoco recordaba la última vez que Tessa y ella habían hecho un pedido a la tienda. En la nevera solo quedaban un cartón de zumo de naranja, una manzana magullada y un par de melocotones marchitos.

Sacó una pastilla del tarro con un golpecito y se quedó mirándolo con los ojos entornados. Estaba medio vacío. ¿Cómo no se había dado cuenta? ¿Y cuántas pastillas se tomó anoche? ¿Las suficientes como para escribir a Ben y olvidarlo?

Sonó su teléfono. Lo sacó del bolsillo. Era Tessa. Menos mal.

—Hola —susurró.

—¿Quinn está dormida?

—Ben está aquí.

—¿Ben, tu hermano? Vaya… ¿Qué hace ahí?

—Me ha traído las pastillas de la… —Evitó decir nada más—. Quería conocer a Quinn.

—Ah, qué bien…, supongo. ¿A ti te parece bien?

—Pues no, la verdad.

—Entonces dile que se vaya. ¿Quieres refuerzos?

Nicole se rio.

—No, estoy bien. Te tengo que dejar.

—Vale, solo quería comentarte que le he dicho a Lucinda que has aprobado los diseños finales de las gabardinas con puños para la línea de primavera. Espero que te parezca bien. Si quieres, me paso esta noche y hablamos de todo esto.

No había contado a Tessa su encuentro con Lucinda, pero ahora mismo tampoco tenía tiempo. Debía ocuparse de Ben y sacarle de su casa lo antes posible.

—Te llamo en cuanto Ben se vaya, ¿vale?

—¿Lo prometes?

—Sí —contestó Nicole.

Colgó y se puso en cuclillas con Quinn apoyada contra el pecho. Tenía un nudo en la garganta. Se tragó la pastilla sin agua, esperando que le hiciera efecto de inmediato. Sabía que estaba tomando demasiadas, pero no podía permitir que Ben la viera en pleno ataque de pánico. ¿Qué haría Tessa si estuviese allí? Nicole se sentó y se puso una mano sobre el estómago. Aspiró aire profundamente, y lo espiró muy despacio, cinco veces.

Se tranquilizó lo suficiente como para levantarse y volver al salón sin tambalearse.

—No me queda café.

Ben se apartó el flequillo negro y demasiado largo de la frente, con un gesto de preocupación en su cara aniñada. De repente, Nicole recordó que su hermano tenía treinta y nueve años, uno menos que su padre cuando falleció.

—¿Cómo está Greg? —preguntó Ben.

Prefería no contarle que Greg las había abandonado.

—Bien.

—Pero tú no lo estás —contestó él.

Todo el sufrimiento y el resentimiento del pasado regresaron en tropel.

—¡Ya no tienes que encargarte de mí! —exclamó, llena de rabia.

Se levantó de un salto del sofá, golpeando la cabecita de Quinn contra su pecho y despertando los lloros de la niña.

—¡Nicole! ¡Su cuello!

—¡Ben! ¿Crees que no sé cuidar de mi hija? ¿Para eso has venido? ¿Para criticarme?

Sentía náuseas. Su relación no siempre había sido mala. Echaba de menos al chaval que siempre la acompañaba del colegio a casa, que llevaba tiritas en los bolsillos porque ella siempre se adelantaba, tropezaba y se arañaba las rodillas.

—¡Tú me pediste que viniera, y aquí estoy! Joder, es imposible acertar contigo, ¿eh? Pase lo que pase, nunca me perdonarás.

A Nicole le ardían las entrañas. Se armó de valor, por si a Ben se le ocurría mencionar a Amanda. Esperó, pero no lo dijo. Sin embargo, daba igual: ese nombre siempre se interpondría entre ellos.

—Vete. No te necesitamos.

Ben empezó a mesarse el pelo.

—Nic, estoy aquí porque me lo pediste. Y ahora que

te veo, me preocupas. Estás flaca. ¿Y ese Xanax que me has pedido que recogiera? Ahora mismo te vendría mejor Lorazepam, teniendo en cuenta que tienes una recién nacida.

—No eres mi médico, Ben.

—Tienes razón. ¿Has ido a ver al médico recientemente? —Se levantó y se acercó a ella—. Mira, Nicole, en el hospital vemos este tipo de cosas constantemente. Es normal que las madres que acaban de dar a luz experimenten dificultades. Puedo hacer que te vea alguien de mi hospital, quizás un pediatra. ¿O un psicoterapeuta? Podría conseguirte cita hoy mismo.

Nicole se apartó de él escupiendo una carcajada.

—Que te jodan.

A Ben se le quedó la misma cara de tristeza que cuando estuvo llorando durante horas después de que su padre regalara sus figuritas de Star Wars porque era demasiado mayor para jugar con ellas. Pero Nicole se negaba a sentir lástima por él.

Se levantó.

—Vale, vale. Lo siento. Te dejo en paz, pero si necesitas cualquier cosa, estoy aquí. —Miró a Quinn y su mirada se suavizó—. Me gustaría formar parte de su vida. Y de la tuya. Esta es la única familia que tenemos.

Nicole señaló la puerta. Ben fue hacia ella, pero de pronto se detuvo. Se agachó y recogió algo del suelo de mármol. Luego se volvió y su hermana vio el terror en su cara.

—¿Por qué guardas esto?

Era un recorte de periódico amarillento.

Nicole no sabía de qué estaba hablando. Al cogerlo, le dio un vuelco el estómago. Era la esquela de Amanda. ¿Estaría en la caja con la mantita?

Se quedaron mirando a los ojos. Nicole veía decepción y culpa en los de su hermano.

—Nic, no estás bien. Te puedo ayudar. Entiendo mejor que nadie lo que viviste.

—No, no lo entiendes. —Le devolvió la esquela—. No lo necesito. Llévatelo.

Ben vio cómo agitaba la esquela ante su cara, y luego miró a Quinn. ¿Temía dejar a Nicole a solas con ella?

—El pasado pasado está, Nicole. Es historia. Fue una tragedia. Una tragedia espantosa, pero hace casi veinte años de eso. Es hora de pasar página.

—Llévate esto. Sácalo de mi casa. Solo te pido eso.

Ben asintió y cogió el recorte. Con una mano en el pomo de la puerta, dijo:

—Te quiero, Nic. Siempre te he querido. Siempre la cago contigo, pero no es porque no te quiera.

Abrió la puerta, se volvió a mirarla otra vez, luego a la niña. Se fue. Nicole cerró el pestillo y giró el pomo tres veces para cerciorarse de que la puerta estaba bien cerrada.

Acunó el cuerpecito de su hija mirándola a los ojos.

—No necesitas a nadie para salir adelante. Lo harás tú solita.

Miró el gancho junto a la puerta, donde tenía un juego de llaves de casa de Ben. Nunca las había utilizado. Él había insistido en que las conservara, por si acaso.

Pero ahora ya no estaban.

19

Morgan

Cuando veo a Martínez ajustarse la chaqueta del traje negro y entrar a zancadas en la cocina hacia mí, me pongo furiosa. Vuelvo la cabeza bruscamente hacia Ben y siseando digo:

—¿Cómo te atreves a tenderme una trampa?

Ben levanta las manos.

—Oye, no creo que hayas hecho nada, y por eso mismo he llamado a Martínez. Para que lo oiga ella misma de tus labios. Si te lo hubiese dicho, te habrías ido y estarías en peligro.

No pienso contestarle. Cojo el teléfono del bolso y escribo rápidamente un mensaje a Jessica, diciéndole que venga a casa de Nicole.

«De camino. No digas NI UNA PALABRA.»

No puedo quedarme de pie, cojeando como una idiota sobre el tobillo dolorido, así que me siento. Ben y Martínez hacen lo mismo.

—Morgan, tengo varias preguntas para usted.

Tiene una intensa expresión de impaciencia, casi excitación.

Tratando de ocultar lo asustada que estoy, pongo un gesto lo más neutro posible.

—No puede hablar conmigo si no está presente mi abogada.

Mi tono suena firme, pero mi voz delata mi nerviosismo.

Ella responde con una risa burlona.

Ben apoya las manos sobre la mesa y mira a Martínez.

—Ya le he contado todo sobre el Prius, Amanda y Donna Taylor. Pero acabamos…, acabo de encontrar esto en la despensa de Nicole.

Conduce a Martínez hacia las puertas abiertas y desaparecen en su interior.

Me cuesta oír lo que dicen entre susurros. Sé que están hablando de mí. Y no puedo defenderme hasta que llegue Jessica. Martínez utilizará cualquier cosa que le diga en mi contra.

Después de quince minutos dentro de la despensa, se oyen unos golpes fuertes en la puerta de entrada. Martínez sale de la cocina y vuelve a los pocos segundos seguida de Jessica, deslumbrante con un vestido rojo ajustado. Viene hacia mí con paso resuelto. Me pone una mano sobre la espalda.

—¿De qué se trata, inspectora?

—¿Sabe usted que su cliente fue nombrada tutora de Quinn Markham y ejecutora de su considerable porcentaje de acciones de Breathe? ¿Y que Nicole Markham cambió su testamento pocos días antes de caer a las vías de la estación de Grand/State?

Me deja boquiabierta. Lo sabe. Rick Looms debió decírselo. Y yo no se lo había contado a Jessica todavía. Maldita sea, ¿en qué lío me he metido? Tengo miedo de mirar a Ben, aunque siento su mirada consternada sobre mí.

Jessica se vuelve a mirarme. Asiento, con un gesto apenas perceptible.

—No veo adónde quiere llegar con todo esto —dice, dirigiéndose a Martínez.

Me maravilla su tono frío y sereno, porque por dentro yo soy un infierno.

—Señorita Clark, creo que sabe perfectamente adónde quiero llegar. A su clienta le conviene sincerarse sobre cómo conoció a Nicole. Y por qué está acosando a Ben Layton. No cabe duda de que hacerse con la custodia de Quinn y su fortuna es un móvil.

De reojo, miro a Ben, que está pálido. Se acerca al balancín, coge a la niña y la abraza contra sí, evitando mi mirada.

—Mi clienta no va a hacer ninguna declaración en este momento. ¿Es eso todo?

Jessica me pone una mano sobre el hombro, haciéndome girar ligeramente para que la mire a ella, no a Martínez.

—Es todo, por ahora. Pero vamos a averiguar la verdad. A Morgan le convendría acudir a nosotros antes de que nosotros volvamos a por ella. —Señala el recibidor—. Ahora tienen que abandonar el inmueble. La policía científica está de camino.

Gira sobre sus tacones y sale de la cocina.

Jessica la sigue, y yo estoy a punto de seguirla cojeando, dejando a Ben y a Quinn en la cocina. Siento sus ojos sobre mi espalda y sé que, si me vuelvo, clavará toda su desconfianza y recelo en mí.

Le doy un toquecito a Jessica.

—¿Me das un minuto para hablar con Ben?

Se vuelve hacia mí y dice:

—No voy a ninguna parte.

Asiento y miró a Ben.

—El abogado de Nicole se puso en contacto conmigo esta mañana. Te juro que todo lo que te he dicho es verdad. Yo no conocía a tu hermana, pero hizo una petición legal por la que me nombró tutora de Quinn y ejecutora de sus acciones de Breathe. Para mí, no tiene ningún sentido.

Ben se sonroja.

—¿Y por qué no me lo has contado? ¿Por qué iba a hacer eso Nicole teniéndome a mí? ¿Por qué elegir a una desconocida para criar a mi sobrina, en vez de a su propio hermano?

Sus palabras están cargadas de desconfianza hacia mí, pero también de sentimiento de culpa. Lo oigo perfectamente. Su dolor es crudo, casi visceral.

—Siento no haberte contado antes lo de la petición. No quería hacerte más daño del que ya has sufrido. Evidentemente, no he solicitado la custodia. Ni siquiera sé qué hacer al respecto. Pareces buena persona y he visto con mis propios ojos lo mucho que te importa Quinn. Lo único que puedo decirte es que a tu hermana le pasó algo terrible en esta casa. Y que no estaba en su sano juicio cuando rellenó esos documentos. —Le miro directamente a esos ojos tristes y agotados—. No has hecho nada mal. Y yo tampoco.

Suspira.

—No tienes aspecto de criminal.

—Porque no lo soy —contesto—. Mira, yo solo quiero asegurarme de que todos estemos a salvo, ¿vale? ¿Podemos darnos los números de teléfono, por si acaso?

Duda un momento y finalmente accede.

Después de añadirle a mi lista de contactos, Jessica y yo salimos de la casa sin más demora. Mientras bajamos los escalones del porche, Martínez sale por la puerta a observarnos y dice:

—Quienquiera que se quede con la custodia de Quinn tiene acceso a su dinero. Alguien aquí está mintiendo.

Al llegar a mi coche, Jessica se pone delante de mí, con sus ojos color de avellana ardiendo de ira.

—Vamos a tu casa y hablemos. —Señala mi pie—. ¿Puedes conducir?

—Me las arreglaré.

El tobillo me duele al circular hacia casa; el Mercedes blanco de Jessica va detrás de mí. Llegamos y aparco. Jessica me sigue en silencio hasta el apartamento y toma asiento en mi sofá fucsia. Yo me pongo en el otro extremo, con los nervios crepitando de miedo.

—¿Por qué cojeas? —pregunta.

—Tiene gracia…

—Morgan.

Me rasco el cuello con tanta fuerza que escuece. Luego respiro hondo y, por fin, lo suelto. Le cuento lo de la pelirroja que me siguió en el Prius y trató de matarnos a Ben, a Quinn y a mí.

—¿Qué? ¡Si crees que estás en peligro, tienes que llamarme de inmediato!

Se queda mirándome, dando golpecitos lentamente con la palma de la mano sobre su muslo.

—Di algo, por favor.

Suspira.

—¿Alguna cosa más?

Asiento.

—El padre de Quinn, Greg, las abandonó a Nicole y a ella, y ahora prácticamente ha entregado a su hija a Ben como si no le importara una mierda. ¿Qué clase de padre hace eso? Puede que esté implicado…

Jessica levanta las manos, desesperada.

—Puede que lo esté, pero tú no eres investigadora. Eres una persona de interés en el caso. Y lo único que deberías hacer ahora mismo es quitarte de la vista de Martínez. Todo esto solo te hace parecer culpable de algo.

167

—¿Por qué no le has contado a Martínez que alguien entró en mi casa y se llevó la solicitud de adopción?

—Porque si se entera de que querías adoptar un bebé, parecerá que conseguir a Quinn es tu móvil de verdad.

Siento que se me hunde el estómago. Le cuento todo lo que me ha contado Ben sobre Donna y Amanda Taylor. Y lo que hemos encontrado en casa de Nicole.

Cuando termino de hablar, Jessica chasquea la lengua.

—Seguro que Barry puede buscar los registros de Tráfico para ver si hay un Prius matriculado a nombre de Donna. —Saca el móvil de su bolso de Prada de color coral y empieza a tocar la pantalla—. Te he mandado por correo electrónico el vídeo de Grand/State que guardó Barry, para que puedas ver con más calma a la gente que había en el andén, por si Donna estaba allí. Es posible que lo que me acabas de contar nos ayude, pero, por ahora, tienes que evitar llamar la atención. Y la próxima vez, me lo cuentas todo inmediatamente y no tomas cartas en el asunto, Morgan. Si no te cojo el teléfono, dejas un mensaje. No sabemos por qué tu nombre está en una pared cubierta de pósits. Pero intentar averiguarlo sola únicamente te perjudica. Te das cuenta de que yo intento protegerte, ¿verdad? Pues me lo estás poniendo casi imposible. —Al notar su impaciencia, de pronto suaviza la voz—. Morgan, puedes confiar en mí. No estás sola en todo esto.

Sin embargo, me siento muy sola. En realidad, Jessica tampoco pudo protegerme la última vez, con lo de Ryan. Sé que lo único que quiere es ayudarme, pero nadie entiende realmente lo sola que estoy, lo duro que es no poder confiar en nadie después de todo lo ocurrido. Lo difícil que resulta no tener un solo amigo al que llamar, que venga a estar conmigo y me diga que yo no podía saber lo que Ryan estaba haciendo, porque lo ocultó demasiado bien, y que no debería sentirme culpable por no haber sido capaz de detenerle.

Jessica refunfuña, para mostrar su frustración.

—No te estarás planteando en serio solicitar la custodia, ¿verdad?

Trago saliva.

—No lo sé. Si lo hago, ¿dejarías de ser mi abogada?

—¿Has perdido la cabeza? Te recomiendo muy seriamente que no lo hagas. Morgan, tú no eres responsable de criar a esa niña. Eso es cosa de la familia de Nicole. Estás obcecada en salvar a una niña que ya tiene gente que la cuide. Eso te daría un móvil claro para asesinar a su madre, ¿no lo ves?

Cojo un cojín del sofá y lo pongo sobre mi regazo.

—Pero yo no había visto a esa niña antes del lunes. Y tampoco sabía que Nicole tuviera intención de dármela.

—¿Y cómo lo vas a demostrar, Morgan? Estoy intentando buscar maneras de probarlo, pero no encuentro nada. —Sus dedos vuelan sobre la pantalla del móvil—. Te he mandado el vídeo. Mira, ahora tengo que irme al juzgado. Échale un vistazo y llámame si reconoces a alguien, ¿vale? Martínez dijo algo que tiene mucho sentido: hay alguien ahí fuera que quiere el dinero de Quinn. Ten cuidado de en quién confías. Mientras tanto, ponte hielo en ese tobillo y quédate aquí. ¿Entendido? —Me da una palmadita sobre la pierna—. Cierra con pestillo cuando me vaya.

Nos despedimos en la puerta y hago tal como me ha dicho. Me doy cuenta de que Jessica es la única persona que ha estado en mi casa desde que me instalé, aparte de ese alguien que entró a la fuerza y se llevó la solicitud de adopción. Tengo los ojos llenos de lágrimas, sacudo la cabeza para contenerlas y cojeó hasta la cocina para coger una bolsa de hielo.

Una vez sentada en el sofá, sola, saco el teléfono del bolso, respiro hondo y pongo el vídeo otra vez. Es una tortura verlo. Me resulta increíble que sea el mismo momento que viví. Pero ahora que lo veo desde otra perspectiva, más que aclararlas, me doy cuenta de que genera dudas sobre mí. Intento darle un nuevo enfoque, centrándome en lo que no vi en ese momento: quién estaba a nuestro alrededor y a quién buscaba Nicole en el andén. El vídeo tiene mucho grano y es opaco. No veo a nadie que se parezca a Donna Taylor. Lo que sí se observa claramente es a Nicole cayendo del andén. Y, aunque es la segunda vez que lo veo, me hace estremecer de dolor. Ojalá me hubiera dado cuenta de lo que iba a hacer.

Hay demasiadas personas como para distinguir de quién huía, si es que huía de alguien. Ninguna pelirroja mirando. Ninguna madre que culpara a Nicole por la muerte de su hija.

¿Qué hago ahora? Sé que debería dar un paso atrás y permitir que a Quinn la críen su padre o su tío, dejar que el sistema lo resuelva todo. Pero Nicole no quería que se quedara con ellos, y hay algo en esa decisión que me deja intranquila. Ya no confío en el sistema.

La vida no es justa. Es breve, difícil de gobernar, y está llena de trampas y peligros imprevistos. Y si he de ser sincera…

Quiero un hijo.

Quiero a Quinn.

Blythe & Brown, el lugar donde trabaja Greg, se encuentra a unos quince minutos en coche de mi casa. Todavía me duele mucho el tobillo, pero puedo andar cojeando. Me enfundo rápidamente un vestido de algodón azul y unas deportivas, y me meto en el coche antes de cambiar de idea. No le he dicho a Jessica lo que voy a hacer, y eso me pone un poco nerviosa, pero es algo que tengo que hacer sola. Soy demasiado impaciente como para esperar a que aparezcan respuestas, y que todos los dedos apunten a un lado y a otro para acabar señalándome a mí. Temo demasiado que Martínez encuentre algo relacionado conmigo antes que yo. Ya he pasado demasiado tiempo en la inopia respecto a mi propia vida.

Bajo por North LaSalle, con los ojos bien abiertos por si aparece una pelirroja en un Prius azul oscuro, pero llego y aparco sin haber visto ni rastro de ella. Espero que Quinn y Ben estén bien, y que no los esté siguiendo.

La correa del bolso me aprieta el hombro. Noto el sudor acumulándose sobre mi labio superior al caminar sobre el tobillo dolorido hacia el edificio de ladrillo rojo de seis plantas donde se encuentra la empresa de correduría de Greg. El fresco de la mañana ha desaparecido, dando paso a una tarde húmeda y calurosa. Estoy empapada de sudor. Al llegar a la puerta, vacilo por un instante. Quizá debería presentarme como asistente social, en vez de mencionar mi conexión con Nicole para que me dejen entrar. Ahora bien, si llaman a Kate, estoy jodida.

La rubia del mostrador de recepción alza la vista y sonríe. Es ahora o nunca, así que me acerco a ella, esperando a ver algún indicio de que me reconoce. No me mira con odio, ni tampoco veo sorpresa en sus ojos. Siempre soy recelosa y estoy preparada para esa hiriente expresión de conmiseración cuando la gente me reconoce. Aunque puede que solo sean imaginaciones mías.

—¿Puedo ayudarla?

Me quedo observando la oficina diáfana, con una sala de reuniones a la izquierda de la recepción y hasta el últi-

171

mo espacio cubierto por filas de cubículos. Todo el mundo está al teléfono o tecleando frenéticamente. Se nota la tensión y me recuerda a Ryan. Por las noches, tarde, con la cabeza hundida entre las manos, llamando furiosamente por teléfono y gritando a su ordenador. Nadie me mira, como tampoco me miraba él al final de su vida.

—Quisiera ver a Greg Markham, por favor.

La voz me ha salido chillona y el calor inunda mis mejillas.

La recepcionista entorna los ojos levemente, creo que piensa que soy periodista.

—¿Su nombre, por favor?

—Morgan Kincaid.

Baja la vista al periódico que tiene sobre la mesa.

Se echa hacia atrás.

—Usted es la mujer que estaba con Nicole cuando se tiró.

Noto cómo se me desdibuja la sonrisa educada. Me asomo sobre el mostrador y veo una foto mía en primera página del periódico del día, una imagen tomada cuando salía de la comisaría el lunes por la noche. Estoy pálida, mi vestido blanco calado se ve arrugado y sucio, y la cámara capturó perfectamente mi angustia, algo que cualquiera podría interpretar como una expresión de culpabilidad.

—Vaya tragedia. La verdad es que tampoco tuvimos oportunidad de conocerla más allá de la barbacoa de verano, pero era un encanto. —Entonces se sonroja—. ¿Sabe por qué lo hizo?

Estoy asqueada y horrorizada. Así es como imagino que la gente hablaría de Ryan y de mí después de su muerte. Con un morbo evidente por lo jugoso de la historia, como si no fuera real ni estuviera sufriendo y llorando su muerte y su imperdonable engaño.

Trato de recordarme que da igual. Me enderezo y la miro directamente a los ojos.

—Quisiera hablar con Greg.

Con un tono más frío, contesta:

—Lo siento, pero no está en la oficina hoy, y no sé cuándo volverá. Si quiere dejar sus datos, su ayudante se pondrá en contacto con usted. —Se encoge de hombros y baja la mirada.

Me acaba de echar. Temo que llame a Martínez y que esta llame a Jessica. ¿Qué estoy haciendo? Jessica tiene razón. Solo estoy empeorando las cosas. Debería irme a casa y quedarme allí. Desalentada, salgo del edificio. Siento un hormigueo en el cuello, pero no es por el asfixiante calor ni por mi eccema. Es por el Prius azul oscuro que hay aparcado en la acera delante de mí.

Aunque mi instinto me pide echar a correr, voy directa hacia el coche. Estoy harta de tener miedo. Harta de que me acosen y de ser una víctima pasiva. Tengo derecho a caminar por las calles de Chicago sin temer por mi vida. Con los puños apretados y el tobillo palpitando de dolor, me acerco al Prius y doy varios golpes en la ventanilla del conductor.

—¿Quién es usted? —digo en voz alta, asustando a un transeúnte que se aparta rápidamente—. ¿Qué quiere de mí?

El cristal de la ventanilla baja y quedo cara a cara ante una mujer pelirroja. No es Donna Taylor o, al menos, no se parece nada a la de la foto que me enseñó Ben. Nunca la había visto, pero, si fue ella quien nos intentó atropellar, es el momento de averiguar por qué.

—¿Por qué me sigue? —digo, como escupiendo la pregunta.

Parece consternada, aterrada. Aprieta un botón y la ventanilla empieza a cerrarse. Sin pensarlo, meto la

173

mano en el pequeño hueco que queda abierto. El cristal se detiene.

—¡Podría haberle cortado la mano! —exclama, bajando un centímetro la ventanilla.

Acerco la cara todo lo que puedo al cristal.

—¡Dígame quién es usted!

—Por favor, no me haga daño. —Levanta las manos como si yo llevara una pistola.

—¿Hacerle daño? ¡Si es usted quien intentó atropellarme!

—No sé de qué me habla. Esta es mi oficina. No tengo ningún motivo para seguirla. ¿Por qué está aquí?

—¿Siguió también a Nicole, como me está siguiendo a mí ahora? ¿Entró en mi apartamento?

—¡Está loca! Greg Markham es mi jefe. Yo no llegué a conocer a Nicole. Apártese de mi coche. —Sus palabras son rotundas, pero su voz suena temblorosa.

O le doy miedo, o es una gran actriz. Me cuesta contenerme y no abalanzarme y zarandearla hasta que le castañeen los dientes.

—No pienso moverme hasta que me diga la verdad. ¿Cómo puede un hombre dejar a su hija así? ¡Su madre ha muerto y Greg está desaparecido! —Meto la cabeza por la ventanilla—. ¿Qué clase de persona hace eso? ¿Qué le hizo a Nicole?

Ella hacer rugir el motor, pisa el acelerador y sale disparada haciendo chirriar los neumáticos. Caigo a la calzada y noto que el coche me ha rozado abrasándome la piel.

A duras penas, me levanto y veo gotas de sangre cayendo por mi espinilla. Intento memorizar la matrícula: H57 3306. La repito una y otra vez mientras voy hacia mi coche, con el tobillo dolorido y la pierna quemada, serpenteando entre las zonas de obra temporal montadas a lo largo de la calle. El frenético ruido de los martillos lo vuelve todo más confuso.

Pienso en el vídeo del andén de Grand/Central. Puede que esa mujer sí estuviera allí.

Y ahora se escapa.

175

20

Nicole

Diez días antes

Mientras con una mano envolvía la espalda de Quinn en el fular Moby, Nicole tiró con la otra la carpeta naranja de Breathe por el borde de la mesa de la cocina. Las brillantes páginas con los diseños de la línea de gabardinas se desparramaron por el suelo. Ya ni siquiera era capaz de hacer las cosas más sencillas. Tessa le había pedido que les echara al menos un vistazo y hablase con Lucinda por Skype. De eso hacía cuatro días.

—Me llevo a Quinn a dar un paseo mientras te reúnes con el consejo. Me encargo de que se duerma y le dé el aire. Por favor… —le imploró Tessa, poniéndole la carpeta en las manos—. Lucinda dice que os encontrasteis el otro día y que tenías un aspecto espantoso. La palabra fue «irreconocible». Dice que de repente te pusiste como loca y desapareciste.

Nicole no podía salir de casa, y desde luego no iba a permitir que Tessa se fuera a pasear con Quinn cuando Donna podía estar acechando en cualquier parte. Aun sí, le prometió que se lo pensaría.

Sin embargo, ahora estaba ignorando los mensajes de su amiga. Cogió el tarro de pastillas del armario de encima del fregadero estilo rural, junto con la nueva provisión que le había traído Ben. Al ir a coger un par de ellas, Quinn estiró el brazo para agarrarlas, se le cayó el tarro y se desparramaron por el suelo.

—¡No!

Nicole deshizo rápidamente el fular y dejó a Quinn en su sillita. Se puso a cuatro patas y recogió todas las pastillas que veía. No podía permitirse perder ninguna. Ya no podía pedir más recetas electrónicas, y no tenía ninguna intención de ir a ver a un médico, ni de broma.

Desesperada por encontrar un poco de alivio, se apoyó contra el armario y tragó una pastilla cubierta de polvo y suciedad. Estaba tan deshidratada que la pastilla se quedó pegada a su garganta y se atragantó. Quinn empezó a balbucear mientras observaba atentamente como su madre intentaba tragar la pastilla hasta conseguirlo.

178 Todo se había torcido y no sabía qué hacer para arreglarlo. No quería que su hija la viera así. Se levantó, fue tambaleándose hasta el cajón y empezó a alisar los pósits que había escondido. Tenía que verlos ordenados otra vez, pero en algún lugar donde Tessa no pudiera encontrarlos la próxima vez que viniera. Abrió la puerta de la despensa y los pegó sobre la pared blanca de la izquierda. Tessa nunca entraba allí. Luego volvió a atarse a la niña y empezó a acariciar sus sedosos mechones de pelo hasta que su respiración se calmó.

Señaló la pared cubierta de papeles morados.

—Lo vamos a arreglar, Quinnie. Visualiza una luz roja y céntrate en el aquí y el ahora.

Añadió más notitas, más palabras.

Quinn volvía a estar mojada y necesitaba un cambio de pañal.

—Te mereces a la mejor madre del mundo. A la más fuerte.

Su respiración era entrecortada. Tal vez debería pedirle a Tessa que viniera a quedarse con ellas un tiempo, para ayudarlas, solo hasta que ella se recompusiera un poco.

Sin embargo, con una intensa sensación de tristeza, comprendió que no podía pedirle eso a su amiga. ¿Cuántos favores más podía esperar que le hiciera? Tessa tenía su propia vida. De hecho, ahora tenía una importante responsabilidad en Breathe. Estaba haciendo el trabajo de Nicole, al tiempo que ocultaba los estragos de su amiga ante el consejo. Y Nicole se lo agradecía muchísimo. No sabía si lo merecía.

Quinn necesitaba un baño. Se la llevó al lavabo del dormitorio y se arrodilló en los escalones de la bañera, abriendo hasta el tope los grifos de níquel cepillado. Desvistió a la niña, se quitó su ropa arrugada y sucia, llenó un vaso de agua y se la bebió de un trago. Tenía la boca como si estuviera llena de algodón. Bebió otro vaso, y otro, mientras Quinn gorjeaba en sus brazos. Por muy inestable que se sintiera, su hija estaba feliz. Y nada importaba más que eso.

—Tenemos que estar limpias, Quinn. La limpieza va de la mano de la divinidad.

Quizá les vendría bien ser bautizadas a las dos. Volver a nacer.

Se recostó en la bañera, con Quinn tumbada sobre la tripa, y se hundió más y más en el calor balsámico del agua. Era una sensación tan tranquila y pacífica… Allí estaban a salvo, hasta de sus propios pensamientos. Quería quedarse para siempre bajo el agua. Cerró los ojos.

De repente, se incorporó de golpe, agarrando con fuerza la piel resbaladiza de Quinn y salpicando agua por los bordes de la bañera.

—¡Lo siento, cariño, lo siento! Mamá se ha quedado

179

dormida. Yo no quería… ¡Nunca te haría daño! —exclamó llorando, mientras el agua seguía corriendo.

Apenas había sido un instante, pero su hija podría haberse ahogado.

Jadeando, apagó los grifos y empezó a mecer a la niña. Sentía náuseas pensando en lo que podía haber ocurrido. Con el tono más suave que podía, empezó a susurrarle una y otra vez a su preciosa niña, que chapoteaba felizmente en el agua:

—Conmigo estarás a salvo. Siempre estarás a salvo.

Se salió de la bañera y envolvió a Quinn en una toalla mullida con mucho cuidado, mientras los sentimientos de culpa, vergüenza y desprecio por sí misma le trepaban por la garganta. Tumbó a la niña en el suelo, se arrodilló y vomitó en la taza del váter. Luego se limpió la boca y, sin cubrirse con una toalla, la llevó a su habitación. Logró ponerle un pañal nuevo y un bonito vestido vaquero. Luego fueron al piso de abajo y la dejó en el balancín del salón, donde se durmió de inmediato.

Nicole se quedó acariciando las mejillas de su preciosa hija. Tenía las manitas enroscadas en puños y parecía tan pura, tan perfecta, que el amor inundaba todo su ser.

Tenía que hacer algo para detener aquel interminable sentimiento de culpa y miedo. Podía llamar a Donna y rogarle que la perdonara. Abrir el segundo chacra de Donna. De ese modo, las dos serían libres. Su móvil estaba en la mesa baja. Lo cogió y marcó el número que tenía grabado en la memoria. Cuando vio que no contestaba ni saltaba el contestador, la invadió la desilusión.

Mojada y temblando, se envolvió en la manta morada del sofá y empezó a darse bofetadas en la cabeza.

—¡Piensa! ¿Cómo podemos encontrarla?

Cerró los ojos, recordando aquellas cálidas noches de verano, cuando el padre de Amanda volvía de trabajar. La lanzaba por los aires ante las enérgicas protestas de Donna. Nicole siempre sonreía viendo las risas de la niña. No recordaba dónde trabajaba, pero sí que era contable. Buscó «Flynn Taylor» en Google hasta que los enlaces empezaron a mezclarse los unos con otros. Se frotó los ojos y por fin le encontró. Marcó el número de teléfono.

—Al habla Flynn. —Reconoció su voz ronca—. ¿En qué le puedo ayudar?

—Soy Nicole —susurró.

—¿Quién?

—Nicole Layton.

No se oyó nada al otro lado de la línea.

—¿Me sigue odiando Donna? —preguntó.

Hubo una larga pausa.

—No sé qué es lo que quieres, Nicole. ¿Por qué me llamas? —Su voz sonaba fría e inexpresiva.

Aunque sentía como si se hubiera tragado una roca, siguió hablando a pesar del dolor.

—He tenido una hija y me están pasando cosas horribles. Por favor, dígale a Donna que pare. Quiero que todo esto pare.

Se oyeron papeles removidos al otro lado del teléfono y luego una puerta cerrándose.

—Mira, no sé por qué me llamas después de todo este tiempo, pero no quiero saber nada de ti. Donna está bien ahora. Ha rehecho su vida. Ya no estamos juntos. Yo me he vuelto a casar y tengo dos hijos. No necesito que me recuerdes a la niña que perdí. Déjanos en paz, Nicole.

—¿Donna y usted se divorciaron?

—No es asunto tuyo, pero sí, nos divorciamos.

—Donna me mandó la mantita de Amanda. —Nicole rompió a llorar.

Él soltó un suspiro cargado de dolor.

181

—Eso es imposible. Regalé todas las cosas de Amanda hace diecinueve años, Nicole.

Casi se le cae el teléfono de las manos. La manta blanca de la caja era la de Amanda. Lo era.

—¿Oiga? ¿Oiga?

Le oyó colgar.

Corrió al armario del recibidor donde había dejado la caja y la mantita.

Ya no estaban.

21

Morgan

$\mathcal{M}$e meto en el coche y, al limpiarme la sangre de la pierna, veo que tengo un corte bastante feo de unos diez centímetros. Pero no es lo suficientemente profundo para necesitar puntos y lo único que quiero es irme a casa. Hay dos pelirrojas, Donna y la empleada de Greg, que pudieron destrozar la vida a Nicole y que ahora puede que quieran matarnos a Quinn y a mí. Aún no sé qué relación me une a Nicole. La adrenalina ha desaparecido y el miedo ha ocupado su lugar. Tengo las manos sudorosas y las llaves se me caen cada vez que intento arrancar el coche. No tengo pruebas sólidas que enseñarle a Martínez. Estoy en el mismo sitio donde empecé. Al final, acabo llamando a Jessica.

—Creo que estoy en peligro, Jessica. En serio. Creo que he encontrado el Prius que me seguía. He hablado con la mujer que lo conducía y dice que Greg es su jefe. ¡Y luego ha arrancado a toda mecha y me ha dado un golpe! ¿Qué hago?

Luego le digo el número de matrícula, a tal velocidad que casi hiperventilo.

—Espera, tranquilízate un momento. ¿Estás herida?

Está tan serena que me hace sentir mejor.

—Estoy bien. Pero, por favor, averigua quién es esta mujer. Tengo mucho miedo.

Es más que miedo. Estoy histérica de miedo.

—Morgan, ¿dónde estás?

—Estoy… —Mierda. Mordiéndome la uña del pulgar, murmuro—: Estoy en Blythe & Brown. La empresa de correduría de Greg Markham.

—Dime que no has hablado con él.

Su tono es frío. Pero es mi vida, y mi decisión. No me arrepiento de ello.

—No estaba.

—Esto es un móvil, Morgan. ¿Cómo voy a demostrar que Nicole y tú no os conocíais si primero te presentas en casa de su hermano y luego vas a buscar al marido? ¿Es que quieres que te detengan o qué te pasa?

—Tengo que saber por qué me eligió a mí, Jessica. ¡Necesito limpiar mi nombre!

—Mira, entiendo que te sientas vulnerable y que estés asustada. Estoy haciendo todo lo que puedo por encontrar la conexión entre Nicole y tú. Ya tengo información sobre el coche de Donna Taylor. Tiene un Chevrolet Impala negro de 2010, lo cual significa que probablemente no era la mujer que te perseguía en un Prius. Barry lo está comprobando y ahora le pasaré la información sobre la pelirroja que acabas de ver en la oficina de Greg.

Bien. Está en ello. Eso es todo lo que quería. Necesito ayuda. Todavía faltan demasiadas piezas para saber qué hacer.

—Vete a casa, Morgan, por favor —dice Jessica—. Investigaremos a esta nueva pelirroja, ¿vale? Pero vete a casa. —La seriedad de su voz no invita a discutir.

Mis manos han dejado de temblar y por fin logro meter la llave en el contacto. De pronto, me invade la desesperanza. Me siento estúpida por haber seguido posibles pistas y tratar de encajar las piezas de un rompecabezas que supera mi comprensión. Por una vez, sigo el consejo de Jessica y cumplo mi palabra.

Nadie me sigue de camino a casa, y eso ya es de agradecer. Una vez en mi apartamento, me limpio y desinfecto la pierna, me pongo unos *leggings* negros y una camiseta rosa chillón, pido una hamburguesa con patatas y me la como en el sofá, con las persianas bajadas. Me duelen el tobillo y la piel. A pesar de que no debería, me meto en Internet y busco en la lista de empleados de Blythe & Brown hasta dar con la foto de la mujer del Prius. Se llama Melissa Jenkins. Es la ayudante de Greg. Joven, de unos veintitantos años, pelo ondulado y rojizo por el hombro. Solo lleva tres meses en la empresa.

A juzgar por los artículos que leo sobre Nicole, parece que, hasta que nació Quinn, era una mujer poderosa y fuerte: ¿es posible que la reciente contratación de Melissa contribuyera a su caída? Estoy demasiado agotada para seguir buscando o volver a ver el vídeo de Grand/State, así que me tumbo en el sofá. Apenas son las siete de la tarde, pero solo quiero dormir.

Un ruido me despierta. Me incorporo de golpe en el sofá y el dolor de tobillo me arranca un grito. Es completamente de noche y busco a tientas mi teléfono. Son las tres de la madrugada. He estado ocho horas dormida.

Mis ojos se hacen a la oscuridad. Con sumo cuidado, me levanto y enciendo la luz del recibidor.

Alguien ha deslizado un sobre de color marrón por debajo de mi puerta. Está en el suelo. No lleva dirección ni matasellos. Me asomo por la mirilla, pero el pasillo está vacío. Cojo el sobre y vuelvo al sofá. Tengo miedo de abrirlo.

Armándome de valor, saco un fajo de papeles de su interior. Es la solicitud de adopción que robaron del cajón de mi mesa. Al pie de la última página grapada, hay un mensaje escrito con bolígrafo rojo.

ALÉJATE DE QUINN. NO ERES CAPAZ
DE MANTENERLA A SALVO.

Me quedo de piedra y el sobre se me cae. Voy hasta la puerta, la abro y miro en el pasillo, pero es demasiado tarde. Quienquiera que lo haya dejado ya no está. Vuelvo a entrar, cerrando con pestillo. Suena una campanilla en mi móvil: tengo un correo nuevo. Me quedo quieta, escrutando la habitación.

—Aquí no hay nadie —susurro, recordándomelo—. Estoy a salvo.

Sin embargo, al abrir la bandeja de entrada, la mano me tiembla. El mensaje no tiene texto. Solo una foto adjunta. Podría ser un virus. O *spam*. El correo procede de Guerilla Mail. Abro la imagen.

La foto está hecha en una habitación con paredes marrones y un sofá beis que no me suena. Sí reconozco a Ben y a Nicole en una foto en la pared del fondo, junto a una televisión. Aparecen muy jóvenes, disfrazados de Halloween. Debe de ser la casa de Ben. Hay una cuna rosa delante de un ventanal. Y en su interior, donde debería estar la preciosa cara de Quinn, veo un bebé tumbado boca abajo.

22

Nicole

Nueve días antes

—¡ℕic, abre la puerta o la tiro abajo! ¡Soy pequeña, pero sabes la fuerza que tengo! —gritó Tessa a través de la ranura para el correo.

En cualquier otro momento de su vida, Nicole se hubiera reído, pero, en ese instante, prácticamente se le saltaron las lágrimas de alivio. Tessa cuidaría de ellas.

Agarró el brazo del sofá y se levantó con dificultad, apoyando la barbilla contra el pecho para que se le pasara el mareo. Cogió a Quinn del balancín. Le dolían los brazos. No podía llevar a su hija a todas partes, ni siquiera con el fular. Apenas tenía fuerzas para subir las escaleras. Había cubierto todas las ventanas de la planta baja con sábanas de seda negras, para que la casa estuviera tan oscura como ella se sentía por dentro.

Era 30 de julio. Su baja de maternidad terminaba al día siguiente.

Abrió la puerta.

—Gracias. —Tessa frunció el ceño al verla—. Estás blanca como una sábana.

Nicole asintió.

—No me encuentro bien.

Tessa pasó por delante de ella y fue hacia la cocina. Nicole la siguió mientras su amiga recogía los platos sucios sobre la encimera, los metía en el lavaplatos y lo encendía, sin mediar palabra. Luego sacó un cartón de leche, una rebanada de pan, varias manzanas y naranjas de su bolsa. Abrió la nevera y volvió la cabeza.

—Nic, ¿hace cuánto que no comes? Llevo días llamándote y enviándote mensajes. Te hubiera traído más comida.

Olió la leche que había en la nevera y la tiró de inmediato por el fregadero. Un olor rancio inundó la cocina.

No recordaba la última vez que había hecho un pedido a la tienda. Se le olvidaba constantemente comer y casi nunca tenía apetito. Lo único que le importaba era asegurarse de que Quinn estuviera sana. La niña agitaba las piernas rollizas en el aire, haciéndola sonreír. Ella era su única fuente de felicidad.

Tessa metió pan en la tostadora. Sacó de su bolsa de tela dos paquetes de pañales orgánicos y un precioso ramo de rosas amarillas que puso en un jarrón vacío y luego llenó con agua.

Se acercó a Nicole, acarició suavemente su mejilla y le limpió la comisura de los labios.

—¿Has estado hidratándote? Tienes que hacerlo.

Nicole se tocó los labios doloridos con un dedo.

—Trato de comer y de beber, pero nada me sabe bien. Aunque sí le estoy dando el pecho a Quinn. Tiene buen aspecto, ¿no crees? ¿Sano? No puedo creer que casi tenga seis semanas ya.

¿Llegaría a los seis meses? ¿O a los seis años? Amanda no llegó.

Tessa estiró una mano para hacer cosquillas en la barriga a Quinn, haciendo que sus ojos se encendieran de gozo.

—Está de maravilla. Pero tú no. ¿Hablaste con Lucinda al final?

«Veo cosas, Tess. Las cosas aparecen y luego desaparecen, y no sé cómo.» Eso era lo que Nicole quería decirle. Pero lo que dijo fue:

—No he hablado con nadie más que contigo, y con Ben cuando vino.

Tessa arrugó su fina nariz, cogió a Quinn de los brazos de su amiga y la dejó en el balancín.

—Déjala ahí un minuto y escúchame en serio.

Nicole asintió y tomó asiento en una de las sillas de la cocina, sin quitar ojo de su hija, que contemplaba el monito colgado del arco del balancín con los ojos abiertos de par en par.

Tessa se sentó a su lado.

—¿Qué tal fue con Ben?

—Bastante mal. No quiero tenerle en mi vida, y se lo dije. Pero, ahora que Greg no está, no sé si me estoy equivocando. Es la única familia que tiene la niña. —Aun teniendo a su mejor amiga allí, Nicole nunca se había sentido tan sola. Guardaba demasiados secretos—. Creo que quería pedirme dinero para el hospital. Puede que cierre.

Era una gran mentira, y algo le quemó las entrañas al decirlo.

Tessa se sentó recogiendo las piernas sobre la silla.

—¿Vino a por una donación, no para veros a Quinn y a ti?

—No sé. De todos modos, no pienso volver a verle. Nunca nos hemos llevado bien, así que no creo que vaya a ser distinto ahora.

—Estás mejor sin hombres. —Hizo una pausa—. ¿Y Greg no ha llamado todavía?

—Ni una vez. No lo entiendo, Tess. Yo lo era todo para él, y ahora es como si me hubiera eliminado, como si nos

189

hubiera eliminado a las dos de su vida, por completo. —La miró fijamente—. ¿Has hablado tú con él?

—No, claro que no.

Nicole se arrepintió.

—Perdona. Tú no eres el enemigo. No quería ser borde.

—No pasa nada. De todos modos, tampoco le necesitas. Me tienes a mí. —Sacó el móvil de su bolsa de tela de Breathe—. Nicki, de veras necesito hablarte del trabajo.

La casa le daba vueltas, pero logró seguir la conversación.

—Tengo que ponerte al día de lo que ha estado pasando. Mañana tendrías que venir a la oficina. Me han dicho que ha habido discusiones en privado. Varios inversores clave están vendiendo sus acciones. No pinta bien. Estoy preocupada.

Nicole solo oía ruido de fondo. Su abogado personal, Rick Looms, la había llamado un montón de veces, igual que los miembros del consejo de administración, pero no les había devuelto la llamada. También había ignorado todos los correos y mensajes de Lucinda, cada vez más tensa con ella. Se empezó a masajear la cabeza tratando de despejarse, pero sin suficiente comida o sueño, simplemente no era capaz de concentrarse.

Tessa le enseñó su teléfono. Había abierto un artículo de *Page Six*:

Una fuente anónima confirma que Markham se encuentra recluida en su casa y muy desmejorada. De no regresar a Breathe como directora ejecutiva el 31 de julio, Markham corre el riesgo de ser expulsada de la compañía que ella misma fundó.

Así que ese era el artículo al que se refería Lucinda.

—¿Ha sido Lucinda?

Tessa respiró hondo.

—¿Tú crees que te traicionaría así?

—¿Por qué no? Así puede tener lo que siempre ha querido. Contratar a su propio director ejecutivo, o serlo ella misma.

Lucinda y ella llevaban años chocando. Ya había intentado sacarla del consejo un año antes, cuando Nicole se negó a lanzar una línea de *leggings* de cuadros demasiado parecidos a los de la máxima competencia. Nicole no quería ser una segundona: ella era una líder, una innovadora.

Tessa se quedó pensativa.

—La cosa no pinta bien, Nicki. Si no vuelves a tu despacho mañana, el consejo tendrá todos los argumentos jurídicos para echarte. Y no podemos dejar que eso pase. No pueden quitarte Breathe.

El agotamiento y la impotencia la abrumaban. Cerró los ojos. La mera idea de vestirse para ir a trabajar la dejaba exhausta. No podía hacerlo. Era incapaz de ir a Breathe ahora mismo. Pero ¿iba a quedarse de brazos cruzados viendo cómo su compañía, el imperio que había construido desde cero, les era arrebatado a su hija y a ella?

Si Lucinda estaba promoviendo su expulsión, tenía que plantarle cara. Contuvo las lágrimas. Ahora se arrepentía de haber sacado la compañía a bolsa: había dejado que el prestigio y la confianza de hacerlo controlasen su razonamiento. Y, a cambio de seguir como directora ejecutiva de la compañía, había firmado una cláusula de recompra por el dieciséis por ciento que poseía de las acciones de Breathe. Si el consejo la echaba, podía perderlo todo.

—La plantilla no quiere que te sustituyan. Yo no quiero que te sustituyan —dijo Tessa—. Nadie va a ser tan buena jefa conmigo.

De repente, Nicole comprendió que su crisis no solo afectaba a Quinn, a ella misma y a Breathe. También afectaba a Tessa. Ella no tenía poder de voto. Al igual que el

191

resto de los empleados de Breathe, solo tenía derecho a un diez por ciento de las acciones. Nicole tenía un día para evitar que Lucinda y el consejo la despacharan.

Tenía que hacer algo. No quería vivir así, atrapada por el miedo, por un agotamiento demoledor y por visiones. Y todavía se preguntaba si solo eran imaginaciones suyas. Apartó esa idea de la cabeza. Lo que las mujeres necesitaban era equilibrio. Y ella también. Ya se había reinventado una vez, y podía hacerlo de nuevo. Le había dado todo a esa compañía. El consejo no podía negarle unos días de vacaciones. Estaba en su derecho.

—Tess, ¿me puedes hacer un favor?

—Lo que sea —contestó, con la voz un poco más alegre que un segundo antes.

—¿Puedes decirle a Lucinda que me tomo unas vacaciones acumuladas?

Tessa se quedó callada.

—¿Cuánto tiempo?

—Una semana.

—¿Prometes que volverás dentro de una semana? ¿El lunes? ¿El 7 de agosto?

Claro… El 7 de agosto. Esa fecha siempre la perseguiría. Pero Tessa no recordaría lo que significaba.

Nicole se agarró al borde de la mesa para disimular el temblor de sus manos.

—Sí —contestó con voz suave—. El 7 de agosto volveré.

23

Morgan

*T*engo los ojos clavados en la foto del móvil. ¿Podría ser Quinn?... No, me niego a pensarlo. Es como si me estuvieran rasgando el corazón en dos. El miedo me abrasa la piel y empiezo a rascarme el sarpullido de la clavícula.

No tengo tiempo que perder. Busco frenéticamente el número de Ben en mi lista de contactos y le llamo, pero no contesta. Dejo un mensaje. Tengo que ir a su casa. Tengo que comprobar que Quinn esté bien.

Meto la solicitud de adopción en el sobre marrón, cojo mi bolso y el teléfono, y salgo por la puerta a toda prisa, prometiéndome a mí misma que llamaré a Jessica en cuanto pueda, en cuanto vea con mis propios ojos que Quinn está a salvo.

Bajo a toda velocidad por North Wicker Park Avenue, que está vacía aparte de los coches aparcados junto a la acera. Estoy tan nerviosa que temo chocar contra algo.

Dejo el coche de mala manera y subo corriendo el camino de entrada a la casa y los escalones, con el teléfono en la mano, ignorando el dolor en el tobillo y la espinilla. Aporreo la puerta, sin pensar en la hora que es. Quinn es lo único que me importa.

Se enciende una luz dentro de la casa y la puerta se abre. Ben lleva una camiseta gris y pantalones de pijama de rayas, y tiene los ojos entornados por el sueño.

—¿Qué haces aquí? —pregunta, sorprendido de verme.

Estoy temblando tanto que me tengo que apoyar sobre la pared de ladrillo junto a la puerta para mantener el equilibrio.

—Quinn. ¿Está bien?

Su frente se arruga.

—Claro. Está dormida en mi cuarto. ¿Qué pasa, Morgan? Son las tres y media de la mañana.

—Gracias a Dios —digo. Es tal el alivio de saber que está bien que me derrumbo contra el marco de la puerta y cierro los ojos un momento. Me tomo un segundo para recomponerme—. ¿Puedo pasar? Perdona, pero tengo que enseñarte una cosa.

—Espero que valga la pena, porque, si no, llamo otra vez a Martínez.

Bosteza y hace un gesto para que entre, enciende la luz y me conduce al salón. Es el mismo que aparece en la foto que he recibido.

Al instante, me doy cuenta de lo desabrido que es todo. La pintura, los suelos de madera, hasta la mesa de centro y la consola de la televisión son de tonos marrones y beis. Todo muy limpio y ordenado, pero también impersonal y anodino. Le falta vida. El único toque de color en la habitación es la cuna rosa junto al ventanal. Ahora veo que el bebé boca abajo que hay dentro es en realidad una muñeca de plástico. ¿Qué demonios está pasando?

—¿Me haces el favor de comprobar si Quinn está bien? —digo.

Sacude la cabeza pero accede.

—Sí, claro.

Cuando sale de la habitación, me siento en el sofá. Al volver, dice:

—Está profundamente dormida, Morgan. Está bien. —Se sienta en el otro extremo del sofá y se frota los ojos—. A ver, ¿por qué has venido?

Vuelvo a mirar la muñeca en la cuna. ¿Me habrá enviado Ben la foto?

—¿Podría tomar un vaso de agua, por favor? Ha sido una noche terrible.

Suspira, se levanta y desaparece por unas puertas cristaleras negras que separan el salón y el comedor de la parte trasera de la casa, donde supongo que está la cocina.

Aprovecho la oportunidad para sacar el sobre marrón de mi bolso. Cojo la solicitud de adopción y vuelvo a mirar el mensaje de amenaza escrito al final: «Aléjate de Quinn. No eres capaz de mantenerla a salvo».

Quiero enseñárselo a Ben, para que vea que alguien está jugando conmigo.

Vuelve con un vaso grande de agua. Hasta le ha puesto un par de cubitos de hielo. Se sienta de nuevo y cruza una pierna sobre la rodilla.

—Puede que no tengamos mucho tiempo antes de que Quinn se despierte para la siguiente toma.

Le enseño los documentos.

—Hace un rato deslizaron esto por debajo de mi puerta.

Los coge y ladea la cabeza, haciendo que el pelo le caiga sobre los ojos. No puedo ver su expresión.

No espero a que termine de leer.

—Quiero saber exactamente quién ha venido a mi casa y sabe dónde vivo, porque creo que me están tendiendo una trampa.

Veo cómo su pecho sube y baja debajo de la camiseta. Por un instante, quisiera poner mi manos sobre su corazón y decirle que soy buena persona. Que soy sincera.

—Ben, alguien entró en mi apartamento, y lo único que se llevó fue la solicitud de adopción.

Vuelve a mirar el papel, confundido.

—Después de morir Ryan, pensé que tal vez podía adoptar un niño sola. Pero entonces murió mi padre, y sabía que él era la única persona que me respaldaría realmente. Y ni siquiera yo creía que mereciera tener un hijo, así que nunca llegué a solicitarla.

Decirlo en alto, a otra persona, debería hacerme sentir patética, pero es como si me hubiera quitado de encima una carga que no sabía que arrastraba.

—Mira la última página.

La ve y entonces me clava sus intensos ojos azules. Está pálido.

—«No eres capaz de mantenerla a salvo.» Se parece mucho a las amenazas que Donna escribía en las cartas que estuvo mandándole a Nicole durante años. «Tú debías cuidarla.» —Suelta la solicitud sobre el sofá y mete la cabeza entre las manos—. Esto es de locos.

—Hay más.

Saco el móvil de mi bolso, entro en mi *gmail* y encuentro el correo de Guerrilla. Abro la foto y se la muestro.

Se arrima un poco para verla.

—Joder… Es mi salón. —Entorna los ojos—. ¿Eso es un muñeco? —La mano le tiembla un poco y atraviesa el salón hasta la cuna. Coge la muñeca y se vuelve hacia mí, asustado—. Que quede claro, yo no he puesto esto aquí.

—Os he reconocido a Nicole y a ti en la foto de la pared. —La señalo. Aprieto los labios y por fin pregunto—. ¿Me la has mandado tú, Ben?

Ben suelta la muñeca sobre la mesa de centro.

—¿Por qué demonios iba a hacerlo? —Mira hacia la cocina y de vuelta a mí. El miedo en sus ojos parece real—.

Creo que alguien ha entrado en mi casa mientras Quinn y yo estábamos arriba. Acabo de ver que la puerta trasera de la cocina estaba abierta. Pensé que tal vez estaba tan cansado que me la había dejado sin cerrar. Joder. Espera… Voy a bajar a Quinn.

Corre escaleras arriba mientras yo me quedo en el sofá, helada de miedo.

Ben vuelve con la niña en sus brazos, dormida, y se sienta. Incapaz de reprimirme, estiro la mano y acaricio su pelo increíblemente suave. Se me escapa un sonido nervioso.

Él es el primero en hablar.

—Es que no entiendo por qué estás metida en todo esto, Morgan.

—Ojalá supiera todas las respuestas —contesto—. Puede que alguien quiera sembrar la duda entre nosotros. Lo único que sé es que quiero que Quinn esté a salvo.

Me mira con los ojos bien abiertos y cansados.

—Yo también.

Decido contarle un poco más.

—Mi abogada me ha mandado un vídeo de YouTube que grabó un hombre en Grand/State, antes de que Nicole…

La cara de Ben se vuelve de un blanco enfermizo.

—¿Su muerte está en YouTube?

Comprendo lo espeluznante que debe ser para él, aunque demasiado tarde.

—Ya lo han quitado. Lo siento. No quería…

—No quiero verlo. Nunca.

Yo tampoco quiero que lo vea. Puede que él también observe lo que Martínez cree ver en el vídeo, la posibilidad de que yo empujara a Nicole.

—No creo que estuviera en el andén, pero la ayudante de Greg es pelirroja y conduce un Prius azul oscuro.

197

Frunce el ceño y baja la vista hacia Quinn con mirada protectora.

—¿La ayudante de Greg? ¿Qué tiene ella que ver en todo esto?

Le explico que intenté ir a hablar con Greg en su oficina y que Melissa Jenkins estaba esperando a la puerta en un Prius azul oscuro. Me subo los *leggings* para enseñarle el corte en la espinilla.

—¿Me estás diciendo que la ayudante de Greg intentó atropellarnos, te ha estado acosando y luego se ha metido en mi casa para dejar un extraño muñeco en la cuna?

Lo dice como si fuera absurdo. Y lo cierto es que suena absurdo, pero no tenemos más piezas que encajar en el puzle. Está claro que a Nicole le sucedió algo espantoso que le llevó a escribir las notitas que encontramos sobre su pared.

—Puede que alguien esté jugando con nosotros, igual que lo hizo con Nicole.

—Pero ¿por qué?

Acaricia la cabeza de Quinn con toda la mano.

—Oye, es tarde, y tengo que dormir un poco si quiero estar operativo mañana. Ahora mismo no puedo buscarle sentido a todo esto. Estoy acostumbrado a hacer guardias del tirón, pero las últimas noches han sido… demasiado. Ahora mismo no me veo capaz de lidiar con la policía otra vez aquí. Además, tampoco nos van a ofrecer ninguna seguridad. No han hecho nada por nosotros, aparte de ponernos uno en contra del otro.

—Lo sé.

Por un momento, me pregunto si Martínez también sospecha de él, pero no lo digo. Ahora mismo estamos a la par.

—Llamaré a Martínez mañana a primera hora para contárselo todo. No creo que sea conveniente que te encuentre aquí, pero tampoco deberías volver a tu casa. No queremos que te vuelvan a seguir. Puedes quedarte si quieres.

Sus mejillas se sonrojan.

Y las mías también. No quiero volver a mi apartamento ahora mismo. De pronto, se me ocurre que puede que eso sea exactamente lo que quiere la persona que me ha mandado la foto: que Martínez me encuentre en casa de Ben. Sin embargo, es igual de posible que haya alguien ahí fuera, en la oscuridad, esperando a que me suba al coche para atacar. Me golpea una ola de cansancio y tomo una decisión, esperando que sea lo correcto.

—Vale, me quedo. En cuanto despierte, me voy.

Asiente, va al recibidor y vuelve con una manta blanca lisa y una almohada.

—¿Te va bien con esto?

—Gracias. Perfecto.

Las suelta sobre el sofá y me ofrece una sonrisa triste y torcida.

—Esto es una locura. Voy a cerrar todas las puertas con pestillo y a poner la alarma. Intenta dormir un poco.

—Tú también —digo.

Espero a que Quinn y él estén en el piso de arriba, y entonces, por fin, me derrumbo sobre la almohada. Me tapo con la manta hasta la barbilla y caigo en un sueño profundo y tranquilo.

Cuando abro los ojos, al principio no estoy segura de dónde estoy. Observo el salón beis a mi alrededor. Es la casa de Ben. La nota de amenaza que deslizaron bajo mi puerta. El correo electrónico.

Me incorporo y me quito las legañas. Noto la boca peluda, y ni siquiera tengo cepillo de dientes. Oigo ruido de platos y a Quinn balbuceando en la cocina. Huele a café. Me ruge el estómago.

Doblo la manta cuidadosamente, la dejo en un extremo

del sofá, y hago una breve parada en el aseo que encuentro junto a la entrada. Hago pis, me lavo la cara con agua fría, me recojo el pelo en una coleta baja y, cuando estoy a punto de salir, oigo que alguien llama a la puerta de Ben.

Me quedo petrificada.

Con mucho sigilo, empujo un poco la puerta del baño y veo que Ben abre con la niña en brazos y deja pasar a un hombre al vestíbulo.

Es Greg Markham.

—He venido a por mi hija —dice.

Con impotencia, contemplo que el padre de Quinn se la quita de los brazos a Ben.

24

Nicole

Nueve días antes

*T*essa se marchó, satisfecha con la promesa de Nicole de que volvería a Breathe el 7 de agosto. Después de cambiarle de pañal a Quinn, se miró en el espejo del vestíbulo. La tripa le colgaba y tenía las mejillas cubiertas de un sarpullido de granos rojos. Odiaba a la persona en la que se había convertido. Cuando dejó el cuerpo helado de Amanda en el suelo, también se quiso morir. Sin embargo, en aquel primer ataque de pánico en el cuarto de la niña, se dio cuenta de que el miedo que experimentaba cuando no podía respirar demostraba lo mucho que quería vivir.

Ahora mismo vivía por Quinn. Pero tener una madre paranoica y paralizada por el miedo, y estar metida en una casa que más bien parecía un calabozo, no era vida para su hija. Tenía una semana para volver a Breathe. Algo tenía que ceder.

Nicole colocó a Quinn en el Moby, fue al salón y cogió su portátil de la mesita baja. Lo puso sobre la mesa grande de caoba del comedor, que ahora estaba cubierta de trapos para eructar y pañuelos de papel usados. Se sentó en la silla mullida color marfil, abrió la pantalla del ordenador y apretó el botón de encendido, esperando que Google tuviera la respuesta para todo.

Buscó los síntomas de depresión posparto: hipersensibilidad, lloros constantes, ansiedad, preocupación, impotencia, sentimiento de culpa. Sí, ella sentía todas esas cosas. Quizá tuviera razón Tessa. Tal vez había ayuda para ella ahí fuera.

Al mirar a Quinn, la niña sonrió.

—¡Lo estoy arreglando, cariño! Mami va a hacer que todo vaya bien.

Quinn se metió el puño en la boca y la miró. Entró en un foro tras otro sobre la depresión posparto. Casi todas las mujeres que escribían decían que no sentían vínculo con su hijo y hablaban de lo difícil que era encontrar un momento para sí. Pero Nicole no se identificaba con esas sensaciones. Ella quería estar con Quinn constantemente; sentía una conexión con ella que no tenía con nadie más en el mundo.

Escribió «paranoia» en la barra del buscador. El primer enlace que salió era otro tipo de problema posparto: la psicosis. ¿Podía ser? Con la mano temblorosa, fue leyendo los síntomas. En efecto, era posible, pero también inútil. ¿Cómo iba a contarle a nadie que tenía psicosis? Le quitarían a Quinn. Nada ni nadie podría ayudarla. Nunca volvería a Breathe. Lo perdería todo.

Puso el dedo sobre el botón de encendido, pero antes de apretarlo vio un enlace de un foro llamado «Maybe Mommy», para mujeres que querían ser madres pero no podían. Le costaba respirar. Qué horror, desear una cosa tanto y no poder conseguirla. Empezó a leer, mientras acariciaba los suaves mechones de pelo de Quinn.

He tenido tres abortos. ¿Cómo voy a superar otra pérdida como esa?

Llevo siete años intentando tener un hijo. Después de cuatro tratamientos de FIV, voy a desistir.

¡Por favor, mandadme suerte y rezad por mí! ¡Acabo de empezar con Clomid otra vez, preparándome para la segunda tanda de FIV!

¿Conseguiré alguna vez lo que quiero?

Nicole sentía una profunda lástima por aquellas mujeres. A ella no le había costado nada quedarse embarazada. Ni siquiera tuvo que planearlo.

Había cientos de comentarios en el foro, pero uno en particular llamó su atención por encima de los demás. Era de una mujer que se hacía llamar «Melancólica en Chicago».

¿Conseguiré alguna vez lo que quiero? Acabo de cumplir cuarenta y tres y no tengo hijos. ¿Es posible que una agencia de adopciones dé un bebé a una mujer soltera? Sé que podría darle todo a un niño: amor, calor y seguridad. Me muero por tener un hijo. ¿Lo lograré?

Melancólica en Chicago se merecía tener un hijo. ¿Qué más daba si no había dos padres para el niño? Quinn tenía dos, y uno de ellos solo pensaba en sí mismo, mientras que a la otra no se le estaba dando demasiado bien. Sus lágrimas cayeron sobre el teclado, y no sabía si eran de lástima por sí misma o por aquella mujer sin hijos.

Buscó otros comentarios de Melancólica dentro del foro, y todos habían sido escritos en solo tres días, seis meses antes. Veía algo realmente sincero y cercano en ellos. Era viuda de un hombre que había hecho algo muy malo. No decía qué exactamente, pero estaba claro que se sentía responsable de sus crímenes y lo único que deseaba en el mundo era tener la oportunidad de compartir su amor con un niño. Y vivía en su misma ciudad, Chicago.

El entusiasmo, una sensación cuya existencia ya casi había olvidado, inundó sus huesos helados como agua calentita.

Había un icono para enviar mensajes privados a quienes habían publicado un comentario.

Nicole pinchó sobre «Melancólica en Chicago» y empezó a escribir.

25

Morgan

*E*stoy en *shock*, observando la escena por la rendija de la puerta. Veo la torpeza de Greg cogiendo a Quinn, que ha roto a llorar. Su cara refleja una oleada de emociones distintas: asombro, miedo y resignación. Pero no veo amor. Y eso me rompe el corazón.

Salgo del baño y los dos se vuelven hacia mí.

Greg parece sorprendido.

—Perdón. No me había dado cuenta de que tuvieras compañía. No sabía que estuvieras... saliendo con alguien.

—Es que no lo hago —contesta Ben.

—Ah. Entonces, ¿quién es usted? —pregunta Greg, subiendo el tono.

—Soy... una amiga. Morgan Kincaid.

Estiro la mano para saludarle.

No puede darme la mano porque tiene a Quinn en brazos, y parece que no sabe coger a un bebé. De todos modos, tampoco sé si querría saludarme. Veo que cae en la cuenta de quién soy.

—Espere. ¿Morgan Kincaid? ¿La mujer que habló con mi mujer por última vez? ¿La que le cogió a Quinn en Grand/State?

—Yo ni siquiera conocía a su mujer. No sé qué conexión había entre nosotras.

Se queda mirándome otra vez, tratando de reconocerme, pero no lo consigue.

Entonces se vuelve a mirar a Ben.

—No creía que Nicole fuera capaz de algo así. —Tose y sus ojos se llenan de lágrimas. Pero entonces esa expresión desaparece y la ira inunda su rostro de repente—. La inspectora me ha hablado de su marido y de todo el dinero que robó. Que robaron. ¿Intentó sacarle dinero también a mi mujer?

En ese momento, las piezas comienzan a encajar como un set de Lego. Martínez ha dicho que quienquiera que se quede con la custodia de Quinn tendrá acceso a su dinero. Y Nicole no quería que fueran Greg ni Ben.

No contesto. Greg se vuelve hacia Ben.

206

—Gracias por cuidar de Quinn. Como podrás imaginar, he estado hecho una mierda. No puedo creer que Nicole se haya ido.

Tiene oscuras bolsas bajo los ojos y una fina barba de varios días cubre su mandíbula. Puede que esté equivocada. Parece que lo está pasando mal.

Ben debe de pensar lo mismo, porque dice:

—Lo siento mucho, Greg.

—Yo también. —Se le quiebra la voz.

Ambos están incómodos. Son familia, pero es como si no se conocieran.

Ben estira el brazo y toca la espalda de Quinn.

—La he cuidado lo mejor que he podido.

Greg asiente, mientras sostiene a Quinn ligeramente apartada de su cuerpo, como si le diera miedo acercarse demasiado. Ni siquiera se ha dado cuenta de que la niña se ha quedado dormida.

—Ben, no sé cuánto sabías de Nicole antes de...

SÉ LO QUE QUIERES

—Mira su mano, que ya no luce la alianza—. Cambió tanto después de nacer Quinn que apenas la reconocía. Se negaba a que le buscara ayuda. Perdió el control y yo me marché. Ya no aguantaba sus paranoias. Pero la quería, nunca quise que le pasara nada.

Su boca se queda flácida, como lastrada por la pena. Antes, solía enorgullecerme de mi capacidad de leer entre líneas con las familias a las que asesoraba. Cuando un menor decía que estaba bien, perfectamente, y no me daba ninguna información, sabía que tenía que insistir. Sin embargo, ahora no tengo ni idea de qué es real y de qué no lo es. Lo único que sé es que este es mi momento.

—¿Le ha pedido a su ayudante que me siga? —pregunto—. Conduce un Prius. Alguien ha intentado matarnos, ¿sabe?

Para mi asombro, se echa a reír.

—¿Por qué iba a pedirle a Melissa que la siga? Ya me lo ha dicho, y fue usted quien la amenazó. Además, ¿qué hace en casa del hermano de Nicole si no tiene nada que ver con todo esto? ¿Quién es usted? Ni siquiera la conocemos.

207

Ben se cruza de brazos.

—Mira, Greg. Yo no creo que Morgan tuviera nada que ver. Nos han estado acosando…, y algo muy raro está pasando. Quiero a Quinn, y me preocupa su seguridad.

Me quedo mirándole, con la esperanza de que vea lo mucho que significa para mí que me defienda.

Greg se sonroja.

—¿Estás ciego? —Me señala con la barbilla—. ¿Qué hace aquí esta mujer? Tú piénsalo. Quinn estará bien. Me aseguraré de ello.

Ben levanta la voz.

—Creemos que Nicole estaba en peligro. ¿Mencionó alguna vez a Donna y a Amanda Taylor?

Greg niega con la cabeza.

—Jamás he oído esos nombres. ¿Quiénes son? —Luego sigue hablando como si no hubiera preguntado nada—. Nicole era la mujer más ambiciosa e implacable que conocía. Pero, desde que nació Quinn…, lo perdió.

—¿Cómo pudiste dejarla así? Recién parida, sufriendo… y a tu propia hija —salta Ben, poniéndose a mi lado.

—¿Me preguntas a mí que cómo fui capaz de dejarla? ¿Dónde has estado tú toda su vida?

Aquello es como un puñetazo en el estómago para Ben.

—Creo que tenemos que aceptar que Nicole se arrojó a las vías del metro. Estaba deprimida y se quería suicidar. ¿Por qué demonios estás intimando con una desconocida que curiosamente estaba en el andén en ese mismo momento? ¿Por qué está aquí, en tu casa, con mi hija? ¿Qué es lo que quiere?

La ira hierve dentro de mí, pero, por el bien de Quinn, reprimo mis emociones.

—Señor Markham, debe usted saber que están pasando cosas muy extrañas. —Le observo detenidamente—. Quinn está en peligro. Y puede que usted también.

Greg se acerca a mí.

—¿Me está amenazando?

—¡No! —exclamo, con demasiado énfasis—. Le estoy diciendo que alguien quiere hacernos daño a Ben, a Quinn y a mí.

De repente, la niña se despierta. Empieza a llorar con tal fuerza que casi se atraganta, retorciéndose descontroladamente en los brazos de su padre. Greg titubea, no tiene ni idea de cómo tranquilizar a su hija. Es una escena espantosa.

—No quiero que esta mujer vuelva a acercarse a mi hija. Soy el padre de Quinn. Debe estar conmigo. He alquilado una casa en North Astor Street, y allí es donde va a vivir.

Ben se sonroja, pero no dice nada. Sé que tampoco puedo intervenir, no nos ayudaría a ninguno de los dos.

Me quedo mirando a la niña, tratando de memorizar sus sedosos mechones de pelo, sus ojos azules y sus suaves mejillas.

Greg abre la puerta de entrada. Ben le acompaña afuera. Voy al ventanal del salón y observo a Greg metiendo a Quinn en un BMV rojo.

En ese momento, la veo. Es esa pelirroja. Melissa Jenkins. En el asiento del copiloto.

26

Nicole

Nueve días antes

Perdida y Confusa: siento todo lo que has pasado.

Nicole apretó «enviar».
Un par de minutos más tarde, se oyó una campanilla.
Tiene un mensaje nuevo.
Su estómago se tensó, mezcla de miedo y entusiasmo.
Con los dedos temblorosos, abrió el mensaje.

Melancólica en Chicago: Gracias.
Ojalá pudiera borrar el pasado.
¿Te has sentido así alguna vez?

Se le hizo un nudo en la garganta. Sí, eso era lo que sentía cada instante del día desde la muerte de Amanda.

Perdida y Confusa: Siempre. Yo...

Nicole dejó de escribir. ¿Hasta qué punto podía abrirse con aquella desconocida? Borró lo que había escrito. Sus dedos volvieron a teclear.

Es horrible cuando la gente te culpa de algo que nunca deseaste ni planeaste que ocurriera. ¿Qué pasó con tu marido? Por cierto, lo siento. Siento tu pérdida.

Melancólica en Chicago: No quiero hablar de ello. Estoy intentando pasar página. Empezar una nueva vida. Volver a ser feliz.
Creo que un hijo daría un propósito a mi vida.

Perdida y Confusa: Ojalá me sintiera como tú. Pero creo que nunca volveré a ser feliz. Tengo miedo constantemente.
Y no puedo hablar con nadie de cómo me siento.

Melancólica en Chicago: Si necesitas hablar, estoy aquí.
Es difícil no poder hablar con la gente que hay en tu vida.
Y sé lo que es tener miedo constantemente. De verdad.

212   Nicole tardó un momento en identificar la sensación que inundaba su pecho. No era angustia ni miedo. Era alivio por haber conectado de forma tan inmediata con otra persona. Esa mujer anónima de Chicago estaba consiguiendo ayudarla a sentirse ella misma otra vez. No tenía psicosis. Solo necesitaba un poco de ayuda.

Oyó que alguien llamaba a la puerta y su móvil vibró con un nuevo mensaje de Tessa.

«¡Estoy aquí!»

Mierda. No podía contarle que se estaba escribiendo con una desconocida, y que en ese momento le hacía sentir más comprendida que ella. Le haría mucho daño. Cerró la tapa del ordenador y fue a abrir.

Tessa venía con dos bolsas en las manos y una enorme sonrisa en la cara.

—Traigo la cena y buenas noticias. —Se quedó mirándola—. Tienes mejor aspecto. Un poco de colorcillo en las mejillas…

Nicole asintió y Tessa cerró la puerta tras de sí.

—Creo que lo de pedir un poco más de tiempo para volver a Breathe me ha quitado bastante estrés —contestó, y la siguió hacia la cocina. Quinn iba envuelta en el fular, jugando con la cara de su madre con su diminuta mano.

Tessa dejó las bolsas sobre la mesa de la cocina, encendió el hervidor y se apoyó contra la encimera.

—Le he preguntado a Lucinda por tus vacaciones atrasadas. No le ha gustado lo de que vuelvas el 7.

Nicole se tensó. ¿No veía Tessa que estaba intentando sentirse mejor? ¿No se daba cuenta de que estresarla más no ayudaría?

—Gracias, Tess. Mañana hablaré yo con ella. Pero has dicho que tenías buenas noticias…

Tessa se apartó de la encimera y fue a coger a Quinn. Nicole se la dio, aunque en realidad no quería. Tenerla en sus brazos era un consuelo.

Tessa besó la nariz de Quinn.

—Sí. Estoy jugando con una mezcla de aceites para una línea posparto. Debería habérseme ocurrido inmediatamente, pero, como no estás, he tenido muchas cosas que hacer.

Nicole se sonrojó, abochornada. Su incapacidad estaba perjudicando a todo el mundo.

Tessa siguió:

—No te culpo. Tienes que cuidar de ti misma para poder cuidar a Quinn. En fin, la lavanda, el jazmín, el ylang-ylang, el sándalo, la bergamota y la rosa pueden aliviar los síntomas de la depresión posparto. Es muy habitual entre las madres recién paridas, y creo que se vendería muy bien. A Lucinda le ha encantado la idea. Y después se me ocurrió otra cosa.

Ojalá pudiera curarla un aceite nuevo. Aunque, ahora

que había encontrado a Melancólica en Chicago, al menos tenía alguien con quien hablar. Si tan solo pudiera volver al ordenador, su estado mejoraría y volvería antes a Breathe. Pero, para eso, Tessa tenía que marcharse.

—Nicki, ¿me estás escuchando? Esto es importante.

Se volvió a centrar en su amiga, que tanto había hecho por ella. No estaba siendo justa.

—Sí, perdona.

Tessa giró a Quinn para que mirara a su madre.

—Si consigues que te diagnostiquen oficialmente un trastorno mental, no pasará nada. Podrías cogerte una incapacidad temporal acogiéndote a la ley federal de Familia y Baja Médica. Y el consejo no podría despedirte ni sustituirte de forma permanente. Si saben que estás haciendo yoga y aromaterapia para combatir el trastorno, además de la medicación, y luego vuelves mejor y más fuerte, incluso podría dar una publicidad fantástica a Breathe.

¿Admitir una enfermedad mental? ¿Estaba loca? ¿Cómo no veía que un diagnóstico así pondría en peligro su custodia de Quinn? No, ella estaba bien y lo solucionaría a su manera. De acuerdo, últimamente tenía las emociones un poco descontroladas, pero era por un buen motivo: alguien quería matar a Quinn.

Le quitó la niña a Tessa.

—No voy a cogerme una incapacidad y tampoco pienso ir a un médico. Yo se lo he dado todo a Breathe. Lo único que pido es unos días más. Es lo mínimo que pueden hacer.

—Nicole, no hay por qué avergonzarse de sufrir depresión, ¿verdad? Eso decimos constantemente a nuestras seguidoras. Es la esencia de Breathe. Aceptar cuándo necesitamos ayuda y buscar nuestro camino hacia el bienestar. ¿De qué tienes miedo?

«Ojalá pudiera contártelo», pensó. Pero sabía que no la creería.

214

—De Greg, para empezar —dijo. Y era verdad, o al menos, parte de la verdad—. Tengo miedo de que, si me diagnostican una depresión posparto, Greg lo utilice para llevarse a Quinn.

Tessa arqueó una ceja. Evidentemente, ella lo creía imposible.

—Si ni siquiera ha venido a ver la niña desde hace varias semanas. —El hervidor empezó a silbar y se levantó a servir dos tazas de té de eucalipto—. Mira, no quiero presionarte a hacer nada con lo que no estés cómoda. Solo quiero que sepas que me importas, y me preocupa.

Nicole se arrepintió inmediatamente. La preocupación de Tessa era lógica.

—Solo necesito un poco de tiempo para aclararme, ¿sabes? Te lo prometo. Las cosas van a mejorar pronto.

Tessa le acercó la taza de té. Le dio un sorbo sin demasiado entusiasmo. Estaba ardiendo y la apartó.

—En serio, tienes que llamar a Lucinda —dijo, con un tono extrañamente brusco.

—Lo haré —contestó Nicole—. Mañana.

Tessa se acercó su taza a los labios y dio un trago largo. Luego sonrió a Nicole plácidamente.

Los días siguientes, en vez de llamar a Tessa o a Lucinda, Nicole estuvo escribiéndose con Melancólica. Aparte de los momentos en los que bañaba a Quinn, que adoraba el agua, o cuando la acunaba hasta que se quedaba dormida en sus brazos, Melancólica en Chicago se convirtió en el plato fuerte de su vida.

Crearon un vínculo hablando de sus pérdidas, su sentimiento de culpa y su pasado. Nicole no le contó la historia de Amanda y Donna, porque no era capaz de escribir sus nombres, pero sí hablaron de sus padres. El padre de

Melancólica acababa de fallecer, y se había distanciado de la madre. Nicole no quería hablar de cómo murieron sus padres, pero conocía el dolor de perderlos. Sus conversaciones se hicieron cada vez más profundas. La madre de Melancólica tenía muchas cosas en común con el padre de Nicole: tendencia a juzgar y a culpabilizar, además de una absoluta falta de conocimiento de quiénes eran realmente sus hijos. Finalmente, Melancólica admitió que su marido había resultado ser un estafador que se quedó con el dinero de mucha gente y acabó suicidándose. Nicole sentía una enorme empatía hacia ella. Melancólica era asistente social en un refugio para mujeres víctimas de abusos y sus hijos. Hacía mucho bien al mundo, y, sin embargo, estaba sola.

Sentía que ya eran amigas. Amigas de verdad que se habían conocido en el espacio virtual. Se aceptaban.

216

> Melancólica en Chicago: Creo que eres la única persona con la que puedo hablar ahora mismo. Gracias.

> Perdida y Confusa: A mí me pasa igual.

Y Nicole quería más. Con Quinn acurrucada en el fular, unió las yemas de los dedos bajo la barbilla y cerró los ojos un momento. Entonces escribió:

> Perdida y Confusa: ¿Cuál es tu verdadero nombre?

Esperó a que aparecieran los tres puntitos que indicarían que Melancólica en Chicago estaba contestando. Nada. Movió el ratón sobre su nombre de usuario. Melancólica ya no estaba conectada.

—¡Por favor, vuelve! —susurró a la pantalla.

Esperó, con la angustia comiéndola por dentro. Pero no contestó.

Nicole ansiaba la cálida sensación que le daba aquella mujer. Su bondad y su comprensión. Quería encontrarla y sentarse cara a cara con ella. Saber quién era realmente.

Con la información que le había dado, se puso a buscar en Internet artículos de periódico, editoriales, cualquier cosa que pudiera ponerla en la dirección correcta. Buscó albergues, e incluso foros de adopción. Escribió: «hombre; esposa asistente social; Chicago; desfalco; suicidio» y encontró un artículo.

RYAN GALLOWAY, GERENTE DE FONDO DE COBERTURA,
HALLADO MUERTO TRAS SUICIDARSE

La noticia hablaba por encima de la malversación de capitales y de su reciente y trágica muerte un año y medio antes. La última frase decía: «Deja esposa, Morgan Kincaid, trabajadora social. No tenían hijos».

217

Morgan Kincaid. ¿Era ella la mujer con la que sentía un vínculo tan fuerte, una conexión tan inmediata y profunda?

En ese momento le vino a la memoria el caso. Algunos antiguos miembros del consejo de administración de Breathe habían invertido sus acciones en el fondo de cobertura de Ryan Galloway y lo perdieron todo. Escribió «Morgan Kincaid; asistente social». No salía nada. Siguió pasando entradas hasta que encontró un titular horrible en *Chicago-at-Large*.

MORGAN KINCAID, SOSPECHOSA DE COMPLICIDAD EN MALVERSACIÓN
DE FONDOS, OBLIGADA A ABANDONAR SU SUNTUOSA RESIDENCIA
EN EL BARRIO DE GOLD COAST

Incluía una imagen de un edificio marrón destartalado en North Sheridan Avenue, y una foto de Morgan, con la cabeza agachada, entrando por la puerta. Tenía los hombros hundidos y la espalda encorvada, como si intentara hacerse lo más pequeña posible.

Morgan lo había perdido todo de verdad. Nicole la entendía.

Quinn empezó a succionar su hombro.

—Ya voy, cariño, perdona. Ahora te doy de comer. Voy a hacer que todo sea mejor para ti. Mami lo va a solucionar todo.

Derramando parte de la leche sobre la encimera, llenó el biberón lo suficiente para saciar a su hija, que se la tomó hambrienta. Luego la acercó contra sí.

—Te quiero, mi niña.

De pronto, empezó a oír voces en su cabeza.

«¿Qué has hecho?… Eres tan irresponsable…»

Se dio palmadas a ambos lados de la cabeza, moviéndola hacia atrás y hacia delante para ahuyentarlas. Y evocó los comentarios de Morgan en su mente. Casualidad. Destino.

Entró en la despensa y añadió varios pósits a la pared, que ahora estaba cubierta de un mareante despliegue de morados: «Refugio. Viuda. Morgan Kincaid. Ayúdame».

Morgan Kincaid era trabajadora social. Se había ofrecido a escucharla si necesitaba hablar. Habían conectado a un nivel muy profundo. Si pudiera hablar con ella cara a cara, desahogarse con alguien que podía entenderla, tal vez lograría limpiar su chacra del corazón y ser la madre que su hija merecía.

Y entonces Quinn estaría a salvo de verdad. Y Nicole tal vez sería libre por fin.

27

Morgan

No puedo creer que hayamos perdido a Quinn. ¿Y por qué ahora? ¿Qué es lo que Greg quiere? ¿Y hasta qué punto puedo fiarme de Ben? Los pensamientos se arremolinan en mi mente mientras le veo sentarse en el sofá del salón, con la viva imagen de la tristeza en su rostro.

Me acerco y con cuidado me siento junto a él.

—¿Ben?

Me mira.

—Bueno, ya está. No tengo ninguna posibilidad de recuperar a Quinn, y tú tampoco, desde luego. Eres una maldita sospechosa.

Saca su móvil del bolsillo y, antes de que pueda preguntarle a quién llama, oigo la voz ronca de Martínez al otro lado de la línea.

—Greg acaba de llevarse a Quinn. Creo que puede que hiciese algo a mi hermana. Nunca me he fiado de él.

Tienen unas palabras. Aunque me cuesta entender lo que dice ella, es evidente que no se alegra demasiado cuando Ben le cuenta que estoy en su casa.

—¡Ya sé que tiene todo el derecho de tener a su hija! ¡Usted no lo entiende! Ella está recibiendo amenazas. Los dos las estamos recibiendo. Y usted ni siquiera las está tomando en serio. Le enviaron...

Oigo el zumbido monótono de la voz de Martínez, pero no capto las palabras. Ben intenta interrumpirla, pero no lo consigue. Entonces, de repente, cuelga y aparta el teléfono de la oreja.

Está pálido.

—¿Qué? ¿Qué ha pasado? —pregunto.

Tira el móvil al suelo.

—Me acaba de acusar de estar metido en todo esto. No para de decir que le parece sospechoso que te haya dejado entrar en mi casa, y luego me ha acusado de ir detrás del dinero de mi hermana.

Me levanto. No sé qué decir.

—Ben, lo siento mucho.

Clava la mirada en mis ojos.

—Mi hermana está muerta, y esta mujer cree que quiero su dinero.

Todo esto me resulta muy familiar, la forma de sacar conclusiones de Martínez, su manera de lanzar sospechas como si fueran cuchillos.

—Sé cómo te sientes —digo.

—Sí, supongo que lo entiendes. —Se pasa los dedos por el pelo—. ¿Sabes lo peor de todo? Que he intentado contarle lo de la foto y la nota del sobre, y no me ha hecho ni caso. Es como si no quisiera oírlo. Hay algo raro en todo esto. Algo muy muy raro.

Bajo la mirada a mi regazo. No me sorprende nada de lo que está pasando. Es como un *déjà vu*, salvo que esta vez estoy viendo cómo le ocurre a otra persona.

—Ben —digo—. Melissa estaba en el coche de Greg. Y puede que ella sea quien está detrás de todo esto. Pero no lo sabemos. Nada tiene sentido. Aunque también tenemos la nota que venía en el sobre, y apunta a Donna. No podemos hacer gran cosa para seguir a Melissa, ni siquiera sabemos dónde vive. Pero sí podríamos hablar con Donna. En persona. Cogerla desprevenida.

—¿Sin decírselo a Martínez? Morgan…

—A ver, ¿qué tenemos que perder? Se han llevado a Quinn. Es evidente que soy una persona de interés, y parece que tú también puede que lo seas. Martínez no está de nuestro lado. Somos los únicos que estamos protegiéndonos a nosotros mismos y a la niña.

Busco la dirección de contacto de la tienda *online* de Donna, que también es su residencia. Ben la mete en su GPS y ponemos rumbo hacia Kenosha, Wisconsin, que está a una hora y media de Chicago aproximadamente.

Decidimos coger el coche de Ben porque así habrá menos probabilidades de que nos sigan. Si Donna está detrás de todo, puede que esto acabe pronto. O eso, o que todo termine para nosotros.

221

Ben no deja de comprobar el retrovisor, y yo vigilo el espejo lateral por si aparece una pelirroja siguiéndonos. Mientras él mira la carretera, tengo la oportunidad de observarle bien. Es enjuto, más que musculado. Me lo imagino como un fideo de niño. Sé que acarrea un enorme sentimiento de culpa por su hermana, pero no quiere hablar de ello. Y tampoco de Quinn. Ninguno de los dos queremos hacerlo, pero estamos preocupados por ella.

Enciende la radio y me dejo llevar por *Yellow*, de Coldplay, hasta que de pronto empieza a hablar.

—No puedo creer que a Martínez se le pase por la cabeza que soy capaz de hacer daño a mi hermana por dinero.

Suspiro.

—Es un móvil clásico, Ben. Sé por experiencia lo peligroso que puede ser el dinero. Y hasta dónde puede llegar la gente para conseguirlo.

Me sorprende su pregunta:

—¿Por qué te casaste con Ryan?

Y también me sorprendo al contestarle:

—Le quería. Una respuesta fácil para una emoción muy complicada. —En ese momento, recuerdo la primera vez que vi su sonrisa asimétrica y cómo me enamoré de él—. Mi madre tenía pensado jubilarse al cabo de un par de años y mi padre era fontanero autónomo. Ella tenía una pensión de enfermera, pero necesitaban administrar su dinero. Ryan era el asesor financiero de nuestro banco. Los ayudó, y a mí me escuchaba mucho. Me encandiló, como cualquier sociópata que se precie. Fingió estar fascinado por mi trabajo de asistente social y mi pasión por las comedias simplonas. Le ayudé a montar el fondo de cobertura y mi organización benéfica. Fui estúpida.

—O confiada.

—Es lo mismo.

—¿Tú crees?

Sonrío y él me devuelve la sonrisa. Es muy guapo. Soltero, sin exmujer ni hijos. Sin novia ni novio. Y está solo, igual que yo.

Reconduzco la conversación hacia él.

—¿Por qué estás soltero, Ben?

Pone dirección a la 1-90 W/I-94 W, que nos llevará a la carretera Milwaukee/Interestatal 94. No aparta los ojos del camino.

—He dedicado todo mi tiempo al hospital. Y la verdad, eso no deja nada para la vida social.

—¿Te gustaría tener una familia?

Me mira.

—¿Tú todavía quieres?

—Contestar una pregunta con otra... Muy hábil. —Paro, y decido responder sinceramente—: Sí, aún quiero tener una familia.

Me gusta estar en el coche con Ben. Me gusta su paciencia al dejar que otros se incorporen a su carril y cómo espera su turno sin frustrarse.

Al parar ante un semáforo, se vuelve hacia mí, me clava la mirada y me estremezco de vergüenza por su intensidad.

—¿Me juras que no le hiciste nada a Nicole?

Asiento.

—Te lo juro. ¿Y tú, me juras que no me estás ocultando nada que debería saber?

—Si supiera algo, serías la primera en saberlo.

Sus palabras suenan sinceras, como si empezara a depender de mí. Y entonces me doy cuenta de que estoy empezando a sentir algo por él, algo que ni siquiera sabría describir. Pero ¿y si no es lo que parece? Si vuelvo a caer en una trampa, puede que no salga de ella. «Por favor, sé tan maravilloso como creo que eres», me digo en silencio.

El tráfico se ralentiza y nos quedamos parados en un atasco.

—Justo cuando estábamos avanzando —dice. Entonces me mira, con seguridad, seriamente—. No te conozco mucho, Morgan, pero, por lo que he visto, pones a todo el mundo antes que a ti misma. Es lo que siempre hacía mi madre. Hacía que todo el mundo se sintiera bien, seguro y querido. Estuviste ahí para Nicole cuando ella te necesitaba. Podría haber sido cualquiera, pero me alegro de que fueras tú. —Me sonríe—. Ryan era un imbécil.

Me sale una carcajada, pero ligeramente amarga.

—Y yo también lo soy. Todavía me pregunto si podría haberle salvado, si hubiese hecho caso a mi instinto.

—No se puede salvar a alguien que no quiere que le salven. —Niega con la cabeza y le caen varios mechones ondulados de flequillo sobre los ojos—. Aunque yo también debería aplicarme el cuento. Y sí, siempre creí que

223

tendría una mujer e hijos, pero mi horario lo absorbe todo y las mujeres con las que he salido se cansaron de despertar en plena noche con el pitido de mi busca. —Entonces me mira—. ¿Le echas de menos?

Arrugo la nariz.

—Difícil de contestar. Echo de menos al hombre del que me enamoré. Pero no al que me abandonó para que cargara con sus crímenes. —Noto que me he sonrojado y que estoy incómoda—. No sé por qué te acabo de contar todo esto…

—A mí también me sorprende lo personal que me he puesto contigo. —Se rasca la barba de varios días—. No entiendo muy bien a las mujeres.

Me mira rápidamente y aparta los ojos. El tráfico empieza a agilizarse y nos ponemos en marcha de nuevo.

Doblo las manos sobre mi regazo porque no sé qué hacer con ellas. Me gustaría tocar su piel cálida y no puedo. No lo haré.

—¿Crees que Greg estará cuidando de Quinn? Quiero decir si lo hará bien. ¿Que le estará dando suficiente de comer? ¿Que la cogerá cuando llore? ¿Que respetará el horario de sueño?

Aprieta las manos sobre el volante.

—No creo que sea un tipo muy cariñoso. Pero es su padre. Digo yo que le importará la niña, ¿no?

—Eso espero. —Suelto un suspiro que lleva consigo un mundo de dolor—. ¿Le podrías llamar? ¿Para ver cómo está Quinn?

—Claro. Pensaba hacerlo. En cuanto lleguemos, le llamo. —De pronto, se pone muy serio—. ¿Qué hacemos si encontramos a Donna? ¿Y si es peligrosa?

—Tengo espray pimienta.

Suelta tal carcajada que deshace el nudo que tenía en el estómago. Cierro los ojos, incapaz de seguir pensando. Estoy tan agotada entre la falta de sueño, el estrés y el miedo de los últimos días que, sin darme cuenta, me quedo dormida y no despierto hasta que el coche se detiene y me inclino hacia delante. Cuando me recompongo, veo una casa pequeña de tres pisos, con un revestimiento de aluminio blanco a través de unos pinos a pocos metros de nosotros.

—¿Es la casa de Donna?

Miro la hora en el reloj del salpicadero. Son poco más de las doce, y es un día entre semana. Puede que no esté en casa. Ahora que hemos llegado, no sé si quiero que lo esté. Tengo miedo.

Ben asiente y agarra la manilla de la puerta del coche.

—Me alegro de que hayas descansado un poco.

—Estaba tan cansada…, gracias por dejarme dormir.

Sus orejas se ponen rojas.

—¿Lista?

Asiento y palpo el espray pimienta que llevo en el bolso, preguntándome, no por primera vez, cómo es posible que haya acabado así. Cojo el tubo de espray y nos metemos por el camino de gravilla, donde hay aparcado un Chevrolet Impala negro. Seguimos hasta la destartalada fachada de la casa, que está medio en ruinas por el abandono. Si algo me pasa, ¿luchará Ben por Quinn? Yo creo que sí.

—Simplemente, vemos si está en casa y hablamos con ella —dice.

Le sigo por un pequeño sendero que lleva al porche, cuya pintura gris está agrietada y descascarillada a trozos. Todavía me duele el tobillo, pero puedo caminar. Colgados de la barandilla hay tres maceteros naranjas, con flores de color pastel que dan un toque de alegría a una casa por lo demás triste y pequeña. El cielo azul y tranquilo, y el vecindario plácido e idílico no encajan con el ritmo nervioso de mi corazón.

Ben se detiene.

—¿Deberíamos llamar a la puerta?

Respiro hondo y asiento, aunque estoy petrificada. Sus golpes suenan muy fuertes en la calle silenciosa y serena. No hay respuesta. Al segundo intento, se oye una voz metálica diciendo:

—¡Voy!

Después de esperar un par de minutos, mirándonos el uno al otro, se abre la puerta. Es ella, Donna, en carne y hueso. Está demacrada y pálida. Desde luego, no resulta muy amenazante. Lo que más llama la atención en ella es su densa cabellera ondulada, de un color rojo intenso. Está encrespada y sin peinar, un revoltijo descuidado. Podría ser la mujer del Prius. Es bastante posible. Sin embargo, esta mujer frágil no me cuadra con la acosadora que nos ha puesto en peligro.

226

Su mano tiembla sobre el marco de la puerta. Abre la boca, pero no dice una sola palabra.

Ben se queda muy quieto. Doy un paso adelante lentamente, para no asustarla.

—Señora Taylor, me llamo Morgan Kincaid. Y, por supuesto, se acordará de Ben, aunque ha pasado mucho tiempo.

Se miran.

—Tú eres el hermano de Nicole…, el que vino a buscarla después de que ella…, de que Amanda muriese.

—Sí —contesta, y baja los ojos al suelo.

—Ben y yo queríamos hacerle unas preguntas, si no le importa.

Se estremece, como si le diera miedo.

—¿Por qué estáis aquí? —pregunta, llevándose una mano al cuello cubierto de manchas—. ¿Eres periodista?

Se pone los dedos temblorosos sobre los labios y vuelve a mirar a Ben. Sus ojos se llenan de lágrimas.

Antes de que pueda decir nada, veo que va a cerrar la puerta y pongo el pie contra la jamba.

—¡Espere, por favor! Solo queremos hablar con usted. Hay una niña en peligro.

Funciona. Noto que deja de hacer fuerza sobre la puerta. Luego la abre y se queda delante de nosotros, temblorosa y confundida, pero dispuesta a escucharnos.

Entonces da un paso al lado y hace un gesto para que entremos.

227

28

Nicole

Cinco días antes

*E*ran las seis y media de la mañana. Nicole llevaba toda la noche despierta, viendo dormir a Quinn. Ya no era capaz de conciliar el sueño en su dormitorio. Le recordaba a Greg, el marido que creía que la amaba, el hombre que pensaba que sería un gran padre. Qué equivocada estaba. Ahora dormía en el sofá, con Quinn al alcance de su mano.

Tessa se había quedado a pasar la noche, en el cuarto de invitados. Cuando Nicole le pidió que cuidara de la niña durante ese día para poder ir al *spa*, aceptó entusiasmada. Era una mentira necesaria y sabía que salir de casa sin su hija era un punto de inflexión. Sí, ponerse en acción e ir a casa de Morgan Kincaid para hablar con ella, para conectar en persona. No había recibido ningún mensaje suyo más, pero hoy iría a buscarla y le confesaría quién era. Al fin y al cabo, Morgan se había ofrecido a ayudar. Y Nicole necesitaba ayuda desesperadamente, pero solo de alguien en quien pudiera confiar. Alguien que la comprendiera realmente, a ella y el dolor de su pasado.

Sin embargo, ahora que el momento había llegado, tenía dudas. ¿Cómo iba a salir por la puerta sin su bebé? ¿En qué estaba pensando? ¿Y si Donna se presentaba en casa mientras estaba fuera? ¿Y si Quinn dejaba de respirar o Tessa se distraía? Cogió a su hija y la abrazó tan fuerte que la niña empezó a llorar.

—Ya la cojo yo —sugirió Tessa, entrando en el salón, con el pelele de Breathe salpicado de haber estado limpiando los platos.

A Nicole le tranquilizaba tener a Tessa allí, pero se sentía fatal por todas las veces que Quinn la había despertado durante la noche. Parecía agotada. ¿Estaba lo suficientemente despierta para cuidar de Quinn todo el día? Afortunadamente, la tensión de su última visita ya se había disipado. Tessa no volvió a mencionar el tema Breathe, y Nicole lo agradecía. Sin embargo, ahora notaba una distancia que nunca había habido entre ellas. Aunque probablemente era cosa suya. Tessa se mostraba tan serena y servicial como siempre.

—No tienes por qué limpiar cuando me vaya. —Nicole se agarró a la niña, incapaz de soltarla—. Luego pondré un lavaplatos. Tú solo asegúrate de cuidar de Quinn.

—No me importa. Venga, dámela —insistió Tessa mientras Quinn estiraba el brazo y cogía su trenza. Se rio—. ¿Ves? Le gusto. Está tratando de decirte que no pasa nada porque salgas un rato.

A regañadientes, Nicole le pasó a Quinn, reprimiendo una advertencia de que debía sujetarle el cuello con más firmeza.

—Todo va a ir bien, Nicki. Acabo de renovar el certificado de reanimación. Sé cómo cambiar un pañal y tú tienes cita en The Peninsula. Sus masajes faciales son increíbles. Aunque vas a aprovechar y te vas a hacer algo más que un masaje, ¿verdad?

¿Por qué le hacía tantas preguntas? ¿Quería que estuviera más tiempo fuera de casa? ¿Quería sonsacarle información? Sin embargo, al ver la expresión de su amiga, solo vio paz. Era su sentimiento de culpa que la estaba volviendo paranoica. Otra vez.

A pesar de que había intentado rodearse de todo tipo de tonos morados, Nicole no había logrado equilibrar su chacra del tercer ojo, el centro de su conciencia más profunda. Pero sabía que, si lograba hablar con Morgan, por fin vería las cosas como realmente eran.

Miró el reloj. Si salía ahora, podría encontrar a Morgan en su apartamento antes de que se marchara a trabajar. Se conocerían en persona, charlarían y compartirían secretos. Nicole sabría de un modo u otro si aquella mujer era realmente la persona amable, cariñosa, cálida y protectora que le había parecido por Internet.

Acarició la piel aterciopelada de Quinn.

—No sé si puedo dejarla.

Tessa la miró como nunca lo había hecho. De un modo duro e inflexible.

231

—Tienes que hacerlo. Si no lo haces, llamo a tu médico.

Nicole no abrió la boca ni rechistó, pero cambió de opinión. Su amiga la quería y solo le deseaba lo mejor, pensó.

Esperó a notar el cansancio que solía inundarla, esa fatiga debilitante que la invadía siempre nada más levantarse por la mañana. Sin embargo, a pesar de lo poco que había dormido, hoy se sentía despierta y alerta. Aún no se había tomado el Xanax. Tal vez ya no lo necesitara.

Después de darle un beso suave a Quinn y otro a Tessa, salió por la puerta de casa, sola, por primera vez desde que nació su hija.

Nada más salir, se detuvo, miró a la izquierda y a la derecha. No había nadie.

Paso a paso, siguió adelante. Tal vez, con la ayuda de Morgan, podría arreglar las cosas por fin y ser la madre que su hija merecía.

29

Morgan

*D*onna nos conduce hasta un salón en forma de «ele» dominado por un sofá de terciopelo color chocolate. No hay fotos en las paredes, ni toques personales que le den un aire hogareño. Se me ocurre que tanto Donna como Ben viven en espacios tan vacíos y asépticos que es difícil percibir cómo son a primera vista.

Nos quedamos de pie, y mantengo la mano metida en el bolso, enfundando el espray pimienta. Por muy frágil que parezca esta mujer, Nicole está muerta y no sabemos si tuvo algo que ver con ello.

—¿Le hizo algo a mi hermana? —pregunta Ben sin alzar la voz.

Los ojos de Donna se llenan de lágrimas y empieza a retorcerse las manos.

—Nunca quise que muriera.

Espero a que Ben siga hablando, pero se queda inmóvil junto a la pared enfrente del sofá.

Al ver que no dice nada, tomo la iniciativa.

—La policía cree que alguien iba a por ella, y tenemos motivos para pensar que puede que sea cierto. ¿La estuvo acosando usted? ¿Y nos ha estado siguiendo a nosotros?

Donna hunde la cara entre las manos. Sus hombros

tiemblan, aunque no sale ningún sonido. Me quedo donde estoy, indefensa. Tengo náuseas.

—¿Donna? ¿Qué ha hecho? —pregunta Ben.

Ella aparta las manos de la cara y le mira.

—Una periodista me llamó y vino a verme hace un par de meses. Dijo que sabía cosas sobre el pasado de Nicole, que por eso quería hablar conmigo. Querían hacer un reportaje sobre ella y sobre Breathe. Yo ya había visto lo de su embarazo en el *Tribune*, y no podía creer que fuera a tener un hijo. Estaba furiosa. ¿Por qué merecía ella un hijo cuando a mí me lo quitaron? —Las lágrimas resbalan por sus mejillas—. Nunca nadie quiso oírme hablar de Amanda. Ni siquiera su propio padre, Flynn. «Es cosa del pasado. Tienes que dejarlo estar», eso es lo que decía siempre. Pero ¿cómo? ¿Cómo puede hacer eso una madre? Me alegró tanto que esa periodista quisiera escuchar lo que tenía que decir que le conté todo sobre el día que Amanda murió. Le dije que siempre había sospechado que Nicole estaba trastornada y que mató a mi hijita. —Parpadea y le siguen cayendo lágrimas.

La cabeza me da vueltas.

—Siga —digo.

—Ella me escuchó con atención. Era evidente que estaba de mi lado. Por un momento, sentí que alguien me creía. Se fue, pero volvió más adelante. Estaba a punto de entregar el artículo y decía que necesitaba hacer más real a Amanda para el lector. Le enseñé varios vestidos de la niña que había escondido. Ni siquiera mi ex sabía que los tenía. Él tiró el resto hace muchos años, contra mi voluntad. Le presté a la periodista la mantita de Amanda, la única que guardaba, y también el móvil de mariposas que tanto le gustaba a mi niña, para que hiciera fotos y las incluyese en el artículo. Me dijo que estaba muy preocupada por la hija de Nicole, porque no estaba cuidando bien de ella. —Su voz se quiebra, y se apoya en el borde del sofá para levantarse.

Ben y yo nos miramos.

—¿Era usted quien enviaba cartas de amenaza a mi hermana año tras año?

Su cara se tensa y endurece.

—Sí —contesta—. Solo quería que admitiera lo que hizo. Quería que sintiera la misma angustia, el mismo desconsuelo que sentí yo cuando murió Amanda. Pero hace años que dejé de mandárselas. —Se coge el cuello de la amplia camiseta blanca y estira de él una y otra vez—. Hace cinco años que no le mandaba ni una sola carta.

He trabajado con toda clase de gente. Entiendo de psicología. Sé que tenemos ante nosotros a una mujer rota delirando y que debemos andar con cuidado. Pero también necesitamos respuestas.

—¿Estaba en el andén el día que murió Nicole? —pregunto, tratando de mantener un tono neutral.

—¿Cómo? No… —contesta—. Admito que le mandé cartas hace años, pero ya está. Y me alegro de que se tirara. Pero no tuve nada que ver en ello.

Ben respira hondo. Parece que dice la verdad. No estaba en el andén.

Una idea empieza a cobrar forma en mi cabeza.

—Y esa periodista de la que habla… ¿Tiene su nombre? ¿Su teléfono?

—Es curioso —dice Donna—. No me dejó ningún teléfono. Ella siempre me llamaba a mí; nunca la llamé yo. Y luego tampoco vi que saliera ningún artículo ni nada en el *Tribune*, como ella decía.

¿Quién es esa periodista? ¿Tal vez la misma persona que me siguió y que intentó matarnos delante de casa de Nicole? ¿Fue también a por Nicole? ¿Por qué querría llegar tan lejos una periodista por una historia?

235

Ben me mira y veo que él también está atando cabos.

—Dígame —prosigue él—. ¿Qué aspecto tenía la periodista?

Donna mira a Ben, luego a mí, y de nuevo a Ben.

—Joven, y era muy pelirroja, como yo.

30

Nicole

Cinco días antes

$\mathcal{N}$icole abrió la puerta de su Lexus GS 350 color vino, con el pecho cargado de ansiedad. Se sentó delante del volante, notando cómo el suave cuero del asiento la iba devorando prácticamente. «Ojalá lo hiciera», pensó, pero reprimió el pensamiento. Hacía mucho que no estaba tan alerta como hoy y no iba a dejar que los pensamientos negativos la consumieran.

Salió del camino de entrada a la casa dando marcha atrás y automáticamente giró en North Lakeshore Drive rumbo a North Michigan Avenue. Sus músculos aún recordaban los baches que tenían que reparar en la calzada, y le tranquilizaba ver a los autobuses y los camiones hacer su ruta habitual. Miró por el retrovisor esperando ver a Quinn y, cuando no la encontró, pisó el freno bruscamente. Un coche que iba detrás hizo sonar la bocina y el conductor se asomó por la ventanilla.

—¿Estás loca, puta?

Pensó en contestarle: «¡Sí, lo estoy!». La adelantó por el lado y le hizo una peineta al pasar. Entonces recordó que Quinn estaba en casa con Tessa, sana y salva.

Solo tenía que llegar a North Sheridan Avenue y encontrar a Morgan.

Puso el intermitente para girar la izquierda en West Foster Avenue, que estaba a pocos minutos del bloque de apartamentos.

—Ya voy, Morgan —dijo en voz alta, mirando el retrovisor.

A su estela, cerca del parachoques, iba un Prius azul marino. Lo conducía una pelirroja. Detrás de ella, en el lado del copiloto, vio un asiento mirando hacia atrás.

«¡Ay, Dios mío, Dios mío!» ¿Era Quinn con Donna? Giró, paró el coche y llamó a Tessa utilizando el *bluetooth*.

—¡Cógelo, cógelo, cógelo! —exclamó, confinada en su coche mientras las bocinas sonaban furiosas detrás de ella.

El Prius la adelantó haciendo rugir el motor y no pudo verlo bien.

238   —¿Qué pasa? —dijo Tessa al oír la voz de Nicole.

—Quinn. ¿Está ahí? ¿Está bien?

—¿Qué? Claro que sí. Está perfectamente. Está dormidita en mis brazos. Le he cantado una nana —dijo Tessa.

Nicole apoyó la frente sobre el volante.

—Menos mal.

Sus hombros se relajaron.

Las alucinaciones eran peores cada día. El miedo la estaba devorando. ¿Qué clase de madre era? En ese momento se dio cuenta de que estaba delante del bloque de apartamentos de Morgan. ¿Qué demonios estaba haciendo? Sin embargo, ya era demasiado tarde para echarse atrás.

—¿Estás en el *spa*? —preguntó Tessa.

Había olvidado que Tessa seguía al teléfono.

—Sí, sí. Claro que sí. Acabo de aparcar.

A pesar de lo destartalado del edificio y de las aceras agrietadas, había un parterre con petunias naranjas y amarillas que creaba una explosión de color entre la acera y el borde de la calle. Dos mujeres pasaron charlando alegremente, empujando cochecitos de bebé con dos perros trotando a su lado. Aquel no era un vecindario adinerado, pero ¿qué importaba eso? Parecía un barrio lleno de amor y compañerismo, barbacoas familiares y planes con niños. Ella apenas podía salir de casa con Quinn. ¿Qué clase de infancia le iba a dar a su hija? Su bebé merecía un hogar colmado de bondad, seguridad y amor.

—Disfruta de cada segundo. Aquí estamos perfectamente. Estoy orgullosa de ti por salir, Nicole. Y Quinn también lo está. Llámame cuando salgas para acá, así pido algo y cenamos juntas.

Nicole colgó y aparcó en la calle delante del portal del edificio de Morgan Kincaid. Vio salir a varias personas, pero ninguna era ella.

«¿Qué has hecho?»

¿Oiría Morgan esa misma pregunta constantemente en su cabeza? Sabía que había sido acusada injustamente. Era una persona que siempre cuidaba a los demás y que se ponía en último lugar. ¿Acaso no era esa la clase de persona que podía ayudarla a mantener a salvo a Quinn? Además, ella también quería tener un hijo.

Sola por primera vez desde hacía meses, Nicole examinó cada esquina del edificio. Sus extremidades se relajaron. El sol estaba alto, como una esfera amarilla brillando en el cielo azul, dibujando los colores del chacra del destino. Aquí era donde debía estar.

Una mujer salió del edificio. Llevaba el pelo negro y largo, de un color parecido al de Nicole, enmarcando su fino rostro. Era llamativa, si bien su belleza era poco convencional. Sus ojos estaban demasiado separados y, desde donde estaba, Nicole podía distinguir sus patas de gallo.

Morgan Kincaid era una superviviente.

Pegada al asiento del coche, vio cómo Morgan giraba

239

la calle. Se estaba alejando. Su intención era hablar con ella antes de que saliera del edificio. No sabía si tendría fuerzas como para correr detrás de ella. Y tampoco quería asustarla. Al verla tan desaliñada, era posible que Morgan llamase a la policía.

Abrió la puerta y se bajó del coche. Se puso a una distancia respetable, dándole espacio suficiente como para que no notase la presencia de alguien, vigilándola y siguiéndola. Morgan entró en la estación de Sheridan, donde se cogía la línea roja. ¿Iba a trabajar? La siguió hasta el andén.

El metro estaba a punto de entrar en la estación. Nicole tomó la decisión rápidamente. La seguiría. Se subieron al vagón. Morgan se sentó sobre el marco de metal que estaba cerca de la salida, con la cabeza agachada y la densa melena cayendo sobre sus hombros. Era evidente que quería ocultar la cara. Nicole se acomodó a una distancia segura, también con la cabeza gacha, manteniendo a Morgan en su visión periférica, para ver cuándo se bajaba. Se la veía muy triste. Seguía sufriendo, pagando por lo que su marido había hecho. Y Nicole la entendía. Ella también estaba pagando, cada día de su vida.

De pronto, la sobresaltó un chillido agudo. Era un bebé llorando en brazos de su madre, en la parte delantera del vagón. Morgan se quedó mirándolo, sonriendo, y luego apartó la mirada, como si no pudiera aguantarlo.

El tren llegó a la estación de Grand/State. Morgan se levantó y Nicole también. Se bajó del vagón y la siguió por West Grand Avenue. Los coches pitaban y frenaban, y las puertas de los garajes se abrían y cerraban con un estruendo enorme, mientras su corazón latía a golpes.

Había demasiada gente. Tanto ruido que le costaba respirar. Quería estar en su casa grande, con Quinn pegadita a ella en su fular Moby. Al llegar a North LaSalle Drive, Morgan giró a la izquierda y se detuvo a dejar algo de dinero en el vaso de papel de un indigente. Estuvo hablando un momento con él y el hombre harapiento sonrió.

Nicole siguió andando. Morgan cogió West Illinois Street, que estaba menos concurrida. Nicole ralentizó un poco el paso, dejando que se distanciara. Si se volvía para mirar atrás, la vería. Y todavía no estaba preparada para hablar con ella; ahora que por fin estaba tan cerca, no sabía qué decir. La siguió por debajo de un puente y ante varios comercios, hasta que se detuvo delante un edificio pequeño ligeramente retranqueado, junto a una iglesia.

Nicole se pegó al lateral de la iglesia mientras veía a Morgan subir por el caminito de gravilla. ¿Sería el refugio? No veía ningún cartel, ni a nadie ante el edificio. Desde donde estaba, vio cómo Morgan llamaba al telefonillo. Miró a su alrededor. ¿Notaría que alguien la estaba observando?

Estaba paralizada. Una voz en su interior le dijo: «Ve a por ella ahora». Pero entonces vio varias cámaras fijas en el edificio. Antes de poder reaccionar, Morgan abrió la puerta y desapareció en el portal.

Nicole apoyó la cabeza contra el grueso muro de ladrillo y alzó la mirada al cielo despejado. Quinn merecía mucho más que una madre como ella. Merecía una luchadora, una madre que hiciera del mundo un lugar mejor. Una mujer con un pasado trágico del que no fuera responsable. Una mujer que mereciera otra oportunidad.

Ya sabía lo que tenía que hacer, la manera de evitar que Donna viniese a por su hija y a por ella y poner fin a aquella situación de una vez por todas. Pero Morgan no debía saberlo todavía. Era lo más seguro para todos.

Nicole tenía que desaparecer para que Quinn pudiese empezar una nueva vida. Con una nueva madre.

Con Morgan.

31

Morgan

Vamos en el coche, de regreso de casa de Donna. Allí la hemos dejado: llorando en el sofá. Lo que le hizo a Nicole, enviando aquellas cartas cada año, como un reloj, no estuvo bien. Pero ella no es quien la acosaba. Ni tampoco quien va ahora a por Quinn.

Me vuelvo hacia Ben. Ambos estamos callados, consternados, con la cabeza a mil por hora. ¿Quién es esa periodista pelirroja? ¿Por qué iba a por Nicole? ¿Y por qué va a por nosotros? Estoy completamente perdida, y Ben parece a punto de desfallecer. Tiene arrugas en la frente que estoy segura de que no tenía ayer.

—¿Deberíamos llamar a Martínez? ¿O a Jessica? ¿Y contárselo todo?

Se aclarara la garganta y se reajusta la visera.

—Ahora mismo, quiero llamar a Greg y asegurarme de que Quinn está bien. —Se frota la mejilla con la mano—. No sé qué hacer con Martínez. Cree que soy un idiota por fiarme de ti; o eso, o que le hice algo a Nicole. Ella misma dijo que Greg tiene todo el derecho de quedarse con la niña, así que, por ahora, me parece que estamos solos. Vamos a salir de Wisconsin. Me encuentro fatal. No sé qué demonios está pasando.

Asiento.

—Vale. Vamos.

Cogemos la I-94 Este, dirección a Chicago. Estoy perdida en mis pensamientos. Ben se airea la camiseta azul, que tiene empapada de sudor. Parece más que frustrado. Yo también lo estoy.

Asiente mirando su teléfono en el salpicadero. Llama al número de Greg.

—Pero no digas nada, deja que hable yo. Si le pregunto directamente sobre Melissa o nota un tono acusador, solo conseguiré cabrearle. Tenemos que andarnos con cuidado.

Tiene razón. Busca el contacto de Greg y aprieta el botón del altavoz. Después de tres tonos, contesta.

—¿Qué pasa, Ben? Estoy intentando que Quinn se duerma una siesta.

—Solo quería saber cómo está. Qué tal su día.

—Solo han pasado unas horas. —Suspira—. Está bien. Ahora mismo no puedo hablar.

Una voz de mujer le murmura algo por detrás.

Y no puedo contenerme.

—Greg, ¿esa es Melissa?

—¡Joder, Ben! ¿Qué coño haces con esa tía? No, no es Melissa. Es una amiga de Nicole, ¿vale? Hay gente que la quería y que ahora se está ocupando de todo. No os necesitamos, muchas gracias.

Ben interrumpe.

—¿Qué amiga, Greg?

Hace una pausa y finalmente contesta:

—Tessa.

—¿Tessa? —pregunta Ben.

—Sí, la mejor amiga de Nicole, su compañera de trabajo. Tessa Ward. Tengo que colgar.

—¡Espera! ¿Es pelirroja? —pregunto.

—¿Qué? No, rubia. ¿A qué viene esa pregunta? —dice bruscamente, y oigo a Quinn llorando.

Cuelga. Si Nicole tenía una amiga tan cercana, ¿por qué presentó una solicitud para que me hicieran tutora a mí?

Durante los minutos siguientes, lo único que oigo es el ruido de los neumáticos rodando sobre la calzada. Sin siquiera mirarme, Ben dice:

—Hay algo que no te he contado.

Mi corazón emprende un baile frenético.

—Hay una razón por la que Nicole me odiaba. —Cambia de carril—. Cuando Breathe salió a bolsa, Donna intentó vengarse de ella otra vez. La demandó por homicidio imprudente. Su abogada me entrevistó y admití que creía que Nicole era irresponsable de joven. Y lo era. Pero eso no significa que matara a Amanda. La demanda no llegó a ninguna parte porque el asunto había prescrito. Pero el daño ya estaba hecho. Nicole se enteró de lo que había dicho y jamás me perdonó.

Se queda mirándome con una tristeza absoluta y vuelve a poner los ojos en la carretera.

—Dije la verdad, Morgan. Y me equivoqué.

Sus remordimientos y los míos pesan en el aire del coche.

—Lo siento —digo—. Siento que Nicole y tú no tuvierais la oportunidad de hacer las paces. Y siento no haberle preguntado a mi marido ni haberle hecho caso a mi instinto. No haber intentado averiguar qué pasaba por su mente, en realidad. Siento que tuvieras que oír de Martínez que Nicole quería darme la custodia de Quinn. Debería habértelo dicho yo. Me daba muchísimo miedo creer que eras real. Que nuestra... amistad era real.

—A mí también.

Le miro.

—Bueno, ¿ya está? ¿Hay algo más que deba saber?

245

Sonríe. Es una sonrisa auténtica que lo arregla todo, aunque solo sea por este instante.

—Ya está.

—Pues entonces veamos lo que sabemos hasta ahora —digo—. Alguien nos está siguiendo. No sabemos quién. Greg dijo que está viviendo de alquiler en North Astor Street, ¿verdad? Si Melissa está detrás de todo esto, si se está haciendo pasar por periodista, tenemos que plantarle cara. ¿Y qué hay de la tal Tessa? Ahora mismo está en casa de Greg. ¿Tú la conoces?

Pone el intermitente y se cambia al carril derecho.

—Me la presentaron hace años en casa de Nicole. Pero no la conozco.

Cuando va a decir algo más, suena mi teléfono. Es Jessica.

Contesto y lo pongo en manos libres. Ya no tengo nada que esconder. La sensación de alivio es inmensa.

—Hola —digo.

—¿Dónde estás? Te he estado llamando y no contestas. He ido a tu casa y, o no estás, o me has ignorado.

—Estoy con Ben. Hemos ido a Kenosha a hablar con Donna.

—¿Que habéis hecho qué? ¿Por qué? —Su voz suena aguda y como si no creyera lo que acaba de oír.

La pongo al corriente de todo: de que Greg vino a llevarse a Quinn, de Melissa, de la periodista pelirroja y de Tessa Ward. Le cuento lo de la carta que metieron por debajo de mi puerta y el correo electrónico con la espantosa foto de la muñeca.

—Guerrilla Mail es una dirección de correo desechable e imposible de rastrear. Sería difícil demostrar que no te la mandaste tú misma.

Hay algo en su tono que no me gusta.

—No me estás escuchando. Tenemos que encontrar a esa periodista pelirroja —digo.

—¿Tenemos? ¿No crees que deberías dejarlo en mis manos? —Suspira, exasperada. Pero ya me da igual. Sé que no soy culpable y que no he hecho nada malo—. ¿Cuánto tardarás en volver, Morgan? El abogado de Nicole ha solicitado la legitimación de su testamento. Ya es público. Y Martínez ha conseguido una orden judicial para registrar tu ordenador y tu teléfono.

Se me hace un nudo en el estómago.

—¿Una orden de registro? Pero ¿qué causa probable tiene?

—La autopsia no determinó la causa de la muerte de Nicole, y ni un solo testigo ha dicho que no la empujaras, al menos, por ahora.

—No lo hice —digo, con un tono más agresivo de lo que me gustaría.

—Solo es una hipótesis. Si no hay ninguna prueba de que tuvieras relación con Nicole antes del 7 de agosto, tendrán que considerar la hipótesis del suicidio e investigar a otras personas de interés. Pero tenemos que darle tus dispositivos. La policía científica ha registrado la casa de Nicole. Los pósits en la despensa con tu nombre por todas partes no nos hacen ningún favor. También encontraron un rastreador de GPS bajo el chasis de su Lexus y una aplicación de espionaje en su teléfono y su ordenador. Tienen que descartar que fueras tú.

Noto la sospecha en su voz. Cada vez es más evidente. No son buenas noticias. Quienquiera que fuese a por Nicole podría saber quién soy.

—Sigue la pista de Melissa Jenkins —le digo.

—No tengo suficiente información para hacerlo. Estaba con Greg en Nueva York cuando murió Nicole, así que ella no podía estar en el andén. Lo único extraño es que he encontrado un vídeo del Prius azul que te golpeó en la autopista. Sabemos que Donna tiene un Chevrolet. Y la matrícula no cuadra con la que me diste del coche de Melissa. Pero el Prius de la 41 estaba alquilado a nombre de Nicole.

Tiemblo. Nicole está muerta, y yo sigo estando en peligro. Y también Quinn.

—¿Se hicieron pasar por ella para alquilar el coche?

—Lo estoy investigando. Te veo en tu apartamento. ¿Cuánto tardarás en llegar a casa?

—Una hora, más o menos.

—Vale, te veo dentro de una hora.

Cuelgo y miro a Ben.

—¿Lo has oído? —pregunto.

—Sí —dice—. Perfectamente.

Por mi mente pasan destellos de mi pasado, completamente desordenados. Ryan hincando una rodilla en el suelo y pidiéndome matrimonio. Aquella llamada en plena noche diciéndome que mi padre había fallecido. Nicole dejando a Quinn en mis brazos antes de saltar. Ben poniéndose entre Greg y yo, para defenderme.

Creo que es mi aliado.

—Gracias —le digo.

—¿Por qué? —Se le arrugan las esquinas de los ojos.

—Por creer en mí.

Sonríe, y pasamos el resto del trayecto en un silencio agradable. Nuestras vidas se han visto entrelazadas por su hermana y por la niña que tanto nos importa.

Se detiene delante de su casa, donde dejé mi coche. Nos miramos y reímos incómodos. Esto es una locura.

—Y ahora, ¿qué? —pregunta.

—Voy a ver a Martínez y a Jessica en mi casa. ¿Tú?

—Supongo que toca esperar.

—Claro —digo, pero es una desilusión.

Me he acostumbrado a tenerle a mi lado. Sin embargo, no nos debemos nada, y sé que puedo enfrentarme a esta parte yo sola.

248

Agarro la manilla de la puerta.

—Bueno, pues ya te contaré si pasa algo.

Asiente, sin apartar las manos del volante.

—Yo también. Volveré a llamar a ver cómo está Quinn y te informaré.

Me bajo del coche y le veo alejarse, con una extraña sensación de abandono. Cuando llego a mi edificio y paro el motor, veo el sedán negro de Martínez y el Mercedes blanco de Jessica aparcados. Las dos, una alta y delgada, y la otra bajita y voluptuosa, me esperan en la acera. Al ver que me acerco, dejan de hablar.

Jessica se alisa la melena oscura.

—Ya he informado a la inspectora Martínez de todas las pruebas que has encontrado.

La expresión de Martínez es pétrea. ¿Cree que es cierto? ¿Indagará alguna de las pistas?

Sin ningún comentario de cortesía, Martínez saca un formulario amarillo del bolsillo y me lo pone delante de la cara.

Leo el documento. El encabezamiento dice: «ORDEN DE REGISTRO».

Me gustaría arrancársela de la mano bruscamente. Vuelvo a sentir que soy una marioneta.

«Sé fuerte —me digo—. Sé valiente.»

Martínez me deja subir a casa para coger el ordenador y se lo entrego junto a mi teléfono móvil. Con guantes de látex, los mete en sendas bolsas y las cierra bien.

—Por favor, inspectora Martínez, de veras creo que Quinn y yo estamos en peligro. Y Ben también.

Da unos golpecitos a las bolsas de pruebas.

—Los psicópatas son excelentes mentirosos. Pero se les puede coger porque se creen más listos que el resto.

Se va con paso airoso, llevándose consigo mi única forma de contactar con Ben.

Una vez que se ha ido, me froto el estómago, que noto acalambrado. Jessica parece tensa.

—¿Y si encuentra algo, Jessica?

—Si no has hecho nada, no tienes por qué preocuparte, ¿verdad? —Lo dice como una pregunta, y no me gusta.

—Creo que esto no va a acabar hasta que descubra qué relación tengo con Nicole.

—Eso es precisamente lo más importante ahora mismo. Tenemos que descartar cualquier sospecha de que estuvieras implicada en la muerte de Nicole. —Pone una mano firme sobre mi brazo—. A veces, no se encuentran todas las respuestas que uno quiere. Ya lo sabes.

Me aprieta el brazo, entonces se sube al Mercedes y se va. Me quedo sentada en el borde de la acera irregular delante de mi apartamento. Hay una persona en este asunto a la que me encantaría conocer. Es Tessa Ward, la «mejor amiga» de Nicole.

Si alguien sabe algo, es ella. Puede que tenga todas las respuestas que necesito para demostrar mi inocencia.

Lo único que tengo que hacer es encontrarla.

Voy caminando a la tienda más cercana de T-Mobile. Le ruego al dependiente que busque la dirección de las oficinas centrales de Breathe. Luego mando a Jessica y a Ben mi nuevo número de teléfono. Ya he memorizado el de Ben. Jessica me contesta que ha recibido el mensaje, pero Ben no dice nada.

Tardo veinticinco minutos en coche en llegar a West Armitage Avenue con North Halsted Street, donde se encuentran la tienda y las oficinas centrales de Breathe, y busco sitio para aparcar.

Tengo miedo de enfrentarme a la amiga de Nicole.

—Puedes hacerlo, por Quinn. Y por ti misma —me susurro.

Con las manos sudadas, recorro la bonita manzana de edificios hacia West Armitage y abro las puertas de Breathe. A pesar de mi arranque de valor, al entrar en la tienda de Nicole, la que ella creó, necesito agarrarme a un perchero porque la cabeza me empieza a dar vueltas. Es lo más cerca que me he sentido de ella, de Nicole.

La tienda, con sus paredes decoradas con apacible espuma de mar y el ligero olor de aceites esenciales perfumando el aire, está llena de vendedores y gente comprando. No veo ninguna entrada a las oficinas desde el local. Vuelvo a salir a la calle, me dirijo directamente al edificio contiguo, y cuando alzo la vista veo cuatro pisos separados por barandillas de vidrio y un lucernario que inunda de luz solar el suelo de bambú. Hay un guardia de seguridad en el mostrador de recepción y estoy segura de que tendrán cámaras.

—Vengo a ver a Tessa Ward —digo, con toda la confianza que puedo.

—¿Su nombre, señorita? —pregunta.

Es ahora o nunca.

—Morgan Kincaid —respondo.

Hace una llamada y luego dice abruptamente:

—Venga conmigo.

Pasa la tarjeta por el botón para subir al cuarto piso.

Ya estoy dentro.

Las puertas del ascensor se abren con un tintineo y entro en una elegante área de recepción. Las paredes azul claro están decoradas con fotos enmarcadas de mujeres y hombres en ropa de yoga con atardeceres de un naranja intenso y playas de arena blanca. Por un instante, desearía que Ben estuviera aquí conmigo.

Un minuto después, una mujer de pelo rubio platino y

los ojos enrojecidos aparece delante de mí. Me sorprende lo menuda que es, medirá menos de uno sesenta y cinco, y lleva un vestido de flores. Apenas me llega por el hombro.

Extiende su mano fina para saludarme y se la estrecho. Su piel es suave, y su mano, fría.

—Soy Tessa Ward.

—Gracias por recibirme. Yo… No… —Me tropiezo con las palabras, confundida por su amabilidad.

—Vamos a mi despacho.

La sigo, encorvando el cuerpo para hacerme más pequeña y no imponer tanto, dada su figura menuda. Señala un par de sillas naranjas en una sala llena de perchas con ropa de deporte y estanterías repletas de botellitas de aceites esenciales y tubos de crema.

Tomo asiento y busco indicios de ira u odio en ella, pero su expresión es completamente sosegada, aunque el dolor se evidencia en las ojeras que envuelven sus ojos.

Me clavo las uñas en el cuello.

—Siento mucho irrumpir de este modo —digo—. Veo que ya sabe quién soy.

—La mujer del andén —contesta.

Bajo la mirada a mis pies.

—Sí. Esa misma. Mire… —digo—. No conocía de nada a Nicole. Y me resulta extraño venir aquí, pero, de verdad, necesito respuestas. Nicole tenía mucho miedo en aquel andén, antes de tirarse. Estaba muy muy asustada.

Observo cuidadosamente sus ojos de color turquesa, buscando la verdad en ellos.

No responde a mis divagaciones y pregunta directamente:

—¿Le apetece un té? Tenemos una línea de infusiones que creé mientras Nicole estaba enferma. Todavía la estamos desarrollando, pero hoy se ha decidido que está lista para lanzar al mercado. La vamos a llamar «Nicole».

Esta mujer era su mejor amiga y es evidente que está llorando su pérdida. De repente, me entran ganas de llorar, pero las contengo.

—Es un gesto muy bonito —digo—. Ahora mismo no me apetece, pero gracias. —Me cuesta encontrar las palabras—. Siento mucho lo de Nicole. —Ojalá hubiera empezado por ahí.

—Gracias, Morgan. Era lo más parecido a una familia que tenía, no puedo creer que ya no esté. —Pasa la mano sobre la mesa de cristal—. Dígame una cosa: si es cierto que no la conocía, ¿por qué querría darle a Quinn?

Sabe lo del testamento. No lo ha dicho con malicia, pero duele.

—La verdad, no tengo ni idea.

Juega con el extremo de su larga trenza.

—Sé quién es, como cualquiera que siga las noticias. Pero Nicole nunca la mencionó. Eso sí, la eligió a usted antes que a mí. Eso está claro.

¿Por qué no escogió Nicole a esta mujer para hacerse cargo de Quinn? Sí, es joven, probablemente no haya cumplido los treinta, pero parece tener la cabeza bien amueblada. Observo el reloj de color lima con una flor de loto que cuelga en medio de la pared detrás de ella. Pasan los minutos. Y Quinn sigue con Greg y Melissa.

—Perdone la pregunta, pero ¿por qué cree que lo hizo Nicole, nombrarme a mí como tutora de Quinn?

Hace una mueca de dolor y me arrepiento de haber sido tan directa.

—Ella sabía que yo no quería tener hijos. —Suelta el aire muy lentamente.

Una mujer de recepción trae varias carpetas y se marcha. Los teléfonos no dejan de sonar y la gente va de un lado a otro de la oficina, pero Tessa está absolutamente centrada en mí.

—Nicole me dejó una nota con un nombre antes de darme a Quinn. Antes de morir.

Tessa parpadea.

—¿Qué nombre?

—Amanda.

Asiente.

—Ah, claro. La niña que murió mientras la cuidaba. Me lo contó una vez, pero nunca más quiso hablar del tema. Debería haberla obligado. Tendría que haberme dado cuenta de que era algo más que una depresión posparto.

Sus manos empiezan a temblar y las dobla sobre su regazo.

Tengo que insistir.

—He descubierto varias cosas sobre la ayudante de Greg, Melissa Jenkins. Conduce un Prius azul marino. Pensé que había intentado atropellarme, pero mi abogada dice que no era su coche. Eso sí, es posible que esté involucrada en todo esto. ¿Usted la conoce?

Sus ojos se abren.

—Nicole pensaba que Greg estaba teniendo una aventura con ella. Pero, para ser sincera, no sé si era verdad o si solo son imaginaciones suyas. —Arruga la frente—. Vivo en North Vine, cerca de las oficinas, y me gusta volver a casa paseando, especialmente en verano. El otro día, me siguió alguien en un coche azul. Llevaba unas gafas de sol grandes. Puede que fuera Melissa. Pero ¿por qué iba a seguirme a mí?

Levanto los hombros y los dejo caer.

—Ojalá lo supiera. Yo no empujé a Nicole del andén. Y creo que me están tendiendo una trampa para culparme de su muerte. Alguien ha intentado matarnos a Quinn y a mí.

Veo cómo su blanco rostro palidece aún más. Parece realmente afectada.

—Y a Ben también —digo suavemente.

—¿Ben? —dice ella.

La conversación se tensa.

—Sí, el hermano de Nicole. ¿Le conoce? —Su expresión se ha vuelto más dura y fría.

—Morgan, usted sabe que Nicole odiaba a Ben, ¿verdad? No se llevaban nada bien.

—Sí, Ben me lo ha contado.

—¿Le ha contado también que le llevó las pastillas de la farmacia? ¿Que se las llevó directamente a su casa? —Me mira fijamente—. Antes de morir, Nicole me dijo que le había tenido que echar y que no quería volver a verle. ¿Es posible que tenga algo que ver en todo esto? He oído que el hospital tiene serios problemas, que necesita dinero.

Mis manos empiezan a temblar. La habitación se me hace más pequeña. Todo lo que creía saber podría ser mentira.

—No puede ser. Está destrozado por la muerte de Nicole. Y es tan bueno con Quinn... Estaba tan asustado por ella como yo.

Hay algo muy raro en todo esto. Estoy descolocada. Recuerdo que leí un artículo cuando buscaba información sobre Nicole. Decía que el hospital de Ben estaba abocado a cerrar.

Tessa se pone delante de mí y se apoya sobre la mesa.

—El testamento de Nicole se ha hecho público. Le ha dejado a Ben el dinero que quería, y es una fortuna. A un hermano que ni siquiera formaba parte de su vida.

Las náuseas se retuercen en mi estómago y me quedo helada. Yo le he contado toda la verdad, pero Ben no me ha dicho nada del dinero. Pienso en todo lo que le he confesado sobre Ryan. Mis pensamientos más profundos y mis preocupaciones. Probablemente, haya solicitado la custodia única de Quinn y no me lo haya dicho.

Muchísimos pensamientos se acumulan en mi cabeza, y

255

me quedo petrificada en la silla. Tengo náuseas y miedo. Y estoy furiosa conmigo misma. ¿Me ha vuelto a engañar un hombre?

—Ben y Melissa se conocen —dice Tessa—. Digan lo que digan, no es el médico perfecto que todo el mundo cree.

—¿Qué quiere decir? —digo, y mi voz se vuelve más aguda.

—Pues… —Escribe algo en un trozo de papel de color marfil—. Nunca se puede saber del todo cómo es una persona, ¿sabe? —Coge el papel y me lo da—. Este es mi móvil. Puede llamarme cuando quiera. Y manténgase alejada de Ben. Si se me ocurre alguna otra cosa que pueda ayudarla con esa inspectora, lo haré.

—Gracias —digo.

Cojo un trozo de papel de mi bolso, garabateo mi número y se lo doy.

256 Me despido de la mejor amiga de Nicole y salgo del vestíbulo de las oficinas de Breathe. Soy un revoltijo de emociones. Tengo dos opciones: hacer frente a Ben o a Melissa.

Llamo rápidamente a Blythe & Brown. Por suerte, mi nombre no figura asociado a este teléfono desechable. Contesta una recepcionista:

—Hola, ¿están Greg o Melissa en la oficina? —digo con un tono lo más relajado posible.

—No, lo siento. ¿Quiere dejar un mensaje?

—No, gracias. Volveré a llamar —contesto, y cuelgo.

Solo hay un sitio donde buscarlos. En North Astor Street, donde Greg nos dijo que se estaba alojando. Quiero ver otra vez la cara de esa mujer, la que puede estar compinchada con Ben para destruirme.

Vuelvo a meterme en el coche y el corazón me late con fuerza al incorporarme a la US-41, donde hay un gran atasco. Mi mente no para de pensar en Ben. ¿Sería capaz de hacer algo así? ¿Es posible?

El tráfico empieza a diluirse. Me coloco en el carril derecho para coger la salida hacia la IL763/LaSalleDrive/North Avenue. El cielo está encapotado y oscuro, como si se aproximara una tormenta.

North Astor Street está nada más tomar la salida, y no es una calle demasiado larga. Pero es de un solo sentido, así que doy un rodeo. Entro por el otro extremo. Aparco y me bajo del coche.

Hay un silencio inquietante en el barrio: los vecinos deben de ser profesionales que ahora están trabajando. No hay ni un alma en la calle. Salgo del coche y camino observando las ventanas de la planta baja de todas las casas. Si alguien me ve, puedo meterme en un lío. Pero ya estoy tan metida en un lío.

Veo un Prius azul marino un poco más adelante. Entorno los ojos. La matrícula es distinta a la que memoricé delante de la empresa de correduría. Oigo pasos detrás de mí. Alguien me aprieta algo sobre la boca y noto un golpe fuerte en la parte trasera de la cabeza.

Caigo.

Y todo se vuelve negro.

257

32

Nicole

Cinco días antes

La casa estaba tranquila al entrar. La mente y el cuerpo de Nicole también lo estaban, por primera vez en mucho tiempo. No tenía pensamientos revueltos, ni un nudo de angustia en el pecho. Había decidido cómo resolver sus problemas. Y estaba contenta con ello.

—¿Nicki? —dijo Tessa alzando la voz—. Estamos en el salón.

Al pasar, encontró a Quinn plácidamente dormida en brazos de Tessa. Algún día, cuando fuera un poco mayor y estuviera más asentada, podía ser una gran madre. Sin embargo, no era lo que ella quería, y Nicole debía respetarlo.

Fue a coger a Quinn, y la niña abrió los ojos y miró fijamente a su madre.

—Hola, mi vida —dijo.

Su corazón se inundó de un amor que solo una madre puede sentir cuando pone la felicidad de su hijo por encima de la suya propia.

—¿Qué tal el masaje? —preguntó Tessa.

Dando unos suaves botecitos a la niña, contestó:

—Me ha cambiado la vida.

—Cómo me alegro —dijo Tessa—. Estás distinta. Pareces descansada. Quinn ha sido un ángel.

Había un libro sobre el sofá. Era *Buenas noches, Luna*, el cuento favorito de Nicole cuando era niña. Su padre solía leérselo y juntos daban las buenas noches a la luna y a las estrellas por la ventana de su cuarto. El recuerdo se le atragantó.

—Ven a la cocina. He pedido cena a un nuevo vegetariano del que Lucinda habla maravillas.

Nicole la siguió a la cocina e inhaló el perfume a limón. Era como si, de pronto, todos sus sentidos se hubieran agudizado. Tessa había estado limpiando, era evidente. Ya no había platos sucios, solo se veían encimeras brillantes. Con todo el tiempo que había dedicado a diseñar y redecorar la casa para que se ajustara al estilo de vida de Greg y suyo, ¿qué sentido tenía ahora? Nada. Ya no era su hogar.

Abrazó con fuerza a Tessa, con Quinn entre ambas. Al soltarla, su amiga parecía sorprendida.

—¿Y eso? —preguntó.

—Eres un ángel —dijo Nicole—. Has sido una amiga extraordinaria. Nunca te he dado las gracias de verdad. Has sido mi mano derecha. Incluso me has ayudado cuando he tenido ataques de pánico y has guardado tu promesa: nunca se lo has contado a nadie. —Se apartó y tragó saliva con fuerza—. Eres mi mejor amiga, Tess. No lo olvides nunca.

Tessa se acercó y le enjugó suavemente una lágrima de la mejilla.

—Oye, tú también eres mi amiga, Nicki. Bueno…, pero si tú nunca te pones blandita. ¡Ese masaje ha tenido que ser la pera! —Se rio, y su preciosa cara se iluminó—. Además, haría cualquier cosa por alguien a quien quiero.

Υ

Tessa se fue al poco rato y Nicole cerró la puerta detrás de ella, sabiendo que era la última vez que vería a su mejor amiga. El perfume de sándalo que llevaba siempre quedó prendido en el aire. Activó la alarma, cerró el pestillo y comprobó la puerta cinco veces. Tenía que mantener a raya a Donna (y a su propio miedo) el tiempo suficiente como para poner en marcha su plan. Apretó a Quinn contra el pecho, deseando que todo su amor, sus esperanzas y sus sueños se trasvasaran al diminuto cuerpo de su hija.

Sin embargo, aún no era el momento. Antes, tenía que legalizarlo todo. Esperó sentada en el sofá hasta que por fin recibió un mensaje de su abogado, Rick, diciendo que estaba en la puerta. Le había pedido que no llamara al timbre para no despertar a Quinn de la siesta. «Nunca despiertes a un bebé dormido», se dijo, y empezó a notar lágrimas cayendo por sus mejillas.

Se las enjugó rápidamente y abrió la puerta.

Al verla, se quedó sorprendido.

—Pareces agotada —dijo con su voz profunda y resonante—. Supongo que es comprensible. Nuestros chicos ya están en la universidad y mi mujer sigue exhausta.

Nicole sonrió, intentando que no se notase lo fingida que era su sonrisa. Pero, como de costumbre, Rick fue directo al grano. Se sentaron a la mesa del comedor y sacó los documentos de su elegante maletín de cuero marrón.

—Como te he dicho por teléfono, ahora que soy madre, he pensado que conviene poner mis asuntos en orden.

—Por supuesto —contestó—. De hecho, es una decisión muy sabia. Mucha gente se olvida de hacerlo cuando tiene hijos, y es importante tener un plan en el peor de los casos, aunque esperes que nunca se dé.

—Exacto —contestó—. Si lo tengo todo en orden, podré descansar sabiendo que, pase lo que pase, Quinn estará a salvo.

—Es una niña muy guapa —dijo Rick sonriendo a Quinn, que hacía gorgoritos en brazos de Nicole—. Me dijiste por teléfono que quieres asignar nuevo tutor y ejecutor del fideicomiso de Quinn. ¿Estás segura de que Greg no se va a oponer? No estáis separados ni divorciados legalmente —dije.

Nicole acarició con un dedo el cuello de Quinn, moviéndolo de arriba abajo.

—Greg se fue porque no la quería. No me importa que vea a su hija, pero me niego a que sea su tutor ni el ejecutor de su fideicomiso.

Rick arqueó sus frondosas cejas.

—De acuerdo. ¿Y tu buena amiga, Morgan Kincaid, está dispuesta a aceptar esa responsabilidad en caso necesario?

Nicole asintió.

Pidió a su vecina Mary que pasara a ejercer de testigo de la firma y Rick accedió a ser segundo testigo. La cosa duró poco y Mary volvió a su casa. Nicole logró mantener la compostura mientras Rick metía los documentos en su maletín. Finalmente, se marchó.

Ya estaba hecho.

Sentía el pecho ardiendo como si tuviera atizadores metidos dentro, así que se tomó dos pastillas y se sentó ante el ordenador. Las manos le temblaban al escribir. Quería expresar lo que tan desesperadamente necesitaba que Morgan entendiera.

Perdida y Confusa: Te mereces un hijo. Eres buena y cariñosa.

Algún día, pronto, serás una madre maravillosa.

Lo sé en lo más profundo de mí.

Se quedó mirando el ordenador, esperando una contestación. Una hora más tarde, aún no había respuesta. Quinn se había dormido con la cabeza apoyada sobre el hombro de su madre. Un suave suspiro se escapó de los labios de su hija, haciéndole cosquillas en la piel con su cálido aliento.

—Te quiero, Quinn. Más que a nada en el mundo. Más que a mí misma —susurró—. Te quiero tanto que tengo que dejarte marchar.

263

33

Morgan

*E*stoy tumbada de lado, con la cara pegada contra un duro suelo. Al mover la cabeza, un dolor punzante me atraviesa el cráneo. Me incorporo, con la vista borrosa, y me palpo un chichón del tamaño de una nuez en la parte trasera de la cabeza. Miro mis dedos. Sangre.

Mis ojos se hacen a la oscuridad. Estoy dentro de una casa, en un salón, a juzgar por el sofá que hay en la pared del fondo y la televisión montada enfrente. Oigo movimiento en otra habitación, luego un extraño zumbido y unos pasos corriendo. Levanto la vista justo a tiempo para ver a una pelirroja salir por la puerta trasera de lo que parece la cocina. Ha dado un portazo. Hay un reloj encima de la televisión. Son las dos de la madrugada.

¿Dónde demonios estoy? ¿Y quién es esa mujer que acaba de salir por la puerta?

Quiero levantarme, pero, por mucho que lo intente, mi cuerpo no colabora. Tardo un instante en reconocer el olor acre que me humedece los ojos. Es humo. Viene de la cocina que acaba de abandonar la pelirroja. Y entonces, a través de la humarada grisácea, veo un cuerpo boca abajo e inmóvil al pie de la escalera. El humo cada vez es más denso. Trato de acercarme a rastras, incapaz de ponerme en pie. Es un hombre. Le giro la cabeza para ver su cara.

—¡Greg! —exclamo, tosiendo por el humo que inunda mis pulmones.

Me arden los ojos. No se mueve, así que intento buscarle el pulso en el cuello, hasta que lo noto palpitar bajo mis dedos. Es su casa. Ahora empiezo a recordarlo. Pero, si él está en el suelo inconsciente, ¿dónde está Quinn?

Con el pulso acelerado, trato de acercarle hacia mí, pero pesa demasiado.

—¡Quinn! ¿Dónde está Quinn? —grito, agarrándome la garganta, que se me cierra por el denso humo.

Me tapo la boca con una mano y me tumbo boca abajo sobre el suelo, recordando de repente los tropecientos simulacros de incendio que hicieron mis padres conmigo de niña. Mantente agachada, el humo sube. Las llamas empiezan a salir de la habitación de al lado. Se me acaba el tiempo. Apoyándome en los codos, avanzo hacia las escaleras para subir al segundo piso. Puede que Quinn esté allí.

Oigo el crepitar y los chasquidos del fuego, devorando todo lo que encuentra a su paso. El sudor por el calor se me mete en los ojos y apenas puedo ver. Agarrándome a la barandilla, me levanto y subo las escaleras lo más rápido que puedo, gritando:

—¡Quinn! ¡Quinn! —No veo nada por el humo.

—¡Tenemos que salir de aquí! —grita alguien.

Es la voz de Ben llamándome, pero no le veo.

—¿Dónde está Quinn? —exclamo yo.

—¡No lo sé! ¡Tenemos que salir de aquí!

Hay una explosión en la cocina y una viga del techo cae delante de donde yacía Greg. Las llamas trepan por las paredes, lamiéndolas. Con una fuerza de la que no era consciente, tiro de la pierna de Greg. De repente, lo noto más ligero, entonces veo que Ben le tiene agarrado por los brazos. Entre los dos, nos abrimos paso entre el humo hacia la entrada. Encontramos la puerta, la abrimos y sacamos a Greg al césped.

Se oyen sirenas a lo lejos.

Aunque afuera hay menos humo, me cuesta mucho respirar. Miro a Ben, que está doblado sobre sus rodillas, tratando de recobrar la respiración. Yo no me detengo. Corro de nuevo hacia la casa. En cuanto atravieso la puerta, noto las llamas tan cerca que sé que no tardarán en matarme. Pero no puedo irme sin Quinn. No puedo dejar que muera. Me tiro al suelo de nuevo y avanzo.

Un brazo sale de la nada, me agarra y me levanta como si fuera una pluma. Alguien me lleva sobre su hombro. Cuando estoy otra vez fuera, tumbada sobre el césped, veo que era Ben. Se cierne sobre mí, diciendo mi nombre. Detrás de él, dos bomberos corren hacia la casa con mangueras.

—¿Puedes respirar? —pregunta.

—Estoy bien —contesto, tosiendo y escupiendo, tratando de sacar las palabras mientras un enfermero aparece e intenta ponerme una mascarilla de oxígeno. La aparto—. ¿Dónde está Quinn? —grito.

Una ventana estalla en el piso de arriba, las llamas rugen. Más bomberos entran en el edificio.

—¡Hay un bebé en la casa! —les grito—. ¡Sáquenla, por favor!

—Lo sé, señora. Están haciendo todo lo que pueden —dice el enfermero.

Ben y yo nos miramos. Tiene la cara tiznada de hollín. El corazón se me rompe en mil pedazos.

El enfermero me ayuda a levantarme y me entrega el bolso.

—¿Es suyo? ¿Cómo se llama?

267

—Morgan Kincaid.

Ben deja que otro enfermero le examine. A unos metros, varios atienden a Greg.

—Señora, vamos a llevarnos a ese hombre al hospital. Ha inhalado muchos gases y tiene quemaduras en brazos y piernas. ¿Sabe quién es?

—Se llama Greg Markham —digo—. Por favor, tengo que hablar con él.

Me aparto del enfermero, que se queda llamándome.

—¡Señora! ¡Por favor!

Me dejo caer en el suelo a su lado.

—¿Dónde está Quinn? —le pregunto.

Greg tiene los ojos abiertos. Sabe perfectamente quién soy. Gime y se aparta la mascarilla de la cara. Con un susurro gutural, dice:

—Se la ha llevado.

268

—¿Qué? —digo, sin comprender.

—Ella…, ha sido ella. Y se ha llevado a Quinn.

Ben se ha acercado tambaleándose y está de pie junto a nosotros.

—Greg —pregunta—. ¿Melissa se ha llevado a Quinn? ¿Es eso lo que quieres decir?

No puede respirar ni hablar. Vuelve a ponerse la mascarilla, sacudiendo la cabeza.

Ben me rodea con el brazo y rompo a llorar, incapaz de hacer nada más que contemplar cómo los bomberos empapan las llamas hasta que solo quedan columnas de humo negro ascendiendo hacia el cielo. De repente, aparecen dos de ellos por la puerta empujando una camilla.

Al acercarse, veo que llevan a una mujer pelirroja, con una mascarilla en la cara. Es Melissa.

Me acerco corriendo, con Ben detrás.

—¿Dónde está Quinn? —digo—. ¿Está dentro?

—No —resuella—. Ya no está —dice.

—¿Qué quieres decir? —El terror recorre todo mi cuerpo.

—Tessa —dice, tratando de respirar—. Ella ha hecho esto. Y se ha llevado a Quinn.

Quinn ha desaparecido con Tessa, y Ben y yo estamos aquí, tumbados en una camilla, uno al lado del otro, en el pasillo abarrotado de urgencias del Northwestern Memorial Hospital. Ya nos han sacado sangre, nos han hecho una *oxi* de pulso, como la llama Ben, y ahora esperamos los resultados de las radiografías de tórax. Me duele la cabeza, los pulmones me arden, y noto la garganta en carne viva de inhalar humo y de tanto llorar. Pero lo único que me importa es encontrar a Quinn.

Me quito la mascarilla de oxígeno e intento hablar a pesar del dolor.

269

—Dime la verdad —digo con tono inquisitivo—. ¿Drogaste a Nicole cuando le llevaste las medicinas a su casa? ¿Querías su dinero para el hospital? ¿Me has tendido una trampa?

Ben me mira boquiabierto.

—¿Te has vuelto loca? —Se lleva la mano al estómago, consternado.

—¿Por qué no me contaste que Nicole te legó el dinero que necesitabas para el hospital? ¿Cuándo te enteraste?

—Yo nunca le pedí dinero. ¿De dónde has sacado esa idea? Trabajo en una de las zonas más pobres de Chicago por un motivo. Su abogado me llamó la mañana después de morir Nicole y me quedé horrorizado. Joder, si creía que eso era lo único que quería de ella... Yo solo quería formar parte de su vida. —Se encorva, derrotado—. Lo único que quiero es que Quinn esté bien. Ya he perdido a mi hermana. No puedo más. —Las lágrimas caen por debajo de su mascarilla.

Mi ira se esfuma, extiendo la mano y le toco el brazo.

—Me has salvado la vida —digo.

—Tú me la salvaste a mí. Y has entrado en una casa en llamas para buscar a Quinn. Nos apartaste cuando nos iba a atropellar una loca. Ya va siendo hora de que confiemos el uno en el otro, porque ahora mismo no tenemos a nadie más.

Las lágrimas empapan mis mejillas y la cabeza me estalla. Ben entrelaza sus dedos con los míos. Le devuelvo el gesto. Tantas vidas destrozadas. Tessa se ha llevado a Quinn. Y no sabemos dónde están.

Al levantar la vista, vemos que Jessica se acerca rápidamente por el pasillo con un vestido de rayas azul y rojo. Se detiene, con el teléfono en la mano, y me mira de arriba abajo.

—Vine en cuanto me llamaste, había un atasco espantoso. ¿Os ha visto ya un médico? —pregunta.

Suelto la mano de Ben y me quito la mascarilla.

—Solo nos han hecho pruebas. ¿Lo sabe Martínez? ¿Han encontrado a Quinn?

—Martínez sabe lo del incendio. Llegó poco después de que os trajeran al hospital. Están buscando a Tessa, pero aún no la han encontrado. Eso sí, Morgan, ya no eres persona de interés.

No me atrevo a creerla.

—Y ya sabemos qué conexión tenías con Nicole. Escribiste un comentario diciendo que querías adoptar un bebé en una web llamada Maybe Mommy. Nicole respondió en un mensaje privado y le contestaste. Encontraron toda la conversación en tu cuenta de la página, dentro de la memoria de tu teléfono. El equipo de la policía científica ha comprobado el ordenador de Nicole, su disco duro, y rastrearon los mensajes hasta ti. Su nombre de usuario era Perdida y Confusa.

Ay, Dios. ¡Ay, Dios! Aquella página. Me llevo una mano al pecho y miro a Ben, que me observa asombrado.

—¡Sí, ahora me acuerdo! —le digo a Jessica—. No nos conocíamos en persona, pero conectamos mucho. Pero eso no basta para darme la custodia de Quinn. No sabía que viviera en Chicago, y menos aún cómo se llamaba… Debía de estar muy sola.

Yo también lo estaba y, sin embargo, me alejé de ella.

—Pues eso es lo extraño y también la razón por la que ya no eres persona de interés. Hay un mensaje del 6 de agosto entre Nicole y alguien que supuestamente eras tú. Nicole escribió que quería darte a su hija y M en Chicago aceptó. Esa persona dijo que se quedaría con Quinn y quedó con ella al día siguiente en la estación de Grand/State. Pero tu usuario en esa página es «Melancólica en Chicago», y el de esa cuenta es «M en Chicago». Muy lista, pero no lo suficiente.

Nicole no era una completa desconocida. Sentí algo especial con ella. Y luego le fallé.

—Dios, ella intentó acercarse a mí. Quería saber mi nombre, y yo me asusté y la rechacé. Tal vez, si le hubiera contestado…

Noto unos dedos cálidos sobre mi mejilla.

—Morgan, basta. No has hecho nada malo. Alguien jaqueó tu cuenta.

Suena el teléfono de Jessica, lo coge. Se queda escuchando un minuto y luego tiende el teléfono hacia mí.

—Martínez quiere hablar contigo, Morgan.

—¿Conmigo? ¿Por qué? —Sacudo la cabeza—. No quiero hablar con ella. Siempre hace que las cosas parezcan culpa mía. Probablemente crea que estoy involucrada en todo esto.

271

—Por favor, Morgan. Cógelo.

Ben se acerca al extremo de la camilla y se inclina hacia ella.

—Cógelo. Estoy aquí contigo y te creo.

Asiento mirando a Jessica, que me da el teléfono. Lo pongo en manos libres.

—Morgan, siento mucho todo lo que ha pasado. ¿Tienen alguna idea usted o Ben de dónde ha podido ir Tessa?

Su disculpa significaría mucho para mí si no estuviera tan asustada por Quinn.

—No tengo ni idea. Lo único que sé es que era la mejor amiga de Nicole y que trabaja en Breathe. No sé por qué se la ha llevado. Por favor. Tiene que encontrarlas.

—Espera —dice Ben con voz rasposa. Hace un gesto para que le acerque un poco el teléfono—. Donna es quien nos contó lo de la periodista pelirroja. Puede que ella también esté metida. Tessa tiene que estar con ella. Tienen a Quinn.

—Vi a una pelirroja menuda saliendo por la puerta de la cocina de casa de Greg justo antes de que el incendio se desatara y sabemos que no era Melissa. Puede que estén en casa de Donna. En Kenosha —digo, incorporándome, lista para salir corriendo.

Le damos la dirección a Martínez.

—De acuerdo, salgo para allá. Quédense donde están —dice antes de colgar.

Jessica se mete el móvil en el bolsillo.

—Vosotros quedaos a esperar al médico. Es lo único que podéis hacer ahora mismo. Os mantendré informados.

Y, tras darme una palmadita en mi pierna, se va.

Nos quedamos solos en un mar de enfermos y lesionados. Estamos magullados y aturdidos, pero no derrotados. Solo lo estaremos si no encontramos a Quinn.

—Ben, tenemos que irnos.

Saca su teléfono del bolsillo.

—Vale, voy a sacarnos de aquí.

Vamos a recuperar a esa niña. Aunque sea lo último que hagamos.

34

Nicole

7 de agosto

—*You are my sunshine, my only sunshine... Please don´t take my sunshine away* —cantaba Nicole, que estaba sentada en el sofá del salón con Quinn dormida en sus brazos. La lámpara Tiffany sobre la mesita a su lado proyectaba una luz dorada sobre su preciosa carita—. Te quiero, mi niña. Tanto... Vas a estar en un lugar seguro donde no te pasará nada malo.

Dar a su hija era lo correcto. Pero dolía tanto tanto...

El consejo de administración le había mandado una carta oficial pidiendo su dimisión como directora ejecutiva y ofreciéndole una suma al contado para comprar sus acciones de la empresa. Tiró la carta a la basura. No podía ni iba a permitir que nadie le quitara Breathe a su hija.

A partir de hoy, todo el mundo sabría que Quinn formaría parte de Breathe para siempre. Nicole se había asegurado de ello. Miró el mensaje de Morgan en su móvil. La sensación de felicidad al recibirlo anoche la había conmovido.

M en Chicago: Hace mucho tiempo que quiero tener

un hija, acepto la oferta de quedarme con la tuya. Nos vemos
en el andén inferior de Grand/State el lunes,
7 de agosto, a las 17.30.

Agradecida,

MORGAN KINCAID

Nicole sonrió para sí. Todo encajaba.

Lo que había logrado era mucho más importante que construir un emporio de ropa y *wellness*: se había convertido en una verdadera madre para su hija. Era lo mejor que había hecho en toda su vida. Aún no sabía qué haría una vez que dejase a Quinn en brazos de Morgan, pero sí que se iría. Se escondería. Desaparecería. Eso era lo único que importaba.

Esperó, con Quinn apoyada contra su pecho, mientras su hija dormía plácidamente. Cuando despertó, la lavó en la pequeña bañera para bebés, deteniéndose en el cuello y los diminutos dedos de sus manos y pies, haciéndole un suave masaje con el champú sobre los mechones de cabello negro que siempre le quedaban tiesos. Su niña daba palmadas de felicidad en el agua, ajena a lo que estaba a punto de ocurrir. Quinn nunca recordaría este momento, pero Nicole volcó todo su amor sobre aquella personita que lo era todo para ella.

A diferencia del resto del tiempo que habían estado juntas en casa, aquel día pasó muy deprisa. De repente, llegó la hora de marcharse. Con Quinn acurrucada contra su cuerpo, fue a la cocina a preparar el biberón. Al pasar junto a la tostadora plateada, vio su reflejo, totalmente distorsionado; sin embargo, era fiel a cómo se sentía. Pensó entonces que, en Grand/State, alguien podía reconocerla como la directora ejecutiva de Breathe. No podía correr el riesgo de que la parasen. Dejó suavemente a su hija en el balancín y sacó las tijeras del bloque de madera de los cuchillos. Entonces empezó a cortar la preciosa melena que había lucido toda su vida. Cortó y cortó, hasta que los filos de la tijera raspaban su cuero cabelludo.

Ahora ya no se parecía nada a Nicole Markham. Ni a Nicole Layton.

Fue a la despensa y se quedó mirando los pósits que cubrían una pared. Un mar de púrpura que no le había dado ninguna claridad.

ETIQUETA EN LA CUNA. PELIRROJA. PASTILLAS CAMBIADAS DE SITIO. CARTA. MÓVIL. PUERTA. LÁMPARA ROTA. FOTO. CAJA. MENSAJE. CANSANCIO. AYUDA. REFUGIO. VIUDA. MORGAN KINCAID.

Añadió una nota más: «Madre».

Era el aniversario de la muerte de Amanda y el último día que Nicole vería a su hija.

Estaba lista para decirle adiós.

277

35

Morgan

*D*espués de recibir el alta por una leve inhalación de humo, Ben y yo salimos del hospital al radiante sol de la calle. Estamos exhaustos. Nos han recomendado reposo, pero tenemos que encontrar a Quinn. No sabemos qué hacer ni adónde ir. Paramos un taxi y vamos en silencio a buscar nuestros coches a North Astor Street, donde la casa de Greg ha quedado reducida a una ruina calcinada.

—Y ahora, ¿qué? —pregunto, ansiosa por hacer algo, lo que sea, para encontrar a Quinn.

Ben se encoge de hombros.

—Supongo que esperar a que llamen Martínez y Jessica.

Suena su teléfono, sobresaltándonos a ambos. Lo saca rápidamente del bolsillo.

—Es Martínez —dice.

Noto los golpes de mi corazón latiendo contra las costillas.

—Inspectora, está en manos libres —dice Ben, que clava sus ojos en los míos.

—He ido a casa de Donna. Ella no estaba, pero he encontrado un extraño santuario en honor a Nicole y Amanda. Tenía un móvil de mariposas sobre una cuna, un vestido de bebé extendido sobre la mesa de la cocina y viejos recortes de periódico sobre el caso de la muerte de Amanda. La puerta de entrada estaba abierta, y el Chevrolet de Donna, en el camino de acceso a la casa.

Entonces hace una pausa.

—No sé cómo decirles esto, pero había sangre en el recibidor, como si se hubiera producido una pelea —dice Martínez—. Por favor, si tienen alguna idea de dónde puede estar Donna…, tenemos que actuar con rapidez.

—¡No, no, no! —digo llorando, e inmediatamente me enjugo las lágrimas. No hay tiempo para la autocompasión ni el miedo. Agarro a Ben por el brazo—. Si Donna se ha llevado a Tessa y a Quinn, ¿dónde se escondería? —Antes de que abra la boca, caigo en la cuenta—. ¡En casa de Nicole! Si fue ella quien instaló las aplicaciones para espiar el teléfono y el ordenador de Nicole, seguro que tiene acceso, ¡o se lo dio Tessa! Y es el mejor sitio donde esconderse, porque nadie vive·allí.

—De acuerdo, salgo para allá, pero tardaré un poco en llegar desde Kenosha. Esperen y no se muevan de donde están.

Cuando Martínez cuelga, mi pie empieza a repicar frenéticamente sobre el asfalto.

—Estamos a cinco minutos de casa de Nicole. Podemos llegar antes.

Ben duda.

—Por Quinn…

Nos montamos rápidamente en su coche, bajamos como un cañón por West North y pasamos de una calle a otra hasta que finalmente cogemos North State, haciendo rechinar los neumáticos con un enorme estruendo en medio de este barrio tranquilo y adinerado.

Cuando gira a la izquierda para entrar en East Bellevue Place, mi pierna empieza a temblar.

Me desabrocho el cinturón y cojo el espray pimienta del bolso. Bajamos del coche y corremos hacia casa de Nicole. Ben me agarra del brazo en el camino de entrada antes de que llegue a la puerta.

—Espera. Tenemos que hacerlo con cuidado. Si Donna está ahí dentro con Quinn y Tessa, no queremos asustarla.

Me zafo de su mano. Si esa mujer ha hecho daño a Quinn, la estrangularé con todas mis fuerzas. Pero tiene razón.

—Vamos por detrás, nos asomaremos por las ventanas.

Caminando de puntillas, pasamos por el lateral de la casa, agachándonos al pasar junto a la barandilla del porche que hay delante de unas puertas correderas. En el segundo piso hay otra terraza que debe de dar a una habitación. Las puertas están abiertas y se oye el eco de un bebé que está llorando.

Levanto la vista y veo a una pelirroja que tiene a Quinn en brazos, de espaldas a nosotros. Sale a la terraza y Quinn queda tan cerca de la barandilla… y de la caída de seis metros que instintivamente estiro los brazos para cogerla por si acaso.

La mujer se vuelve.

No es Donna.

Es Tessa.

Con una peluca pelirroja.

Ben y yo corremos a la entrada de la casa, pero la puerta está cerrada con llave. Busco frenéticamente otra manera de acceder. Voy hacia el lateral de la casa, tropezándome con arbustos y resbalando con las piedras. Veo una ventana de guillotina doble. Golpeo el cristal con el codo, pero ni siquiera se hace una ranura.

Ben pasa a mi lado. Con el puño desnudo, golpea el

cristal una y otra vez hasta que se rompe en añicos puntiagudos. Primero me empuja por el vano de la ventana y luego se sube él.

Es un cuarto de baño.

—Vamos —le digo moviendo los labios, pero sin articular ningún sonido.

Asiente y pasa delante de mí, con la mano goteando sangre. Noto el pulso latiéndome en el cuello. Subimos al segundo piso y entramos en un dormitorio.

Y entonces me quedo clavada en el sitio. Acurrucada en el suelo contra la pared, al lado de la terraza, está Donna, con las rodillas pegadas al pecho y lágrimas cayendo por sus mejillas. En ese momento veo que está maniatada y que tiene un corte ensangrentado a lo largo de la mejilla. Hay una peluca pelirroja en el suelo, junto a un frasco de pastillas abierto.

282

—¡No soy yo! —dice Donna, con apenas un susurro.

—¡Quietos! —grita alguien a nuestra espalda.

Ben y yo nos volvemos. Es Tessa, con la melena rubia enredada y desaliñada. Tiene a Quinn en brazos, cogida con demasiada fuerza.

—Poneos con la espalda contra la pared, al lado de Donna.

Y entonces se mueve tan bruscamente que la cabeza de Quinn golpea contra sus brazos.

Ben y yo nos acercamos muy despacio a Donna, que está temblando en el suelo. Nos mira con esos ojos azules llorosos colmados de dolor y remordimiento.

Nos quedamos con la espalda pegada a la pared tal y como Tessa nos ha ordenado. Noto el cuerpo de Ben vibrando junto al mío. Miro a Quinn y veo sus ojitos azules colmados de terror.

Ben se inclina hacia delante.

—Tessa, ¿qué es lo que quieres de Quinn?

Tessa se acerca un poco a las puertas de la terraza. Sonríe con una mueca beatífica.

—La voy a salvar. Le diré a la policía que Donna estuvo acosando a Nicole, porque sabe que ella mató a Amanda. Que encontré a Donna aquí, pero ya era demasiado tarde. Sobredosis. Y que Quinn estaba sola, gritando —dice Tessa. Su expresión es serena, pero su mirada está fuera de control—. Y entonces la tía Tessa se quedará con su custodia.

Donna está hecha un ovillo, de lado. Gimoteando, dice:

—Es todo culpa mía. Lo siento. Ella es la periodista.

Miro al suelo y al bote naranja de pastillas. Tiene el nombre de Nicole en la etiqueta. Le doy un golpecito en la mano a Ben y señalo el bote con los ojos. Los suyos me siguen.

—¿Qué clase de pastillas hay en ese bote, Tessa? —pregunta con mucho cuidado.

Ella le da una patada para derramar algunas pastillas.

—Deberías saberlo, Ben. Tú se las trajiste a Nicole.

Al ver las pastillas blancas y redondas, Ben coge aire tan hondo que lo oigo.

—Esas pastillas no son el Xanax que me pidió. Son Zolpidem. Ambien genérico. Nicole nunca debería haber tomado Ambien.

—Lo único que se sabe es que ella te escribió y tú le trajiste Ambien, en vez de Xanax. Todas las marcas genéricas se parecen mucho, pero uno creería que un médico es capaz de notar la diferencia. A no ser que quiera que su hermana se vuelva paranoica.

—Y suicida —dice Ben.

Noto cómo intenta controlar la ira en su voz.

—Lástima que ya sufriera de ansiedad. Esas pastillas la llevaron hasta el límite. Literalmente.

283

Deja a Quinn colgando descuidadamente de su brazo y su cabeza cae hacia atrás.

—Tú me mandaste el mensaje desde el teléfono de Nicole, ¿verdad? Pidiéndome que recogiera las medicinas de la farmacia…

Hundo las uñas en la palma de mi mano hasta que empieza a salir sangre. Si al menos pudiera quitarle a Quinn de los brazos…

Ben susurra, tartamudeando por el dolor:

—Cambiaste las pastillas de mi hermana.

Tessa aprieta contra su pecho a la niña, que empieza a llorar.

—¿Qué coño has hecho tú por Nicole, Ben? ¡Nada! ¿Crees que yo no era nada para ella?

Ben no contesta. Miro la peluca pelirroja sobre el suelo y recuerdo el terror en los ojos de Nicole cuando estaba en el andén, mirando a todas partes como si alguien tratara de hacerles daño a Quinn y a ella.

—Seguiste a Nicole y luego nos seguiste a nosotros, haciéndote pasar por Donna y por Melissa —digo con tacto, temiendo cabrearla aún más.

—Tú ya no tienes derecho a preguntar nada —dice, llena de rabia—. Tú no formabas parte de su vida. Yo debería haber sido la directora ejecutiva interina. Nicole nunca me lo propuso ni me dio poder de voto. Yo debía quedarme con Quinn. ¿Y todas esas acciones de Breathe? Deberían ser mías. —Se acerca a mí rápidamente. La niña llora con rabia y el sonido me perfora el alma—. ¿Qué mierda de madre confía su hija a una desconocida?

Alguien que no se fiaba de ninguno de sus seres queridos. Alguien que descubrió que su marido tenía una aventura. Alguien que tomaba drogas que causan paranoias y depresión.

Con voz temblorosa, me lanzo:

—Greg no estaba acostándose con Melissa, ¿verdad?

—Nicole tenía que haber prestado más atención a su marido. Yo intervine para ayudar.

Tiene a la niña demasiado apretada contra su pecho. La pobre cría no para de gritar.

Así que Greg y Tessa tenían una aventura. ¿Estuvo involucrado él también en la muerte de Nicole? Cuando voy a preguntárselo, Donna gime tratando de levantarse, pero Tessa la derriba asestándole una patada en las piernas. Reprimo un grito, el terror me tiene clavada contra la pared. Noto que Ben toca mi mano y agarro la suya. Quiero coger el espray pimienta del bolso, pero Tessa me verá y me dará una patada antes de que pueda alcanzarlo.

Temo alterarla aún más, pero no me queda elección.

—Sabemos que eres M en Chicago, Tessa.

Vuelve la cara bruscamente y me clava la mirada con ojos inhumanos.

285

—Siempre es el marido, ¿no? Greg es quien tenía acceso al teléfono y al ordenador de Nicole. Y está muerto.

—No, no lo está —dice Ben.

Tessa echa la cabeza hacia atrás, consternada.

—Greg nos lo ha contado todo, Tessa —miento—. A nosotros y a la policía. Llegarán en cualquier momento.

Quinn chilla y chilla, y Tessa la sacude con fuerza.

—¡Cállate!

—Ya está, Tessa. No tienes adónde ir. No tienes a nadie a quien culpar.

Ben da un pasito hacia delante.

Tessa avanza hacia nosotros. Se pasa a Quinn a un brazo y estira el otro para coger algo de su bolsillo trasero. Saca una pequeña pistola, negra y plateada.

Mi vista se nubla, pero intento enfocar. Lo único que veo es a Ryan tirado sobre un charco de sangre en el suelo. Las entrañas se me deshacen. Ben está completamente paralizado a mi lado.

Tessa nos apunta con la pistola.

Me parece oír sirenas a lo lejos.

Mirándonos con ojos vidriosos, Tessa mueve la pistola bruscamente y golpea a Quinn en la sien.

Una descarga de adrenalina me atraviesa el cuerpo, como nada que haya sentido en mi vida.

—¡No! —grito.

Me abalanzo sobre Tessa cogiendo a la niña en el mismo instante en que suena un disparo ensordecedor.

Donna chilla y Ben tira a Tessa al suelo. La pistola cae a su lado. Intenta cogerla, pero Ben la aparta de una patada.

Siento que la alfombra trata de engullirme, pero no pienso caer. No con Quinn.

—Te tengo, cielo. Estás a salvo.

La estrecho entre los brazos y noto su cara sobre mi corazón, que palpita con fuerza.

Ben mantiene inmovilizada a Tessa mientras se oyen pasos subiendo las escaleras a toda prisa. Al volverme hacia la puerta, veo a Martínez, que entra en el dormitorio con un equipo de policías. Miro a Donna, que está doblada en el suelo, sangrando sobre la alfombra de color crema. Tiene un balazo en la pierna.

—¡Al suelo todos! ¡Ahora! —grita Martínez.

Me tumbo cubriendo con el cuerpo a la niña, que grita. Pero está a salvo. Ben también se deja caer y Tessa intenta levantarse, pero Martínez le clava una rodilla en la espalda.

—No te muevas ni un solo milímetro.

Hace un gesto a los agentes de la puerta, que esposan a Tessa con los brazos detrás de la espalda.

—¡Es Tessa! ¡Solo ella! —dice Ben—. Ha disparado a Donna. Necesita una ambulancia.

286

—De acuerdo —dice Martínez secamente.

Lo comunica por la radio que lleva al hombro. Varios miembros de la policía o de emergencias, me cuesta distinguirlos, entran rápidamente en la habitación y van directos hacia Donna.

Martínez mira a Ben y luego me observa. Se acerca y me ayuda a coger en brazos a Quinn para ponerme de pie. Noto su mano en mi muñeca.

—Ya está, Morgan. Lo sabemos todo. Lo siento.

Intento hablar, pero no puedo. Lo único que me sale es acunar a Quinn y tranquilizarla.

—Greg delató a Tessa para llegar a un acuerdo y reducir la condena —dice Martínez—. Confesó que tenía una aventura con ella. Habían planeado destruir a Nicole y querían hacerse con las riendas de Breathe.

No lo puedo creer. ¿Cómo puede hacer algo así un padre? ¿Y su mejor amiga? Conspiraron para destruir a una mujer a la que ambos decían querer. Siento náuseas, terror y una enorme tristeza por Nicole, esa madre en apuros que se hizo mi amiga por Internet. Tenía razón desde el principio. Sus seres más cercanos no eran de fiar.

Tessa tiene el rostro enrojecido de rabia mientras los agentes la sacan del dormitorio y se la llevan abajo.

Estoy tan débil que noto los brazos como si fueran pesas. Quinn cada vez llora menos. Estoy sudada y frágil, y no puedo dejar de temblar. Tengo mucho frío.

Al salir de la casa, Ben se detiene a mirar el colgador de llaves en la pared.

—Mis llaves no están aquí. —Señala un gancho vacío—. Nicole tenía una copia de las llaves de mi casa. Tessa debió de cogerlas para poner esa muñeca en la cuna.

—Supongo que también se coló en mi apartamento —digo con los dientes castañeando.

Martínez se vuelve.

—Creemos que abrió con una ganzúa la cerradura de la salida de incendios de su casa. En serio, tienen que mejorar la seguridad en ese edificio.

Una vez que todos estamos fuera, dos enfermeros van a por Donna con una camilla y la suben a ella. Ben me acerca contra él para sujetarme. Nos quedamos como una unidad, con Quinn protegida entre los dos.

Meten a Tessa en el asiento trasero de un coche patrulla. Mientras una ambulancia se lleva a Donna, otra se detiene junto a la acera. Ben y yo subimos y nos sentamos juntos en una camilla para que un enfermero reconozca a Quinn, que, aparte de asustada, parece estar indemne.

—Tome —me dice, entregándome a la niña para desinfectar y vendar la mano de Ben.

Martínez se pone en cuclillas delante de mí.

—¿Le ha dicho Greg si Tessa estaba en ese andén el día que murió Nicole? —le pregunto.

Quiero saber la verdad.

—No he llegado a preguntárselo —contesta—. Me ha confesado que Tessa y él planeaban seguir juntos. Pero no sabía hasta dónde llegaría Tessa. Y le preocupaba Quinn. Le iba a preguntar si estaba en el andén el último día de vida de Nicole, pero no me dio tiempo. Ha muerto de una insuficiencia respiratoria aguda.

Las lágrimas caen por mis mejillas. Cuánta pérdida sin sentido. Ben me envuelve en un abrazo que no necesita palabras. Pero al menos Quinn ya está a salvo con nosotros, donde debe estar.

Martínez me mira fijamente.

—Han obstaculizado una investigación. Y han puesto sus vidas en peligro.

Mi rabia y resentimiento salen a la superficie.

—Yo...

—Pero han salvado a Quinn, Ben y usted. No digo que lo que han hecho sea inteligente, pero sí ha sido valiente. —Una tímida sonrisa aparece en su rostro—. Algún día, será una madre fantástica.

Se me hace un nudo en la garganta y asiento.

—Sí, algún día.

36

Nicole

7 de agosto

Nicole vistió a Quinn con un mono blanco limpio y la envolvió en la mantita amarilla acolchada que su madre le hizo cuando era bebé. Después de morir sus padres, solía dormir con ella, y quería asegurarse de que su niña tuviera algo especial hecho por las manos de su abuela. Los pies de Quinn asomaban por la parte de abajo. Al poner los calcetines blancos sobre los diminutos pies de su hija, tuvo que contener las lágrimas.

Las despedidas nunca eran fáciles.

Morgan sabría que nunca debía poner una manta en la cuna de su bebé. Nunca le haría daño a Quinn como ella se lo hizo a Amanda. Donna tenía el aire acondicionado muy alto porque había leído en alguna parte que los bebés debían dormir en ambientes frescos, pero aquel día la habitación de Amanda estaba helada.

Nicole la cubrió con la mantita blanca mientras dormía plácidamente, procurando no apretarla demasiado cerca de la boca y la nariz de la niña. Luego fue al salón y se quedó dormida en el sofá. Cuando despertó y fue a ver a Amanda, la manta le cubría la cara. Se la quitó y cogió a la niña para asegurarse de que estaba bien. No lo estaba. Estaba muerta. Y la culpa era suya.

Antes de llamar al 911 y de que Donna llegara, Nicole metió la manta blanca en un cajón y se quedó a esperar el destino que merecía. Sin embargo, cuando salió el informe de la autopsia, la única causa de la muerte que figuraba era síndrome de muerte súbita del lactante.

Nicole no le había contado a nadie lo de la manta, pero siempre creyó que Donna lo sabía. Aun sin pruebas concluyentes, una madre siempre lo sabe.

El peso de aquella manta había estado sofocando a Nicole durante casi veinte años. Nunca sabría con certeza si Amanda murió del síndrome de muerte súbita infantil o por una asfixia accidental.

Nicole cerró los ojos y vio la luz violeta de su chacra del tercer ojo. Y se entregó a lo desconocido.

292   Sin embargo, por mucho cuidado que tuviera con Quinn, nunca dejaría de temer por la vida de su hija.

Metió leche de fórmula y biberones en la bolsa de diseño para los pañales y se la echó al hombro. Luego quitó el pestillo de la puerta y desactivó la alarma. Ya no importaba si lo hacía o no.

Llegaron a Grand/State a las cinco de la tarde. Su corazón empezó a acelerarse al ver que todo estaba sucediendo de veras. Quinn estaba acurrucada contra ella.

—Eres lo mejor que me ha pasado nunca.

Rebuscó en la bolsa de pañales hasta encontrar el teléfono para ver la hora. Vio los pósits y cogió uno de la parte superior.

Morgan nunca vería las notas que había puesto en su despensa. Probablemente, tampoco sería consciente del peligro que la acechaba. Si Donna tenía intención de vengarse en serio, debía advertírselo, porque tal vez no se detuviera nunca. Eran casi las cinco y veinte. Solo tenía tiempo para poner una palabra, así que, por primera vez en casi veinte años, Nicole escribió el nombre de Amanda.

Pagó el billete de metro y se puso en lo alto de las escaleras mecánicas que conducían al andén. Aquel día no funcionaba ningún ascensor. Al mirar hacia abajo, su vista se nubló por el miedo a que la niña se le cayera de los brazos y rodara por las escaleras antes de haberse asegurado de que Morgan sería la madre de Quinn.

La pequeña empezó a gimotear. El miedo se encendió de forma rápida y repentina en el pecho de Nicole. «Por favor, no llores. No llames la atención.»

Una mujer se inclinó y murmuró admirada:

—Qué bebé tan bonita. ¡Mira qué pelo! ¿Qué tiempo tiene?

—Siete semanas.

—Pues es preciosa. Disfrútela. Todo pasa tan rápido… —La mujer desapareció por las escaleras.

Al verla marchar, Nicole respiró hondo y siguió bajando hasta el andén. Sus ojos no paraban de moverse de izquierda a derecha hasta que, por fin, vio pasar a Morgan. Se mordió el labio con tanta fuerza que se hizo sangre. Morgan llevaba suelta su brillante melena negra y un vestido calado sencillo pero bonito. Iba con la cabeza agachada, evitando a la multitud de gente que volvía a su casa del trabajo. En cualquier momento, la vería.

Nicole le entregaría a Quinn.

La niña estaría a salvo.

Morgan tendría todo lo que siempre había querido.

Y Nicole también.

Solo faltaban unos pasos.

De pronto, una figura menuda y oscura, como una sombra, se asomó por la columna que tenían detrás. Llevaba pantalones de yoga negros y un jersey con capucha que le ocultaba la cara. ¿Era Donna? ¿La había seguido hasta allí?

Había llegado el momento.

—Sé lo que quieres. No dejes que nadie le haga daño. Quiérela por mí, Morgan.

Puso a la niña en brazos de Morgan, que la cogió. Luego se echó ligeramente hacia atrás, apartándose lo suficiente para no poder coger otra vez a su hija.

Olía a sándalo, pensó. Volvió a mirar hacia la columna.

La figura encapuchada levantó el rostro.

Nicole soltó un grito ahogado. No, no podía ser. ¿Se había equivocado todo este tiempo?

El tren se estaba acercando.

Para todos los que observaban debió de pasar muy rápido. Sin embargo, para Nicole, el tiempo se ralentizó. Vio a Morgan acunando a su hija cerca de su pecho. Sabía que ella la mantendría a salvo y que la querría.

Un último pensamiento pasó por su mente antes de caer sobre las vías: «Buenas noches, Luna. Buenas noches, mi niña».

37

Morgan

Seis meses después

—*B*en, ¿puedes sacar los *leggings* de puntos de la secadora?

Estoy cambiando de pañal a Quinn en su cuarto, sobre la bonita mesa blanca que Ben y yo compramos justo después de venirme a vivir con él. Cierro el pañal, le doy un beso en la frente y sonrío cuando me recompensa con una sonrisa amplia y babosa. Le han salido los dos incisivos inferiores.

Su dormitorio es del color amarillo del sol. La pared junto a la cuna tiene flores violetas y las cortinas ondulantes de la ventana están cubiertas de lunitas. Sobre el estante está la foto enmarcada de Ben y Nicole en Halloween, un hermano cuidando de su hermana pequeña. Ahora cuida de su sobrina, y yo le acompaño a cada paso.

Tras la muerte de Greg, Ben y yo pudimos solicitar la tutela no parental de Quinn, accediendo a vivir en la misma residencia para que tuviera el hogar lo más estable y seguro que pudiéramos darle. En cuatro meses, si no metemos la pata, nos otorgarán la custodia total y podremos adoptarla. Puede que el padre biológico de Quinn nunca la quisiera, pero, al dar su testimonio contra Tessa, hizo posible que lo hiciéramos nosotros.

Y se han descubierto más cosas acerca de él. Martínez estuvo investigando su historial financiero. Era cliente de Ryan. Como muchas otras personas a las que destruyó mi marido, Greg invirtió y perdió todos sus ahorros en la estafa. Después siguió el plan de Tessa para quedarse con las acciones de Breathe de Quinn, llevado por sus graves problemas económicos. Nicole nunca lo supo, pero Tessa sí.

La pobre Melissa fue solo una víctima. Apenas llevaba unos meses trabajando para Greg cuando Tessa vio que era la perfecta pelirroja que podría hacer de cebo. Nueva e inexperta, solo quería impresionar a su jefe, y accedió a quedarse con Quinn el día que Tessa prendió fuego a la casa de Greg. Por eso estaba en el asiento del pasajero aquel día. Ya se ha recuperado físicamente de aquella terrible jornada, pero, si hay algo que sé con certeza, es que las cicatrices de un trauma son muy profundas.

Aparentemente, Tessa pretendía matarnos a todos en aquel incendio. Destruir a todos los testigos de su traición.

Aún me cuesta hacerme a la idea de lo que hicieron Greg y Tessa, hasta qué punto estaban dispuestos a llegar por dinero y amor, si es que se puede llamar amor a lo suyo. Supongo que no. Más bien era una obsesión, una locura.

Donna estaba totalmente arrepentida y se sentía culpable por su papel en todo este asunto. Nunca quiso contribuir a destruir a Nicole y sabe que lo que hizo en el pasado estuvo mal. Nicole no mató a Amanda, y aceptarlo le ha permitido empezar a sanar. Actualmente, seguimos en contacto con ella. Le encanta Quinn y se ilumina cada vez que nuestra niña ríe.

Por lo que a mí respecta, Martínez ha emitido un comunicado oficial desvinculándome completamente de la muerte de Nicole. Ya no me salen habones. La Facultad de Derecho de la Universidad de Chicago me ha seleccionado como caso de estudio para ilustrar cómo una persona inocente puede ser acusada por error. De ahí han empezado a surgir blogs y *podcasts*. Cómo cambian las mareas en las redes sociales...

Mi madre llamó desde Miami en cuanto mi nombre quedó libre de sospecha. Hemos hablado varias veces. Aún no estoy preparada para perdonarla por pensar lo peor de mí, pero la familia es la familia. Ya es hora de que pasemos página.

—¡Ben! ¡Los *leggings*, por favor!

Dejo la mirada en blanco, creyendo que está enfrascado en algún texto médico, como suele pasar cuando no me contesta de inmediato. Cojo los mismos *leggings* grises y la faldita de tul que llevaba puestos antes. Está tan mona... La cojo y la achucho, fascinada como siempre por el hecho de que tengo una hija, de que soy madre y de que quererla es mi derecho y privilegio.

«No dejes que nadie le haga daño. Quiérela por mí, Morgan.»

Cuando la llevo al piso de abajo, encuentro a Martínez con Ben. Instintivamente me erizo, pero entonces la veo sonreír, y lo hace con una sonrisa que hace que se le marquen los hoyuelos.

—¿Qué pasa? ¿Han soltado a Tessa?

Abrazo a Quinn con más fuerza.

No creo que sea posible, pero aún me cuesta confiar en un sistema que debería proteger a la gente inocente.

Tessa fue juzgada y se declaró culpable de los cargos de asesinato en primer grado e incendio intencionado. También se enfrenta a los cargos de secuestro y privación ilegítima de libertad, y por homicidio en grado de tentativa de Donna, Ben y yo. Se declaró no culpable de todos los cargos relacionados con el acoso a Nicole. Está en prisión sin fianza, y es probable que surjan más cargos una vez que termine la investigación.

—Por fin ha salido la fecha del juicio para junio. Quería ser la primera en contárselo —dice Martínez.

Respiro hondo, aliviada. Ben se sonroja y aprieta los puños.

—Tessa mató a mi hermana. Debería ir a la cárcel por asesinato en primer grado y mucho más.

Martínez se aprieta la coleta.

—Esa es la otra razón por la que he venido. ¿Podemos sentarnos un momento?

Vamos todos al salón. Pongo a Quinn en el Exersaucer de color safari que tanto le gusta, e inmediatamente empieza a dar botes, feliz. Me siento en el sofá, Ben se pone a mi lado y coge mi mano.

Martínez empieza a hablar.

—El forense ha cerrado el caso de Nicole como suicidio. No hay pruebas de que Tessa estuviera en el andén. No sacamos nada del circuito cerrado de televisión del metro. —Mira a Ben—. Creemos que Nicole se quitó la vida. Lo siento mucho.

He visto el vídeo mil veces tratando de distinguir a Tessa en cualquier sombra o en cualquier forma borrosa. Sin embargo, lo único que veo con certeza es el tacón de Nicole balanceándose en el borde del andén y el miedo en sus ojos antes de mirarnos a Quinn y a mí. Y entonces desaparece.

Aprieto el brazo de Ben.

—Lo siento mucho.

Me he prometido estar ahí para él, como nadie lo ha estado nunca para mí. La muerte de Nicole no fue culpa

298

suya. Ni la de Ryan fue culpa mía. Ahora ya estoy convencida de ello.

Martínez se cruza de piernas.

—Está claro que Tessa y Greg hicieron que su hermana se derrumbara. Son responsables de eso, y Tessa pagará por ello. El fiscal del estado va a añadir el cargo de homicidio involuntario. Es lo máximo a lo que podemos aspirar. Todo esto saldrá en el juicio de Tessa, pero pensé que merecían un avance.

Tose y se alisa las pinzas de sus clásicos pantalones negros de traje.

—¿Le apetece un vaso de agua? —pregunto, y casi se me escapa una carcajada.

Si alguien me hubiera dicho hace dos años que invitaría a Martínez a mi casa y le ofrecería algo de beber, me habría caído del susto.

—No, gracias. No quiero entretenerles. —Juega con el cuello de su camisa—. Como saben, el rastreador de GPS en el coche de Nicole era idéntico al que encontramos en el suyo. Hemos conseguido dar con el ordenador de Tessa, lo tenía escondido en un almacén de Breathe. Encontramos una copia de la carta que descubrimos en la mesilla de noche de Nicole. No la envió Donna: había dejado de hacerlo hace años. También encontramos correos electrónicos en su disco duro en los que utilizaba distintas direcciones de Guerrilla Mail. Y, por supuesto, todos los mensajes entre usted y Nicole en Maybe Mommy, y los que se escribió con Tessa con el nombre «M en Chicago». Tenemos un auténtico filón de pruebas.

Sonríe con amargura.

Me estremezco al pensar lo cerca que estuvimos de morir.

Quinn balbucea mirándose en el pequeño espejo que tiene delante. Como siempre, me invade una ola de amor.

Ben y yo nos miramos, sin necesidad de decir nada. Nos sentimos afortunados.

La pequeña levanta los brazos para que la coja. La pongo mirando a Martínez.

La inspectora la observa con una gran sonrisa.

—Es preciosa.

—Es igual que mi hermana —dice Ben—. Era buena persona.

—Una buena persona que confió en la gente equivocada. Le puede pasar a cualquiera. —Martínez me mira, con una expresión dulce y amable.

Últimamente, tengo un sueño recurrente en el que Nicole y yo estamos en el andén. La agarro del brazo y tiro de ella, apartándola de las vías. La abrazo contra mí y susurro:

—Yo te ayudaré.

Y no muere. En vez de eso, acuna a Quinn y señala a alguien en el andén. Pero no veo quién es.

Martínez se dispone a marcharse. Ben y yo salimos a la puerta y la vemos partir en su coche. Tengo a Quinn en mis brazos. Hace mucho calor para ser marzo. El olmo moteado por el sol dibuja una pérgola sobre el césped. Un refugio para todos.

Ben coge mi mano.

—¿Eres feliz?

Lo único que siento es afecto, calor y agradecimiento por este hombre.

—Sí, lo soy —contesto—. Pero deberías bajar la tapa del váter de vez en cuando.

Se ríe, igual que Quinn. Qué suerte tengo de que estén conmigo. Tengo suerte de estar viva y ser libre. Y de saber la verdad, por fin. Ya no me culpo por la inmoralidad de Ryan, por su codicia y sus mentiras. He aprendido que las buenas personas no siempre sabemos reconocer el mal, porque no lo entendemos.

No pienso volver a hacer trabajo social. No porque no me guste. He decidido hacer un máster en asesoramiento psicológico a partir de enero, por Internet. Así podré sacarme el título y pasar mucho tiempo con Quinn.

Ben ha vuelto a Mount Zion, al ala de urgencias que ahora lleva el nombre de Nicole Markham. Ahora que se ha asentado, que nos hemos asentado, está dedicando tiempo a resolver muchos de los problemas del hospital. El margen de beneficios de este año ya está por encima del veinticinco por ciento inferior de los hospitales de la seguridad social, lo cual le va a permitir contratar a tres médicos de urgencias más y dos enfermeras de triaje, así como crear un nuevo área de reconocimiento médico rápido para reducir el tiempo de espera y mejorar el flujo de pacientes.

Breathe acusó una caída importante en bolsa. Lucinda Nestles, presidenta ejecutiva del consejo de administración, fue nombrada nueva directora ejecutiva. Admitió que Tessa la había estado informando sobre los problemas de Nicole. Se sentía fatal por haber agravado su estado de angustia enviándole una carta en la que le pidió que dimitiera. Ella había sido otra pieza involuntaria en el juego de Tessa. Ha conseguido vender más acciones a nuevos inversores y, aunque las ventas están siendo lentas, Breathe se recuperará. Las acciones de Quinn están a nuestro cargo. Ni Ben ni yo somos expertos en finanzas, pero estamos aprendiendo, porque no queremos ponernos en manos de un bróker.

Quinn se retuerce, como hace siempre que quiere poner los pies en el suelo. Está empezando a apoyarse en los muebles para levantarse. Antes de que nos demos cuenta, estará andando. Bajamos los escalones del porche y dejo sobre la hierba húmeda a nuestra niña independiente y testaruda. Luego me vuelvo hacia Ben y le beso.

Coge mi cara con ambas manos y me devuelve el beso. Quinn se suelta de mi mano. Abro los ojos. Ben y yo miramos a nuestra hija. Está intentando coger algo.

Es una mariposa con manchas moradas en las alas. Se acerca tanto a su mejilla que tal vez llega a rozarla.

Y entonces alza el vuelo por encima de todos nosotros... y se va.

Este libro utiliza el tipo Aldus, que toma su nombre
del vanguardista impresor del Renacimiento
italiano, Aldus Manutius. Hermann Zapf
diseñó el tipo Aldus para la imprenta
Stempel en 1954, como una réplica
más ligera y elegante del
popular tipo
Palatino

Sé lo que quieres
se acabó de imprimir
un día de verano de 2020,
en los talleres gráficos de Liberdúplex, s. l. u.
Crta. BV-2249, km 7,4. Pol. Ind. Torrentfondo
Sant Llorenç d'Hortons (Barcelona)